俞宁 著

启功论诗绝句忆注

北京师范大学出版集团
BEIJING NORMAL UNIVERSITY PUBLISHING GROUP
北京师范大学出版社

图书在版编目（CIP）数据

启功论诗绝句忆注／俞宁著．—北京：北京师范大学出版社，2020.7

ISBN 978-7-303-25872-7

Ⅰ．①启…　Ⅱ．①俞…　Ⅲ．①古典诗歌－诗歌研究－中国　Ⅳ．① I207.22

中国版本图书馆 CIP 数据核字（2020）第 100651 号

营　销　中　心　电　话　　010-58807651
北师大出版社高等教育分社微信公众号　　新外大街拾玖号

QIGONG LUNSHI JUEJU YIZHU

出版发行：北京师范大学出版社 www.bnup.com
　　　　　北京市西城区新街口外大街 12-3 号
　　　　　邮政编码：100088
印　　刷：北京盛通印刷股份有限公司
经　　销：全国新华书店
开　　本：787 mm×1092 mm　1/16
印　　张：15
字　　数：250 千字
版　　次：2020 年 7 月第 1 版
印　　次：2020 年 7 月第 1 次印刷
定　　价：59.00 元

策划编辑：李　强　卫　兵　　责任编辑：王　强　贾理智
装帧设计：李向昕　　　　　　　美术编辑：李向昕
责任校对：段立超　王志远　　　责任印制：马　洁

I dedicate this book to my dear aunt, Ms. Zhang Baochen,

who, when my mother was a thousand miles away

laboring on a farm, gave me the

warmest motherly love.

谨以此书献给我敬爱的启大妈章宝琛女士

我母亲在千里之外的干校劳动之时

您给了我最温暖的

母 爱

序　一

　　我最初听到俞宁这个名字，只知道他是北京师范大学中文系语言学著名教授俞敏先生的公子，又听说他承续了其父的遗传基因，极富语言天才，能在美国的大学教授美国人英美文学。后来又听说俞宁少年时曾长期随启功先生问学，算是比我辈更早的入门弟子，心中对他更充满了敬意。但这些印象或多或少都染上一些"将门出虎子""名师出高徒"一类的门第观。等到我拜读了他的大作《启功论诗绝句忆注》（以下简称《忆注》）后才真切地感受到，他完全是靠自己的真才实学安身立命，而绝不是靠师、父的荫庇而叨些虚名。

　　《启功论诗绝句忆注》堪称是一部具有创新价值的注本，其创新性就在这个"忆"字上。他人做注不外"译注""集注""笺注""评注"等，这些注各有优点，但也有局限，如"译注"只能忠实于原文，进行翻译注释，"集注"往往陷于文献的搜集，"笺注"只是为注做注，很难发挥著者的见解；而"评注"又往往会过多地掺入注家的见解，见仁见智，莫衷一是。我想俞宁先生很可能是想尽力摆脱这些局限，才别出心裁地命名为"忆注"。这可是需要条件和本钱的，因为它的基础是必须有充分可"忆"的材料。幸好他得天独厚，具备了这些资格。

　　俞宁先生少年时长期侍奉启先生左右，亲耳"一对一"地聆听过很多启先生有关诗词的讲解，包括对古人诗的讲解和他自己诗的讲解，经历过长期的"熏"式教育。加之他的记忆力和悟性都非常高（这一点和启先生的确十分相似），不但能把这些讲解和熏陶都记忆、融化在脑中，还能综合运用，系统把握，把这些回忆和理解都融于对这25首论诗绝句的注释中，这才有了这部创新的《忆注》之作。如第一首《综论》的忆注，不但通过启先生对梅尧臣《田家语》、杜甫"三吏""三别"、白居易《秦中吟》等诗的比较讲解，辩证地分析了为什么启先生会得出"唐以前诗次第长，三唐气壮脱口嚷。宋人句句出深思，元明以下全凭仿"的结论，而且特别"忆注"道："为了给我讲那几首诗，先生苦口婆心地折腾了两三个星期"，甚至连当时"耳提面命""亲承謦欬"的情景都描摹得活灵活现，因而读起来既有理有据，十分可信，具有权威性；又增加了可读性，以及故事性。

我从1978年后追随启先生问学，也受过足够多的"熏"式教育，启先生逝世后又和同门整理过《启功讲学录》，其中也有启先生讲诗词的内容，但我不得不承认，我被"熏"的效果和整理的《启功讲学录》的有关章节不如俞宁先生这部《忆注》来得系统和深入。因而可以肯定地说，这部《忆注》对启先生的诗学思想和诗词创作来说都是很好的拓展，很值得一读。

另外，这部书还有几个好处。一是通过大量的回忆和周密的论证，不但阐释了启先生的诗学见解，而且有心的读者会追随作者的回忆学到很多治学方法。如果把这25首诗都看作论点，那么这些《忆注》所引的诸多作品解析就是最好的论据。它们之间的论证关系是怎样建立起来的？为什么通过这些所引的例证就可以得出这样的结论？有没有例外？如果有例外，我们又当如何辩证地看待？凡此种种，都能给读者提供很多可借鉴的方法。二是作者长期在国外讲授英美文学，自然会接受很多英美及其他西方国家的文学观。我一直坚持这样的观点：只要运用得当，西人的文学观、批评观一定会丰富、提高我们的传统观念，但前提必须是有中外兼通的通才达人才能做到这一点。俞宁先生正是这样的学者，本书也为我们提供了很多很好的范例。凡此等等，也都会给读者很多有益的启示。

最后补充一点。俞宁先生有感于"一些国内同人关于古典文学的论文……因为过于强调考据和逻辑论证，行文拘谨而沉闷"，于是"更需要（启）先生在天之灵的帮助，那就是文章的风格"——显然他有意把这部书写得更活泼生动一些。这一点他做到了。他的行文风格既像启先生那样委婉灵动，更像其父俞敏先生那样随意流畅。这部书无论从内容抑或风格上都深深地打上了启功先生和俞敏先生的烙印，我想他们二老的在天之灵一定能看到这部书，而且一定会十分欣慰的。

赵仁珪

2017 年 9 月 15 日

序　二

2017年夏，我在马里兰大学做访问学者，经朋友介绍，与俞宁先生取得联系，加了微信。一番交谈之后，先生将新作《启功论诗绝句忆注》（以下简称《忆注》）寄给我，命我作序。我一向惮于为友人作序，往往不知从何下笔，将此视为最辛苦的差事。不过，这次并没有推托，主要是因为拜读《忆注》，确实引发了我很多感想。

我与俞宁先生此前从未谋面，我们的交集无疑要根源于先师启功先生。俞宁先生在20岁之前，曾因特殊年代和殊胜因缘，由先生施以教诲。我是在28岁以后，才正式成为先生的学生。我清楚记得在北师大旧主楼六层的教研室第一次面见，老师向后捋着白发，说："我今年七十了。"其中感慨，我后来才慢慢体会到。老师虽然自二十几岁起就在辅仁大学执教，但在我们之前，直到1978年才第一次招研究生，那一届还是集体指导。据我所知，老师并不讲究旧时的那种师门传承，在他擅长的学术、艺术各领域，从未在任教的学校之外有设帐收徒之事。但在几十年的教师生涯中，对凡是来求教者，无论何种身份，也无论何种场合，总是和颜悦色，耐心讲解。俞先生则是因其父俞敏先生与启先生的特殊交谊，在无法正常接受学校教育的年代得到启先生的教导，很像旧日私学和家学的某种变通，也仿佛是启先生早年从戴姜福先生求学情景的再现。我们这些后来通过考学途径进入老师门下的"正式""专业"学生，当然也很幸运。如果与俞宁先生相比，时间虽晚，亲疏无别，但老师的殷望恐怕还是有所不同。那句话的潜台词，我的理解是：如果早 20 年的话，彼此间的师生情谊、精神的契合度自是另一番情景，自然也会影响到学业授受。

俞宁先生将他的著作命名为"忆注"，因为其中包含了他"少年时代亲承謦欬得来的宝贵记忆"。不知古人著述是否有此体，就我自己的有限阅读所及，在时人的著述中这也可算是一种创体。从"注"的角度说，它是一种独特的"以启注启"方式：以作者本人记忆的大量师说，来为老师的这组绝句作注。其阐释的可信度和权威性，自然得到保证。从"忆"的角度说，作者已有好几篇回忆文章讲述这段因缘。"忆注"则将学术内容与人生回忆融为一体，既解释了老师这些艺术思想、学术思想的来龙去脉、深刻内涵，也记述了自己的精神成长和思想收获。从书中的回忆内容可以看出，那时还是半大小子、身陷困蒙的作者，确实用心揣摸师说，下了很大功夫，以至四五十年之后，还能如数家珍，娓娓道来。

我自己在从老师问学和之后留校工作期间，老师最主要的教学方式也是在家中面谈、聊天。那时也没有电话，不需要预约，随时可去，随时可聊。1990 年在学校分配我一间宿舍之后，上老师家里去的次数更多了，大概每周都要去三四次。我的一位同门，因为后来工作的原因，收藏有老师的不少书札，可我一通也没有。因为 20 年里，老师从来没有给我写过信，有什么事都是当面说，后来偶尔也会打电话。不过，那时老师已经为盛名所累，家中几乎每天都是高朋满座。其中的大多数，又都是为求老师的墨宝而来。遇到这种情况，老师有时会有意冷落一下其他客人，先和我们谈一些学业的事情和系里的新闻。这期间有很多请益和探讨，听了老师很多议论。当时就觉得机缘难得，十分宝贵，也曾想是不是应该把它们记录下来？但十分遗憾的是，自己记忆力差，又性懒。有时当日交谈的内容，回去后已不能按原话复述（当时也没有录音笔可用，老师大概也不允许）。过了一段时间，也就不了了之。对于自己的这种轻忽和慵懒，没有其他理由可以开脱，要怪也只好怪与少年俞宁相比，我已老了二三十岁。

在那期间，我至少有一次曾听闻老师提到"俞敏先生的公子"，说其人在美国教美国人英美文学，大概是在谈到俞敏先生的惊人语言天赋时顺便提起的。我自己对俞老先生的语言学成就也很是崇拜，但对俞公子的具体情况一点也不了解，想象中应是我们的前辈。直到最近读了俞宁先生的几篇回忆文章，才忽然回想起这段往事，也才知道他其实是我的同辈人，甚至有些经历也相同。比如我在考上大学之前，也在建筑公司干过近八年抹灰工（属瓦工的一种）。俞公子当年舍弃已有相当基础的文史专业不考，改考外语，才有了后来教美国人英美文学的经历。我自己在 1977 年报考时，排除了两个专业：一个是外语，基础差，也害怕背单词；另一个是历史，因为当时听说历史专业考试时要背很多年代。不过，排除了这两个专业，那时文科考生的选择余地也就很小了。当然，我对自己的选择并不后悔，还深感庆幸，毕竟这以后在学校遇到了最好的老师，从事了我最感兴趣的事业。只是像弗罗斯特的诗里所说，未选的那条路总让人有无尽遐想。

现在来看，在有了那次大胆选择之后，在深谙英美文学的学术背景之下，事隔几十年，俞宁先生再回头为老师的《论诗绝句》作"忆注"，其实是把老师用这一特殊方式写作的中国诗歌史，带到另一个学术视野之下，也就是中西、中外诗歌比较的视野之下。作者已经习惯成自然，每讲一首绝句，每讲一段诗歌史，每评述老师的一个观点，都会有意无意地联想及英语诗歌、西方诗歌史上类似或相关的问题。除了作者记述的宝贵回忆之外，这也是本书别具胜义、每每给人以启迪的一个重要方面。例如有关论诗绝句这种形式，我以前只知道它在中国早已形成一种传统，唐以下搜集起来的已有近万首。作者却告诉我们，英国诗人蒲柏也曾用"英雄双行体"写出《论文学批评》；并由此进一步指出这类写作的一个共同点：不求全面，不免偏激，只求观点鲜明独到。相信读者读到这里，都会心有所会而首肯。

随着学术的发展，学术队伍的扩大，有越来越多的学者在汉语之外还精通其他各种语言（当然也包括外国学者在母语背景下同时精通汉语），因此能够将中国传统诗学问题放到新的学术视野之下，从而有新的体会和感悟，发前人所未发。我觉得这也正是《忆注》一书的学术意义所在。我自己曾总结此生作为学习者的最大失败，就是没有学好一门外语。尽管我也弄过笔译，但却无法真正用外语和人交流，也无法在学术讨论中自如地引用外语文献。要怪罪的话，可以怪罪时代：在对外语最容易产生兴趣的少年时代没有起码的学习条件；也可以归咎于在以后的学习中没有接受严师的督导。抛开这些托词，还只能怪自己：缺少像俞宁先生那样的勇气，也缺少某种应有的痴迷，在语言学习上太过随意了。因此之故，尽管我忝为中文系教师，教的也是中国文学，但只要有机会就要郑重告诫学生：要好好学习外语，不要像我一样老来为此后悔。以上就是我读此书的一些感想，是为序。

谢思炜
2017 年 9 月

目　录

2

引　论

现代人的书架上，题为某经典"译注"的书越来越常见。译注，是为今人觉得艰深的古典名著注解难点，然后再翻译成通俗易懂的现代汉语。这样做，对生活节奏快的现代人来说，无疑是一种福音。然而"忆注"则是我根据摆在面前的这个具体任务杜撰出来的新词。内中缘由，容我细细道来。

2016 年夏末秋初，北京师范大学出版集团的一位朋友跟我提起，元白①先生有 25 首《论诗绝句》和 20 首《论词绝句》，尚未系统地注释讲解，问我是否有意担任这个工作。他的话音未落，我早已应声而起说："一定尽力。"我少年时代跟随元白先生七八年，用章景怀先生的话说，就是"熏（陶）出来了"。先生谦虚谨慎、说话做事均留有余地的习惯，早已成为我个性的一部分。这次为什么反常，一口答应下来，不谦让一下，不给自己留出回旋余地？话一出口，我就想起了两个带"不"字的成语：义不容辞、自不量力。

先说"义不容辞"。大概是 1969 年至 1970 年之间，父亲介绍我认识了元白先生。于是我登堂入室，几乎每天都泡在启功先生在西直门内小乘巷的寓所里，亲承謦欬，称您为"启大爷"。"您"是老北京话第三人称的尊称，类似于把"你"说成"您"；"大爷"是北京话伯父的意思。

---

① 　先生讳启功，字元白，姓爱新觉罗氏。遵其祖之嘱，自称姓启名功。有人见先生落款启功，又误听人称启先生为"齐"先生，写信时曾写成"齐启功先生收"，先生笑纳。凡称爱新觉罗·启功者，先生皆写查无此人，退还。

有一段时间，您患上了美尼尔氏综合征，头晕，出门时怕出意外，所以需要我跟着。我记忆里比较清楚的，当数去东琉璃厂一带拜访李孟东先生。元白先生告诉我，李先生原来是裱画铺里的学徒，通过自己处处留心、勤问苦记，不但学了文化，而且慢慢地练就了文物鉴定的本事。他们的交往，先是起源于裱画，后来还在旧书店里为元白先生淘过所需的书，再后来才是交换文物鉴定方面的意见和信息。那天我们去看望李先生，是因为听说他得了不容易医治的病。

病中有人探望，李先生自然很高兴，热情招待，用吃饭的粗瓷碗倒了两大碗白开水。我一路走渴了，也没客气，端起大碗一饮而尽。元白先生也喝了几大口。然后问病情、吃什么药、怎么将养，等等。李先生说现在条件比以前好了，每天都能吃"俩鸡子儿"（两个鸡蛋）。谈话间我没头没脑地问了一句："李先生，您府上是河北什么地方？"李孟东先生脱口就说："衡水。"然后"咦"了一声，问："你怎么知道我是河北人？"他这一问，我反而傻了。真的，我怎么知道他是河北人呢？元白先生赶紧道歉，说这孩子没规矩，您别往心里去。他随他爸爸，有口无心，外加耳朵还挺尖。李先生问："这不是您的公子？"元白先生答道："还公子呢！这么没规矩。这是某某人的小儿子。"李先生作恍然大悟状，说："原来是俞先生的孩子。难怪！听说俞先生开会时，组里除他之外的 4 个人来自 4 个不同地方。上午开会，俞先生听着。到了下午，他跟甲说甲方言，跟乙说乙方言……"我从来没听说过父亲有这种本事，更没想到琉璃厂的裱画师傅能知道我父亲这么个人和这么一段故事。回家的路上元白先生沉默了好一阵子，我以为是因为我失礼而生了气。没想到您忽然对我说："你写字，天赋顶多算中上，脑子虽好，但手笨。唯独这耳朵辨认语音，可真灵。看来不能浪费你爸的遗传，还是好好学习语言吧。"元白先生天性温善，从来不直接指出某人缺乏某种能力，我有幸成为例外，常能得到您的委婉调侃和直接训斥。这次我知道兹事体大，回家后马上重新开始已经中断了的英语学习。可以说，那是决定我一生道路与命运的一番话。好的导师点拨学生就是一句话，好的学生报答导师的应该是一生的努力。

1977年恢复高考，我舍中文系而报考英语系，落第。1978年再试，如愿以偿。当初如果我选择中文系，或许不用唱这出《二进宫》就能顺利入学。但是我很害怕我父亲和元白先生的影响力，不愿意在他们的领域里有人为我开绿灯，更不愿意走到哪里都被人说这是某某人的子侄而因此丧失自我。回忆大学里背单词、练听力、练口语这些枯燥的功夫，如果进入中文系就会免此一劫吧？可是我现在并不后悔，因为这一路虽然艰难，毕竟是靠自己的力量走过来了，没有依靠长辈的荫庇。命运弄人，我在英美文学这条路上越走越远，甫过而立，出国深造，7年连读，获得硕士、博士学位；然后到美国一所州立大学的英语系里面，教美国人读美国文学和西方文论，而且一教就是二三十年。到2017年7月，我恰好是前31年中国，后31年美国。元白先生经常高高兴兴地自称"胡人"，而我这"对半儿分"的生活轨迹，使我也难逃"二鬼子"这个光荣称号。它是大家向世界学习的必经之路。这学习是双向的：我们学习一些他们的东西；他们也学习一些我们的东西。二者在半途相遇，也许竟是新条件下的中庸之道。国学走出国门，"从容中道"实乃上策。这就如同大家走到一起来，不但住在东厢的要往西走，住在西厢的也要往东走，南屋、北屋的也都走出来，大家在庭院中央聚齐。凑在一起，初似一大盆色拉，番茄、黄瓜、洋葱、芹菜各呈其味而稍嫌生涩。日久升温而融合，渐渐成了东北乱炖，混合之后的众味之味更加醇厚。"二鬼子"这种说法本来含有非常不敬的贬义。但是，如果世界文明的发展趋势是人人都难免越来越"二"，甚至越来越"三"越"五"，即每个人都由一元文化向多元文化过渡，那么这贬义就自动消失了。正如"胡人"之"胡"字的贬义，已经消失了一样。追溯现代人类的历史，大家都是从非洲"过渡"到世界各地的（对于"人类的非洲起源说"，学界有不同看法，此不赘述）。

随着时间的推移，只要我还继续在美国工作、生活，身上"洋"的成分就会越来越多；同时，由于尚未报答元白先生的教养之恩，我心里的愧疚感也越来越重。现在北师大出版集团的那位朋友为我提供了这样一个报恩的机会，我怎能轻易放过？我跟随元白先生的那些年，您对我的熏陶，主要也是在古典诗文方面。我曾仔细阅读过北师大学生在先生课堂上作的笔记，发现我十四五岁时亲耳从先生那里听来的，比后来大学生们在课堂笔记里记下来的还要多、还要深。所以，为先生的论诗词绝句作注解，对我来说于情于理、于人于己，都是义不容辞的。

至于"自不量力"，则是明摆着的。先生于中国古典文学用功甚勤，钻得极深。后学小子，本来就鲁钝冥顽，再加上30年来沉浸于美国文学、西方文论之中，还有什么本事来注解先生的论诗绝句呢？幸而，先生早年给我灌输的"猪跑"精神已经深入我的骨髓。当年我初到美国，学费、生活费全靠自己做教学助理（teaching assistant）的收入支撑。我当时是英文系的研究生，所谓教学助理的工作，实际上就是独立地教美国大学生"新生作文"，相当于元白先生年轻时初入辅仁大学时所教的"大一国文"。您当年的困难在于以中学生的身份教大学生；我初闯美国的困难在于以中国人的身份教美国大学生英文作文：皆如逆水行舟。我深感压力。先生对我的鼓励很简单："课题虽艰，定有他人亦授此课。不见猪跑乎？"于是我硬着头皮走上讲台。一个学期下来，学生为老师打分，我得到的评语是"教学有激情、幽默感很强"。我连忙写信到北师大中文系，向先生汇报。先生自然高兴。后来见到我，就问："猪跑有激情已属罕见，何来幽默？"我说这是逼出来的，并模仿您老人家描写自己"老来成病号"的词句，说："心乱跳，真拿饭碗开玩笑？"①先生听罢大笑。有了这段经历，我虽依然缺乏明知武艺不够也要决然"亮剑"的豪侠之气，但是，在见过大量"猪跑"的前提下，集中全副精力尝一次"猪肉"，应该是能够有些收获的。拙文可能有各种缺陷，但其"猪跑"气概，应该不负先生在天之灵。

况且，"二鬼子"的短板如果运用得恰当，未尝不可转化为"强项"。

---

① 先生的原文是："不是泡，谁拿性命开玩笑。"见《启功全集》卷六，36页，北京，北京师范大学出版社，2009。

教研西方文论二三十年，我回过头来看中国的旧体诗，发现自己的艺术直觉改变了许多，有了很多以前不曾有过的看法。因此我的注解由三部分组成。首先是补足传统功夫，把先生诗中的典故和难点尽量解释得深入而清楚，引用的书目，也要交代清楚。这就是"忆注"之"注"。其次是"忆注"之"忆"。包括书上没有，而我少年时代亲承謦欬得来的宝贵记忆。这部分比较麻烦，中国传统治学，讲究考证，字字句句须有来历，而且对孤证也持保留态度。我在这部分里讲解的事情，依靠当年先生对我耳提面命所授之学。法不传六耳，没有旁证。我只能说，事关长辈所传之学，绝不敢有半点懈怠，更不敢有不实之词。不过毕竟是几十年过去了，即便我们学外语的人有"特殊材料"制成的记忆力，也难免有变形之虞。北京师范大学分校毕业生刘正，在日本留学时深受"京都学派"之影响。他认为口述历史可靠率不超过 50%，因为口述者出于私心常常文过饰非，故意篡改甚至编造历史。我的这篇文字，虽不是口述历史，但有相当大的回忆成分。不过，元白先生之道德文章，仰之弥高，根本用不着我夸大什么。所以，我没有夸大事实的动机。在此，我向读者承诺决不编造，尽力降低记忆的变形。同时，除了我自己要持审慎态度之外，我希望读者也持审慎态度。如果您觉得我所言之事有疑问，尽可归咎于我，是我学艺不精；如果您觉得我之所言有道理，那您应该归功于先生，而我只不过是转述您的话。

口口相传，在中国学术史上并非没有先例。清代大学者王引之（1766—1834）在《经义述闻》里常用"家大人曰"这样的开头话来引出学术讨论。学界还是乐于接受的。例如在该书的《自序》里面，王引之说："既又由大人之说触类推之。"[①] 当然，王引之在其父王念孙（1744—1832）话语后面的"触类推之"亦颇为精辟。我尽量学习他，不妨用"启大爷曰"开头，而自己所云，不能给长辈丢脸。

第三就是我自己说的话里，不可避免地包含了西方文艺理论的成

① （清）王引之：《经义述闻》，2 页，南京，江苏古籍出版社，2000。

分。30年浸淫之深，躲也躲不开。不如因势利导，干脆把它作为自己解释、评论的一个组成部分、一个特点。注解、回忆、西方理论影响这三条，不是机械地排列出一、二、三分开来讲，而是把它们当作自然相关的三条线索，就如我给心爱的孙女编小辫儿那样，按照文理的自然走向，把三条线索错综地编织在一起，形成既美观又扎实的一种有机组合。这是我此刻的主观愿望，能否做到，还要靠先生在天之灵的神助。

还有一件事，更需要先生在天之灵的帮助，那就是文章的风格。我在美国多年读学术论文、写学术论文，养成了严格的逻辑思维，行文一本正经，丝丝入扣，渐趋呆板。最近有幸看到一些国内同人关于古典文学的论文，好像情况比我还严重：因为过于强调考据和逻辑论证，行文拘谨而沉闷，千篇一律，干巴巴的，讨论美妙的古典文学却不能在自己文章中流露出文学的美感。当初先生教我可不是这样子。您用的是"快乐教学法"，诙谐幽默，手舞足蹈，深入浅出，寓教于乐。后来我在美国读郝睿思（Horace）的《诗艺》（*Art of Poetry*），里面讲到文学的功能是既教育学生又为他们提供高雅的娱乐："诗人用快乐为读者启蒙，他的话有趣而又有用。"①（俞宁自译）我马上想到元白伯父给我讲解古典文学作品时的情景。我受长辈之恩，独乐乐不如众乐乐，希望把您厚积薄发、平易愉快的风格也和读者分享。虽然自己才学有限，也要努力一下，争取再现先生博学诙谐的风貌于万一。

把缘由、顾虑、方法和愿望交代清楚，还要简单介绍先生《论诗绝句》的写作情况。先生曾写过100首《论书绝句》，前20首是早年写成的；后80首是您五六十岁时写的，不少是您趴在桌上不断地改，而我立在侧后伸着头瞧。涂抹修改的过程我都见过②。但这25首《论诗绝句》和20首《论词绝句》可能是我上大学以后先生才写的。我没能亲睹其

---

① Horace, *Art of Poetry*, In David H. Dichter, *The Critical Tradition*. Boston & New York, Bedford/St. Martin's, 2007, p.91. Horace，国内通常译作"贺拉斯"。因其与英文读音相差甚远，故不采用。

② 从这里也可侧面证明本书中部分图文不一的问题。

成篇的过程。不过其中的一些想法，是经过长期酝酿的，有些甚至是您教我读旧诗时说过的意思，所以我读来皆有似曾相识的感觉。

我自知才疏学浅，现在的写作计划，不能一步到位。30年来首次写长篇的中文，难免生涩。"未谙姑食性，先遣小姑尝。"我先把这25首《论诗绝句》的忆注写出来，供读者审批、指正。如果及格，我下一步再写那20首《论词绝句》的忆注。如果不及格，先生有许多高才博学的弟子，我去求他们来写。总之，决不能辜负了先生的诗学心得。

先生这组绝句之复杂深邃，可以第一首为例。这是先生点评中国古代诗歌传统的总论，容量很大；它也是我解释先生《论诗绝句》的综论，涉及的方面较多，故此需要较长篇幅才能理清头绪。讲这一首诗，不仅需要牵扯许多其他诗，而且还得介绍一种方法，把牵扯到的那些诗都串起来。以后的篇章，每首的忆注也许只有第一首的一半长，甚至更短一些。

本书有引论一，此篇即是。后面是每一首绝句为一节；不过先生为杜甫写了三首，合并讨论，为一节；黄庭坚两首，合并为一节；袁枚两首，合为一节；春澍斋自己得一首而又在论吴梅村的诗中出现，也合在一起，共计二十节；最后加一篇后记。

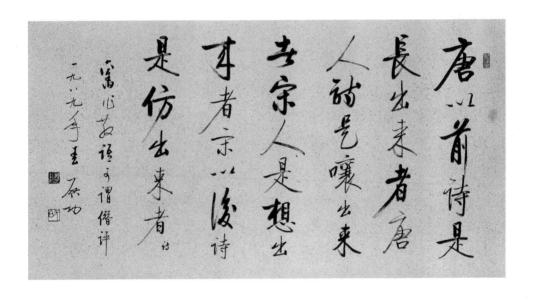

唐以前诗是长出来者，唐诗乃是嚷出来，宋人是想出来者，宋以後诗是仿出来者。

写此苦语不谓僭评

一九八九年春 启功

注：本书所选图片，与文章并不一一对应；且启先生每写一遍自作诗，都是对该诗的再创作。个别字句与内文有所出入，亦属正常，请读者明了。此图中落了一字，应该是"宋人诗"，而非"宋人"，手写难免，不可拘泥观之。

第一首　综论

唐以前诗次第长，三唐气壮脱口嚷。

宋人句句出深思，元明以下全凭仿。

这首诗乍看明白如话，似乎没什么可解释的。"次第"，是依次、一个挨一个的意思。"三唐"，是指学人对唐诗的分段。人们一般把唐诗的发展分为四个阶段，即初唐、盛唐、中唐、晚唐。很多人同意严羽，只提盛、中、晚唐。也有人认为中、晚唐的诗风连贯而接近，无须把历史分段硬放到诗歌风格的分析上面来。元白先生持后一种观点，把中晚唐看作一个阶段，认为其诗风细腻如出一辙，[①]是另一种"三唐"之说法。中唐与晚唐不同的一部分，往前划，归于盛唐。故为初、盛、晚三唐。此诗的主旨，是说中国诗歌经过从先秦至汉魏六朝的漫长发展过程，到隋唐时期终于成熟，正如中国书法艺术"直至三唐方烂漫，万花红紫一齐开"[②]的局面。林花烂漫，是仲春时节的自然现象；唐诗的繁荣，也是长时间积累、自然成长、发展而来的，是中国文化演进的历史必然。这场大繁荣之后的发展就不能再简单地顺其自然了，需要诗人冥思苦想，用人力扩展自然，以求寻得新的艺术途径——于是有了宋诗注重理性思维的风格和特点。因为唐宋诗歌的成就辉煌，而且把形象思维、理性思

①　《启功全集》，卷八，20～25页，北京，北京师范大学出版社，2009。
②　启功：《论书绝句》，78页，北京，生活·读书·新知三联书店，1990。

维两条道路几乎走到尽头，使得后人醉心其美，以至于无力，也无心创造出自己的诗歌风格，只剩下跟着前人亦步亦趋了。

如果是别人注释先生的诗，大可到此为止。我却不能，因为诗的三、四两句说得很绝对，尤其是"句句"和"全凭"等字眼，使有些读者看了不舒服。我既然得了先生的恩惠，忝为入室弟子，就有义务解释一下。解释的目的，不是为先生的某种夸张或疏忽辩解：论诗绝句也是绝句，也是诗。夸张是诗人的天然权利，无须辩解；至于疏忽，人非电脑，在所难免，但在这首诗中，先生绝不是疏忽。我解释的目的有两个：一是借此回忆、分享一下元白先生教给我的一种学习方法，我少年时淘气，曾把它叫作"柳串儿法"。元白先生青年时期曾在后海河沿上看到小孩儿钓鱼，得鱼后用一根柳条穿过鱼的嘴和鳃，一串就是好几条。您当时觉得这种方法既残忍又巧妙，以至于不忍看而又想看个究竟。您对我说读书和残忍不沾边儿，不妨用柳条儿一样的线索把类似的东西串起来，这样得到的知识就不是一盘散沙，而是"一串儿一串儿、一嘟噜儿一嘟噜儿的"。这几个字，我可是记得清清楚楚的，连同您说话时的语调和神态。

解释的目的之二，是厘清论诗绝句作为文学批评的一种形式有些什么特点。论诗绝句既是一种文学样式，又是一种批评样式，正如先生眼中的司空图《二十四诗品》（有人认为并非司空图所作）。不过先生主张把《诗品》看成"二十四首四言诗……主要应作诗歌看，不一定要作批评看"[1]。我认为先生的《论诗绝句》正好相反，主要应作批评看，但在分析、解释先生的诗歌批评的同时，也不能忽视论诗绝句这种诗歌形式的一些特点。先生把作为文学式样的论诗绝句发挥到极致，提高了它的艺术性。这一点在姜夔、王士禛的两首里面讲得比较详细。

我现在的解释采用迂回法，就是先绕一个小圈子，从那部分有意见的读者之立场出发，替他们着想，从他们的角度先提出反对意见来："句

----

[1] 《启功全集》，卷八，25页，北京，北京师范大学出版社，2009。

句出深思"？太绝对了吧？难道没有例外？难道唐人就不深思？难道宋诗里没有脱口而出的例子？当然有。信手拈来北宋大家梅尧臣（字圣俞，1002—1060）的《田家语》，谁能说这不是老杜家风？

> 谁道田家乐？春税秋未足！里胥扣我门，日夕苦煎促。
>
> 盛夏流潦多，白水高于屋。水既害我菽，蝗又食我粟。
>
> 前月诏书来，生齿复版录。三丁籍一壮，恶使操弓韣。
>
> 州符今又严，老吏持鞭朴。搜索稚与艾，唯存跛无目。
>
> 田间敢怨嗟，父子各悲哭。南亩焉可事？买箭卖牛犊。
>
> 愁气变久雨，铛缶空无粥。盲跛不能耕，死亡在迟速。
>
> 我闻诚所惭，徒尔叨君禄。却咏归去来，刈薪向深谷。[①]

本诗开头的一问一答，毫无雕饰，脱口而出，气势十足。接着"水既害我菽，蝗又食我粟"等句依然明白如口语。其中"恶使操弓韣"句尤为发人深思。"恶"从心，亚声，本义是"过失"，直接指出了当政者的决策错误，可以理解成诗人之怨；其衍生义有不善、凶狠的意思，表达了诗人愤怒的情绪。然后"南亩焉可事？买箭卖牛犊。愁气变久雨，铛缶空无粥。盲跛不能耕，死亡在迟速"这几句一句紧扣一句，岂止脱口，简直把民不聊生的惨状"嚷"得一发不可收拾；是怨而怒之的典型。最后诗人以自我批评结束，大声宣布自己不肯与官场之黑暗势力同流合污的决心。

此类宋诗当然不止此一首，但有此一首，便足以反诘先生"句句出深思"这个结论。那么，难道先生就不知道这首宋诗的存在吗？开什么玩笑！当初我第一次读这首诗，就是先生安排在杜甫"三吏""三别"、白居易《秦中吟》之后对比、分析着读的。我想借此机会，回忆我跟先生学习这组诗的概况。有些事，在我记忆里还很清楚，但不很连贯。我

---

① 朱东润：《梅尧臣集编年校注》，164页，上海，上海古籍出版社，1980。标点有改动。

重读这几首诗的时候根据诗文把虽然清晰但难免零散的记忆片段连缀在一起。大意和精神，应该是当时印象；细节的连缀，行文时难免有所查找补充。我回忆这三家诗，是为了更深入地分析先生《论诗绝句》的第一首。因为这一首气势宏大，力图用二十几个字概括二千几百年，所以我必须迂回得远一些才能把论据准备充分。为了给我讲那几首诗，先生苦口婆心地折腾了两三个星期。现在我恳求读者耐心地听我夹叙夹议。

先生先是让我把这几首诗通读了几遍，然后听我结结巴巴地分析对比。听罢叹了一口气，说："太浅。太乱。"然后您亲自动手，把这三家的异同一一指出，并"串"之以"柳条儿"。您从《礼记》《论语》讲起，从"温柔、敦厚，诗教也"[①] 开始，通过"兴、观、群、怨"[②]，一直讲到"怨而不怒"和"哀而不伤"。[③] 大意是说，这是孔子的文学批评理论，也是中国最古老的文学批评理论，偏重文学的政治功用。作为政治的辅助手段，这种理论或许有用，或许也没什么用。不得而知。作为文学的指导思想，温柔敦厚虽然本身并没有什么不好，但是太单调了，时间长了所有文学作品如出一辙，就没人读了。然后，您用这个理论作为"柳条儿"，串讲杜、白、梅三人的"讽喻诗"。因为我那时实在太无知，您还得浪费不少时间讲解什么叫讽喻诗。

您指出《新安吏》起首一句就是"客行新安道"[④]。杜甫紧贴着现实生活给自己找了一个过客、旁观者的身份——杜甫从洛阳到华州赴任，在路上写就"三吏"。《石壕吏》里面的诗人还保持着这个身份：首句"暮投石壕村"[⑤] 就是天色将晚，旅客投宿的场景。《潼关吏》里有"要我下马行，为我指山隅"两句[⑥]，显示出诗人的旅客身份依然不变。作为旁观

① （清）孙希旦:《礼记集解》，卷四十八，经解第二十六，1254 页，北京，中华书局，1989。

② 杨伯峻:《论语译注》，185 页，北京，中华书局，1980

③ 同上书，30 页。

④ 萧涤非:《杜甫全集校注》，1280～1281 页，北京，人民文学出版社，2014。

⑤ 同上书，1288 页。

⑥ 同上书，1295 页。

的过客，杜甫同情灾难中的黎民百姓，但是还没有觉得自己也是他们中的一员，更没有检讨过：本来应该保护他们的国家机器反而给他们造成苦难，杜甫自己作为一个小官是否也有责任。不过杜甫在诗中宣泄的强烈感情已经突破了儒门传统"哀而不伤"的教条。"三别"从旁观者改成第一人称，哀而伤之的情绪更加明显而直接。《新婚别》里面有"生女有所归，鸡狗亦得将。君今往死地，沉痛迫中肠。誓欲随君去，形势反苍黄"[①]这样的句子，痛入中肠，既哀且伤！《无家别》里面的"永痛长病母，五年委沟溪。生我不得力，终身两酸嘶。人生无家别，何以为蒸黎"[②]等句也是伤心之至。《垂老别》更是直接感叹民生之凋敝："积尸草木腥，流血川原丹。何乡为乐土？安敢尚盘桓？弃绝蓬室居，塌然催肺肝。"[③]表现了人民在灾难中挣扎，走投无路，五内俱溃的伤痛。元白先生认为能突破这一步，杜甫"很有勇气"。然后，您话锋一转，说："杜甫更大胆的是委婉地把怨气指向唐玄宗，虽然还是在怨而不怒的规范之内。"您举的例子是《潼关吏》的末尾一联："请嘱防关将，慎勿学哥舒。"[④]历史上是哥舒翰把守潼关，据险设防，粮草充足且转运方便，没有失守的道理。然而唐玄宗听信了杨国忠的话，逼迫哥舒翰开关出战，以己之弱，搏彼之强。结果大败亏输，长安陷落。明眼人都知道潼关失守，不是哥舒翰的责任。杜甫嘱咐"防关将"不要学哥舒翰，是暗讽唐玄宗决策失误。所以说杜甫用委婉的方式朝着"怨而不怒"的警戒线迈出了一小步。说是"小步"，因为他还用哥舒翰来遮挡了一下自己对决策者的批评。

先生认为，和杜甫相比，白居易的讽喻诗退了一步，缩回到哀而不伤的老套之中。他举的例子是著名组诗《秦中吟》里面的第二首《重赋》：

---

① 萧涤非：《杜甫全集校注》，1299～1300 页，北京，人民文学出版社，2014。
② 同上书，1317 页。
③ 同上书，1308 页。
④ 同上书，1295 页。

厚地植桑麻，所要济生民。生民理布帛，所求活一身。

身外充征赋，上以奉君亲。国家定两税，本意在忧人。

厥初防其淫，明敕内外臣。税外加一物，皆以枉法论。

奈何岁月久，贪吏得因循。浚我以求宠，敛索无冬春。

织绢未成匹，缲丝未盈斤。里胥迫我纳，不许暂逡巡。

岁暮天地闭，阴风生破村。夜深烟火尽，霰雪白纷纷。

幼者形不蔽，老者体无温。悲端与寒气，并入鼻中辛。

昨日输残税，因窥官库门。缯帛如山积，丝絮似云屯。

号为羡余物，随月献至尊。夺我身上暖，买尔眼前恩。

进入琼林库，岁久化为尘。①

这首诗一共 38 句，其中只有 4 句确实是以同情之心哀民生之艰辛。但是如果把这 4 句和"三吏""三别"里面相应的诗句对比，会发现措辞远不如杜诗激烈，最强烈的字眼是"寒""辛""悲端""入鼻"。真是文笔细腻，既反映了民生之艰难，又没有逾越"哀而不伤"的界限。相反，本诗"国家定两税……贪吏得因循"8 句都是为最高统治者开脱的。在诗最后，即便百姓冬无御寒衣而他们所缴纳的丝絮却烂在国库里，罪责也仅是"贪吏"在向主子谄媚，在买"眼前恩"。这"怨"是曲折温和的，离"怒"还差很远。若干年后，元白先生在北京师范大学讲课，说到白居易的讽喻诗里"有许多都是'犹抱琵琶半遮面'。躲躲闪闪，时时显其媚态，不如'三吏''三别'痛快淋漓"②。学生们的笔记里没有记下先生举出的例证。我觉得先生很可能是针对《重赋》说的，因为当年您就是用这个例子给我讲解的。同时我也很好奇，后来先生是否在课堂里对您的学生们提起过"柳串儿法"。这个方法简单实用，在我少年时期的心里留下了很深的印象，以至于我后来学习其他科目，包括英美文学，都曾有意使用此法，也是靠它才能记住非母语名著中的许多代表

---

① 朱金城：《白居易集笺校》，82 页，上海，上海古籍出版社，1988。

② 《启功全集》，卷八，28 页，北京，北京师范大学出版社，2009。

性片段。"柳串儿法"是一种具有普遍意义的学习方法，和先生《诗文声律论稿》里面讲到的关于解释汉语诗歌特殊规律的"竹竿儿法"堪称绝配。①

在白居易诗之后，先生指导我细读梅尧臣的《田家语》，提醒我注意诗题明白道出诗人旨在直接记录农民的话，把自己的身份安排成农夫的代言人，既不是旁观者、旅客，又不是第一人称。这与杜、白的区别相当大。您让我把《田家语》、梅尧臣为该诗写的序言，以及他同年（宋仁宗康定元年，即 1040 年）写作的《汝坟贫女》及序串在一起读。为方便读者，同录于下：

汝坟贫女

时再点弓手，老幼俱集，大雨甚寒，道死者百余人。自壤河至昆阳老牛陂，僵尸相继。

汝坟贫家女，行哭音凄怆。自言有老父，孤独无丁壮。
郡吏来何暴，县官不敢抗。督遣勿稽留，龙钟去携杖。
勤勤嘱四邻，幸愿相依傍。适闻闾里归，问讯疑犹强。
果然寒雨中，僵死壤河上。弱质无以托，横尸无以葬。
生女不如男，虽存何所当。拊膺呼苍天，生死将奈向。②

为方便读者，我把《田家语》并序再次抄录在此：

庚辰诏书，凡民三丁籍一，立校与长，号弓箭手，用备不虞。主司欲以多媚上，急责郡吏；郡吏惶，不敢辩，遂以属县令。互搜民口，虽老幼不得免。上下愁怨，天雨淫淫，岂助圣上抚育之意耶？因录田家之言次为文，以俟采诗者云。

谁道田家乐？春税秋未足！里胥扣我门，日夕苦煎促。

① 启功：《诗文声律论稿》，12 ~ 13 页，北京，中华书局，2000。
② 朱东润：《梅尧臣集编年校注》，165 页，上海，上海古籍出版社，1980。

盛夏流潦多，白水高于屋。水既害我菽，蝗又食我粟。

前月诏书来，生齿复版录。三丁籍一壮，恶使操弓韣。

州符今又严，老吏持鞭朴。搜索稚与艾，唯存跛无目。

田间敢怨嗟，父子各悲哭。南亩焉可事？买箭卖牛犊。

愁气变久雨，铛缶空无粥。盲跛不能耕，死亡在迟速。

我闻诚所惭，徒尔叨君禄。却咏归去来，刈薪向深谷。

　　先生让我反复读了几遍，然后判断这两首诗的写作次序。我根据《田家语》里面"春税秋未足""盛夏流潦多"两句判断《田家语》在前；根据"时再点弓手……大雨甚寒"句判断《汝坟贫女》在后；前者为夏末秋初，后者为晚秋。先生不置可否，我猜想是默许了。记得先生还让我翻出《汉书》和一篇司马光的什么文章参看。司马光的文章，我连同题目一起忘得干干净净，只依稀记得司马光的名字，现在想去查找却一时无从下手。希望专家们提醒我一下，使我把先生的恩惠记忆得更清楚具体。《汉书》里的文章我记得和"买箭卖牛犊"有关，先生夸赞梅尧臣用典丝毫不露痕迹。仔细查找一番，觉得可能是《循吏传》里面的《龚遂传》。龚遂做渤海太守时"见齐俗奢侈，好末技，不田作，乃躬率以俭约，劝民务农桑……民有带持刀剑者，使卖剑买牛、卖刀买犊"[1]。而梅尧臣笔下的农民被迫把牛犊卖掉去置办弓箭，以响应"诏书"去充当弓箭手。完全反过来了。可是从诗的字面上看，不用查找典故也依然明明白白；有了典故，意思就更深了一层。先生说："你看人家梅圣俞，把典故运用得如脱口而出的白话一般。真是高手！"在我心里，那时候的事情虽然有些已经印象模糊，但我和先生顶嘴的话却记得清清楚楚。我问您怎么知道梅尧臣用典了，何以见得梅尧臣不是白话白说，也许就是先生凑巧搜出这么一个典故来给梅尧臣贴金呢！先生轻轻拍了我后脑勺一巴掌说："你当古人不读书吗？都和你一样懒？"

---

[1] 《汉书》，卷八十九，3640页，北京，中华书局，1962。

先生说杜甫把话锋指向唐玄宗，但用哥舒翰做挡箭牌，缓冲了一下，所以没有突破"怨而不怒"的底线。而梅尧臣不但超过白居易，而且比杜甫还直截了当，起笔就冲着诏书去了。当然他也说是"主司……媚上，急责郡吏"。但毕竟诏书是起因，而且主上不能辨认有司之"媚"也有责任。这种"怨"的方向，已经冒险，而且怨气出格，比杜甫还强烈。更难得的是，身为县令的梅尧臣，虽然说了"郡吏来何暴，县官不敢抗"，但依然难以挣脱自己强烈的负罪感。按先生的话说，就是"这件事刺激他很深，他讽喻的劲头儿特别猛"。不但批评诏书、批评主司、批评郡吏，甚至批评自己："我闻诚所惭，徒尔叨君禄。"现在回忆先生的分析，我对梅尧臣这两首诗的理解，是他批评了整个强点乡兵作弓箭手的政策及其执行过程；不但怨，而且怒，以至于最后拂袖而去。他的"归去来"比陶潜大气，不限于厌恶向乡里小儿折腰，而是向一项扰民政策说"不"。这是我现在的理解。先生的原意是否如此，请读者自行判断。不过有一点是肯定的，即先生当时就认识到梅尧臣突破了"怨而不怒"这个框框，在这三家的讽喻诗里面，是走得最远的。我当时头脑简单，尽管有时候和先生顶嘴，但心里还是觉着凡是先生讲的，大概都是对的，我只要记住就行了。现在回忆起来，先生告诉我这些见解，是在 20 世纪 70 年代初。在当时的唐宋文学研究领域里，这些应该是很有创见的研究成果吧？希望熟悉那一段学术史的朋友有以教我。诚然，顾亭林在《日知录》卷一九"直言"条里面已经对"温柔、敦厚"的《诗》教说做了补充："《诗》之为教，虽主于温柔敦厚，然亦有直斥其人而不讳者。如曰'赫赫师尹，不平谓何'，如曰'赫赫宗周，褒姒灭之'，如曰'皇父卿士，番维司徒，家伯家宰，仲允膳夫，聚子内史，蹶维趣马，楀维师氏，艳妻煽方处'，如曰'伊谁云从，维暴之云'，则皆直斥其官族名字。"[1] 顾炎武也注意到杜诗中也有直呼官族名字的例子："如杜甫《丽人行》：'赐名大国虢与秦，慎莫

---

[1] （清）黄汝成集释：《日知录集释全校本》，栾保群、吕宗力校点，1085~1086 页，上海，上海古籍出版社，2006。

18

近前丞相嗔。"①然而元白先生对杜、白、梅诸诗的分析，从顾炎武的观点又前进了一步。另外，20 世纪 70 年代早期，"四人帮"利用小学生黄帅，狠批所谓"师道尊严"，掀起了针对知识分子的新一轮迫害。在那种人人自危的氛围里，肯于把这样深入的知识教给我的，只有两个人：一个是先父；另一个就是先生。我叫您一声"大爷"，您就真把我当子侄看待。而且，那时并不是所有的父亲或伯父都敢这样教育子侄。两位长辈之恩，山高水长。我前面说的"义不容辞"就是为此。只可惜我不懂先君子的语言学，实在没有能力为您的"梵汉对音"也写一篇"忆注"。

梅尧臣不是唐人、胜似唐人的诗风，其他人也注意到了，但他们都说得比较虚泛，而且只下判断，不做论证。清代学者纪晓岚（1724—1805）批点过数百首宋诗，其中有梅尧臣四首。在批点时先引用元代诗人兼评论家方回（1227—1307）的点评，然后在此基础上提出自己的意见。纪晓岚和方回之间，观点不同的时候多，相同的时候少。但是在评论梅尧臣时，却空前一致。方回说："圣俞此诗全不似宋人诗，张籍、刘长卿不能及也。"纪晓岚也说："通体俱饶高韵，六句尤佳。此真不似宋人，此评最是。"②至于这"韵"是什么，"高"在何处，第六句为何"尤佳"，梅尧臣何以"不似宋人"，这两位大名家似乎不屑于解释。所以，我认为这种虚泛的措辞反映了一种居高临下的态度。这是传统诗话的一个特点。钱锺书在评论唐诗和宋诗之间的总体区别的时候，似乎意见跟元白先生一致，但他的表述方法比较传统："唐诗多以丰神情韵见长，宋诗多以筋骨思理见胜。"③其中"丰神情韵""筋骨"无疑是比喻性词语，这个比喻到底指什么，读者要耐心等到 40 页以后才能看到他"弦外之

---

① （清）黄汝成集释：《日知录集释全校本》，栾保群、吕宗力校点，1085～1086 页，上海，上海古籍出版社，2006。

② 张楚乔、张光盐、王多：《纪晓岚批点宋诗》，13 页，北京，现代教育出版社，2009。

③ 钱锺书：《谈艺录》，2 页，北京，中华书局，1984。

遗音""言表之余味""羚羊挂角""香象渡河"这类比喻味道依然很浓的解释。

　　如此行文的"言外余音"就是说普通人若想参与如此高深的诗艺讨论，他们必须先熟悉中国诗话传统的语言习惯，即熟悉从南齐谢赫到明清胡应麟、王士禛等人由画论而入诗论诸篇文献。这样的文章，是专家写给专家看的。当代诗词研究名家缪钺评论宋诗时说："唐诗以韵胜，故浑雅，而贵蕴藉空灵；宋诗以意胜，故精能，而贵深折透辟。"①其中"韵"和"意"各是什么意思，二者关系如何？"浑雅"是什么美学感受？"精能"呢？二者有什么关系？"蕴藉空灵"到底是怎么回事？都仍旧例不在文中作解释，而期待读者胸中早已熟悉了专业人士所熟知的传统。其实，21世纪的评论家不仅要对两三同好负责，而且要照顾到尽可能多的非专业读者。我总觉得先生写《论诗绝句》的时候，以佛家的大慈悲心，照顾到和我当年一样的少年或非专业人士。愍似乎和英国哲学家维特根斯坦是一个老师教出来的学生，都相信"凡是能想的事情，都能把它想清楚。凡是能说的话，都能把它说清楚。"（Alles was überhaupt gedacht werden kann, kann klar gedacht werden. Alles, was sich überhaupt sprechen lässt, lässt sich klar sprechen.）②我认为元白先生用貌似"偏颇""绝对"的语言，具有重要的意义。"唐嚷宋想"明白无误，大胆说出自己的见解，明知道自己这一家之言不全面，也要让专业、非专业读者都明白自己在说什么。但是，囿于论诗绝句这种形式，愍无法展开、解释自己的观点。我写这个《忆注》的任务之一就是告诉读者，先生虽国学功底深厚，但心里总想着普通读者，所以极力把话说得简明。先生宅心仁厚，自幼习禅，努力做到言简意赅，我们千万不能因此反生轻慢之心，忽视先生的文学洞察力，忽略其中复杂、高深的

① 缪钺：《诗词散论》，36页，上海，上海古籍出版社，1982。
② Ludwig Wittgenstein, *Tractatus Logico-Philosophicus*, Wittgenstein, Ludwig. *Tractatus Logico-Philosophicus*, London Kegan Paul Press, 1922, p.101. 俞宁据德文自译。

含义。

简单小结一下。先生用"温柔敦厚""兴、观、群、怨""怨而不怒，哀而不伤"作为柳条儿，把十数首诗文串在一起，比较其异同，分析其内容、语言、技巧，评判其艺术成就之高低，见解独到且很有说服力。但是产生了一个问题：先生说白居易的讽喻诗心思细密，躲躲闪闪；这不等于说唐人也有不"脱口嚷"而"出深思"的吗？您又称赞梅尧臣能突破框框，怨而怒之，怒而去之；这不等于说宋人也有脱口嚷的吗？难道先生不知道自己陷入自我矛盾之中吗？那些看了《论诗绝句》第一首而感到不舒服的读者，不是更有理由反诘先生了吗？我这个所谓的入室弟子，难道成心帮倒忙吗？

非也！美国诗人惠特曼说："我自相矛盾吗？那么好吧，我就自相矛盾吧。我胸怀广阔，吞吐大千！"[1] 只有在形式逻辑里面，自相矛盾才成了大问题。试问读者诸君，谁没有自相矛盾的时候？谁没有其实并不在乎自相矛盾的时候？元白先生深通禅慧，知道风动幡动仁者心动、时时勤拂拭明镜亦非台的矛盾皆是文字游戏，近乎幻象。人们本身就生活在矛盾之中，世界本来就存在于矛盾之中，在适当的时机，选择适当的角度，观察适当的现象并做出适当的判断，才是智者的态度，尽管这判断可能有前后矛盾的时候。在辩证思维里面，这一点点自相矛盾，不是什么大问题。且看您的"茶酒论"。在书法界，有些人把"帖学"和"碑学"截然分开。一部分人扬碑而抑帖，另一部分扬帖而抑碑。元白先生认为二者都是学习书法的很好途径，写正楷，碑能提供较多的范例；学行草，帖的选择比较多也比较活。您把二者比喻成茶和酒，可以因时、因兴趣择而用之："碑与帖，譬如茶与酒。同一人也，既可饮茶，亦可饮酒。偏嗜兼能，无损于人之品格。何劳评者为之轩轾乎？"[2] 我认为，这段话也可以用来解释先生的《论诗绝句》，因为，如前所述，这种形式是兼诗歌与评论而有之。先生在谈具体几首诗的时候，肯定梅尧

---

① Walt Whitman, *Song of Myself*, Mineola, NewYork, 2001, section 51. 俞宁自译。
② 《启功全集》，卷二，117页，北京，北京师范大学出版社，2009。

臣比白居易更能直抒胸臆，如仔细品茶，体验幽微；在谈论中国古代诗歌的总体趋势的时候，您勾勒出唐嚷、宋想、元明以下全凭仿的大略，如痛快饮酒，指点大要。如果硬要因为饮酒而否定品茶，无异于刻舟求剑。

论诗绝句是诗歌之一种，故夸张不是问题，而是强调"一家之言"的修辞手段。比如"宋人句句出深思"的句型和杜甫评论孟浩然诗艺的句型十分接近："清诗句句尽堪传。"[①]孟浩然的诗真的是每句都精彩吗？当然不是，杜甫用夸张手法来肯定孟浩然的诗歌水平而已。我们刚才已经谈到，元白先生不但看到了宋代诗人梅尧臣脱口而出哀而伤、怨而怒的诗句，而且称赞他的技巧和语言。宋诗总体上比唐诗更偏重理性思维的妙趣，所以从大趋势看，先生第一首《论诗绝句》所言无错。至于梅尧臣的那两首诗，我们不妨看成例外。

除了夸张之外，七言绝句这种体例决定了一首只有 28 个字。用 28 个字"综论"两千多年的诗歌演变，自然不能求全责备，只能剑走偏锋。从传统上看，写论诗绝句的人一开始就知道"偏颇"是这种形式的特点。元白先生自然也明了这一点。您在《论书绝句》的《自序》里说："以诗论艺，始于少陵六绝句。殆亦自知未必尽适众口。故标曰'戏为'，以示不求人之强同也。"[②]《戏为六绝句》是杜甫批评严武幕中的一些年轻幕僚的一组论诗绝句，说他们动不动就低看了古代有成就的诗人，也有嘲笑他们眼高手低的意思。老杜一边说"不薄今人爱古人"，一边又讽刺那些年轻人"轻薄为文哂未休""尔曹身与名俱灭""才力应难跨数公，凡今谁是出群雄"，看似自相矛盾，其实明明是老杜偏爱古代名家，看不上那些夸夸其谈的幕僚。

杜甫的六首绝句，正如其标题所示，是有感而发，写着玩玩的。元好问（1190—1257）的《论诗绝句三十首》却是有意为之、十分认真的，其中也是颇多剑走偏锋之笔。此处仅举一例，因为这诗元白先生评论过。

① 萧涤非：《杜甫全集校注》，4947 页，北京，人民文学出版社，2014。
② 《启功全集》，卷二，86 页，北京，北京师范大学出版社，2009。

元好问的第二十四首论诗绝句，评论的是宋代诗人秦观。秦观和黄庭坚、晁补之、张耒一起，被人称为"苏门四学士"。他的词作细腻温婉，被誉为婉约派的一代翘楚。元好问大概是不喜欢婉约一路的风格，所以对秦观诗的评价不高：

> 有情芍药含春泪，无力蔷薇卧晚枝。
> 拈出退之山石句，始知渠是女郎诗。①

元好问喜欢韩愈的"山石荦确行径微，黄昏到寺蝙蝠飞。升堂坐阶新雨足，芭蕉叶大栀子肥"，大概是因为它音韵铿锵，意象苍莽大气，富于阳刚之美。对比之下，把秦观描写春朝细雨初霁的秀美诗句贬为"女郎诗"。元白先生对此表示不满，愠说："生活里本来就有这样的秀美景色，谁说男人就不能欣赏、再现这类的美景？谁说笔触细腻就必定是女人？这个元遗山！失之偏颇。不过啊，论诗绝句这个形式，就是为了让你说偏颇之言的。"这段话，是我在北京外国语大学读研究生时，偷偷溜回北师大"蹭课"听到的。那是我唯一一次在课堂里听先生讲课。②记得那教室里，足有百十来人。那些人现在应该都是古典文学研究领域里的重量级学者了。他们当中，一定还有记得这段话的人吧？由此可见，元白先生对论诗绝句这种文学批评样式有很清醒的认识，是自觉地运用这种特殊的偏颇形式，达到特定的文学批评效果。

古今的论诗绝句，数量颇大，以清代为最。郭绍虞等先生曾收集了近万首，编为四册。③其中唐、五代、宋、金、元、明编为第一册，而清及近代编为第二、第三、第四册。可见这种文学批评形式，有清以来发展得最繁荣。通读这些绝句，我发现它们大致可以分为两类：一是

---

① 章必功：《元好问暨金人诗传》，79～80页，长春，吉林人民出版社，2000。
② 同样的翘英语课、蹭中文课的事情，我干过不少次，包括去听齐大卫教授讲"克里空"。课后他对我说："你来听大哥的课，比去天桥听相声强多了吧？"
③ 参见郭绍虞、钱仲联、王蘧常：《万首论诗绝句》，北京，人民文学出版社，1991。

"论"的成分比较多的，如杜甫的"庾信文章老更成，凌云健笔意纵横。今人嗤点流传赋，不觉前贤畏后生"。[①]前两句是评论庾信，后两句是评论年轻人对庾信做出的不公允评论。第二类，"诗"的成分多，虽然是评论他人的诗艺，却保持了诗一般的想象力。代表作是白居易为评论元宗简而写的《江上吟元八绝句》："大江深处月明时，一夜吟君小律诗。应有水仙潜出听，翻将唱作步虚词。"[②]诗中夸奖元诗之美妙，引出了水中仙子，并引得她们进一步升华，在吟唱中足踏虚空，上升为天仙。

　　以诗论诗的特殊效果就是主观倾向鲜明，专注一点，不及其余。这样的批评方式，似乎也是世界文学史上必不可少的。中西都有长篇大套、系统严谨的，丝丝入扣、立论公允的"诗论"，以亚里士多德的《诗论》、刘勰的《文心雕龙》为代表。"诗论"之外，还有"论诗"，是一种简单明快、立场鲜明、一家之印象式、随机而发的文学评论，也是中外文学批评史上共有的现象。在英国，18世纪文学家塞缪尔·约翰逊（Samuel Johnson，1709—1784）是这种偏颇式文艺批评的代表人物。比如他给"燕麦"这个词所做的定义相当怪癖："一种谷物，在英格兰喂马，在苏格兰喂人。"1779年到1781年，他写出了《英国杰出诗人传》（*The Lives of the Most Eminent English Poets*），介绍了52位重要诗人，传记与评论结合，其中有些篇幅颇为短小精悍。这里面就有些有趣而稍觉古怪的评论。和元白先生一样，这位英国文学家相信最好的诗歌必须使用当时的语言，反对故意搜寻一些"古雅"的词语堆放在现代的诗歌里作为装饰品。他批评英国诗人汤玛斯·格雷："格雷以为语言要想离诗人近，就得离普通人的语言远。"[③]英国人普遍认为弥尔顿是伟大的诗人，塞缪尔·约翰逊却非常讨厌弥尔顿的著名诗篇《莱希达斯》，说它充斥着晦涩陈旧的典故，常常把读者引入歧途。比约翰逊稍早一些，英国18世

① 萧涤非：《杜甫全集校注》，2501页，北京，人民文学出版社，2014。
② 朱金城：《白居易集笺校》，940页，上海，上海古籍出版社，1988。
③ Samuel Johnson, *The Lives of the Most Eminent English Poets: With Critical Observations on Their Works*, London，1783，p.461. 俞宁自译。

纪诗人亚历山大·蒲柏（Alexander Pope，1688—1744）也以诗论诗，写出了《论文学批评》。从题目上看，这像是一篇论说文，但其实是以"英雄双行体"（heroic couplet）诗歌形式写出来的。虽然这位英国诗人从来没听说过"论诗绝句"这种中国的文学批评样式，但只要他用诗歌形式来评论诗歌，就难免共享中国论诗绝句的某些特性。请看此联：

> 聪明的我们小看前辈，觉得他们是一群傻瓜；
>
> 我们更聪明的儿子，自然会说我们全不如他。①

这简直就是"王杨卢骆当时体，轻薄为文哂未休"和"今人嗤点流传赋，不觉前贤畏后生"②的另一种说法，言辞更激烈。蒲柏这首诗虽然长达560行，但一针见血的明快风格和中国的论诗绝句十分相似。我认为从大处着眼，诗歌不分古今中外，都有相通的地方，因为诗歌艺术自有其本身的内在规律。不同文化、不同时代的诗人们，寻找诗歌本身的规律，自然会走到一起来。当我读到葛晓音先生《唐诗宋词十五讲·序》里面讲的"真正的好诗是不受时代和地域局限的"③这句话时，真想跨越时空，伸出胳膊，紧紧地握住她的手。

诗人论诗，即便用散文的形式，也有偏激的时候。德国诗人海涅评论莎士比亚的话，就是一例。为称赞这位杰出的英国戏剧家，海涅先把全体英国人和整个盎格鲁 – 撒克逊民族痛贬一顿："当我一想到他（莎士比亚）最终不过是个英国人，属于那个上帝一怒之下创造的最别扭的民族，也是满心不快。多别扭的民族，多讨厌的国家！多么呆板，多么乏味，多么自私，多么狭隘，多么英国气！如果海洋不是怕反胃的话，

---

① Alexander Pope，"An Essay on Criticism" in Margaret Ferguson et al eds，*The Norton Anthology of Poetry*，fifth edition，NewYork and London，W. W. Norton and Company，Inc. 2005，p.601，ll. 438-439. 俞宁自译。

② 萧涤非：《杜甫全集校注》，2501～2504页，北京，人民文学出版社，2014。

③ 葛晓音：《唐诗宋词十五讲》，序1页，北京，北京大学出版社，2003。

早把它吞没了……这样一个民族，一个灰色的、呵欠连天的怪物，它呼吸中充满了污浊空气和要命的无聊，它最终会把自己吊死在一根粗大的船缆上……然而就在这样一个国家，就在这样一个民族中，莎士比亚于1564 年 4 月诞生了。"[①] 我不相信海涅是一个狭隘的种族主义者。他这种偏激的措辞，是为了强调莎士比亚不世之天才。这样的短评，往往一针见血，其目的是给读者以深刻印象，而不是取得表面上的全面与公允，更不是用一些富于诗意的比喻来故作高深。

论诗绝句正是这样一种特殊的亦诗亦论的形式。明白了它的特点和功用，那部分有意见的读者也就明白了一个道理，即论诗绝句不求全面，只求观点鲜明独特。想通了这一点，元白先生第一首绝句就容易接受了。我们逐首"忆注"、讲解他的《论诗绝句》也就可以顺利开始了。

这一节所占篇幅较长，为的是说清楚论诗绝句这种特殊的兼诗兼论的文学式样。以后每节要短多了，只是本节的 1/3 左右。

---

① 　章国锋、胡其鼎主编:《海涅全集》，赵蓉恒等译，卷七，283 页，石家庄，河北教育出版社，2003。

世味民風各一时紛紛箋傳費

陳斟雎鳩唱出周南調二日吟

來可紅詩讀三百篇元汲 啟功

第二首　诗经

世味民风各一时，纷纷笺传费陈辞。

雎鸠唱出周南调，今日吟来可似诗？

第一句明白如话，唯"风"字是双关语，当加注意：它既是广义的民俗风情之风，也是狭义的《诗经》中"国风"之风。关于狭义的风，宋儒朱熹说："凡诗之所谓风者，多出于里巷歌谣之作，所谓男女相与咏歌，各言其情者也。"① 第二句"笺"字，异体作"牋"。造纸发明之前，古人作书，写在竹片上。大者称简，小者称笺。文章写在简上，小竹片（笺）是带字的书签，用细线系在相关的大简上。后来演化成纸质书缝里的笔记、注释。再后来，当文献学成熟起来之后，学者们用"笺"来特指为古书上已有的注解做注解。傅璇琮先生主编的《唐才子传校笺》里的"笺"字，就是这个意思，是一项很精彩的学术工程。不过，关于《诗经》的注释不仅"笺"这一种。据说孔子的弟子子夏，就曾为《诗》作过大大小小的"序"②（王先谦认为大序是子夏所作，小序是子夏与毛公合作）。其中《大序》最有名，把《关雎》解释成"后妃之德"。之后鲁人毛亨又为《诗》作"传"，汉儒郑玄又为毛"传"作"笺"。他们解《诗》有开辟之功，但也不乏断章取义的情况，所以后世有过激的人讽

① （宋）朱熹：《诗集传·序》，2页，北京，中华书局，2011。
② （清）王先谦撰：《诗三家义集疏》，吴格点校，5页，北京，中华书局，1987。

刺他们为"毛瞎子""郑呆子"。到了唐代，孔颖达又在毛传、郑笺之后作"疏"，再往后还有写"集疏"的。各种解释层出不穷，其中有很扎实的考据，也有不少毫无精彩可言。元白先生认为此类注解沙多金少，正如您评论宋人吴文英的词："沙里穷披金屑小。"[①]于是按大略印象把它们统称为浪费精力的陈词滥调。

"雎鸠"当然是指《诗经》里的第一篇《关雎》，是"国风"里面的一首民歌。民歌地域性强。这首是从周王都城以南采风得来的，所以先生说它是"周南调"。最后一句其实是问句[②]，让读者自行判断那到底是原始民谣还是成熟的诗作。这里的"吟"字很重要。民歌，是和音乐配合在一起唱的；吟，是脱离了音乐的吟诵。元白先生十分重视汉语平仄在诗歌中的作用，认为甚至比押韵还重要。那么，在中国诗歌发展的早期，人们把民歌的词从配乐里面刚刚拿出来独立地吟诵，其语言本身的韵律感当然不如诗单独发展多年后成熟和谐。这是先生设问的真实用意。

细致到烦琐的考据梳理功夫，我的父辈们相当熟悉，既能继承其扎实之处，也能批评其繁文琐细。所以在教导我的时候，您们告诫说不要轻易被考据者的博学与精细所俘虏，而要善于寻找新的方法，尽量去发掘、考察文学本身含有的规律性东西。先父的专业是语言学，其中包括传统的训诂学。元白先生研究各体书法和古文字，自然也关心《说文解字》。

您们也曾年轻，也有过属于那代人的快乐时光。我认为，比我们这一代的娱乐方式更高雅一些。比如您们聚在一起吃饭，也稍微喝些酒。微醺时的快乐，来自请先父的老师陆颖明先生（讳宗达）讲上几段《说文》。先父把这种快乐时光叫作"咬文嚼字之宴"；元白先生则认为，这样做比苏东坡兄弟用《汉书》下酒更加文雅有趣，所以写下了"《汉书》

---

① 《启功全集》，卷六，68页，北京，北京师范大学出版社，2009。
② 先生的诗引自北京师范大学出版社《启功全集》卷六，70页。先生原诗皆手书，无标点。出版社所加现代标点符号有值得商榷处。此处宁将其句号改为问号。

下酒微伤雅，何似擎杯听《说文》"这样的诗句。^①虽然咬文嚼字是您们的共同爱好，但两位长辈都不喜欢钻进牛角尖里出不来的人。我曾听他们评论某位中年教师（那时中年，现在已经作古），解释"戚"字时说"从钺，从菽。故'戚'字的本意是'用斧子劈豆儿'"。说完二人抚掌大笑，弄得我莫名其妙，就问："豆子那么小，还是圆的。用斧子怎么劈得着？即便走运劈着了，豆子一迸，就跑了，还找得着吗？再说，好好的豆子，劈开干什么？"这样一来老二位笑得更厉害了。先生说："这孩子思路简单明快，一语中的。做学问的钻进牛角尖，脑子还不如一个孩子明白！"我回忆这段往事，是想说上面那首《论书绝句》，就是针对那些出于种种原因而钻进牛角尖的人，包括那些断章取义、过度阐释的人。

《诗经》是我国第一部诗歌总集，故此人们称赞它的很多，以至有不少溢美之词。作为中国人，这种民族感情是可以理解的；作为学者，则应该清醒地对待这种夸赞。元白先生对《诗经》的评价是冷静而中肯的。他首先承认《诗经》的伟大成就，但也指出"《诗三百》是诗的源头，处于不成熟的阶段"^②。还说它"在诗歌的长河中与唐诗相比，如童稚语，朴实天真，不是长歌咏叹"。

我少年时代跟元白先生读唐诗，不知为何突然起了好高骛远的心，提出也要读一读《诗经》，大概是觉得《诗经》更古，所以一定更了不起。先生笑了笑说："你想读，也可以。但须知那个原来就叫《诗》或《诗三百》，汉代以后才尊为《诗经》。一个'经'字，平添许多麻烦。"说罢翻出一本古典文学出版社的《韩昌黎文集》，找到太学博士施士丐墓铭，让我读其中一个注脚。为写此文，我又查阅了上海古籍出版社1984年的重印本，觉得当年读的可能是注一。其大意是施博士善于讲解《诗经》和《春秋左氏传》。他死后，有人向唐文宗推荐他注释过的书，文宗发了这样一番议论："朕见之矣。穿凿之学，徒为异同。但学

---

① 《启功全集》，卷六，213页，北京，北京师范大学出版社，2009。
② 《启功全集》，卷八，9页，北京，北京师范大学出版社，2009。

者如浚井得美水而已，何必劳苦旁求。然后为得耶？"（350页）先生说："你读关关雎鸠，就从字面上思索它的意思，暂时不要管那些注脚。很多注解确实是'穿凿之学'，很无聊。对初学者没什么帮助，反而引起头脑混乱，忘了诗本身的意思。"我那时出去在学校或工作单位十分老实，因为害怕"文化大革命"那种怀疑一切、打倒一切的大气候；回到家里，有了长辈呵护的小气候，脱离了恐怖，自己顽劣的天性就欺软怕硬似的冒出头来，长辈不让干什么就偏要去试试。因此故意读了几个注脚，得到了一个原地转圈的印象：雎鸠，水鸟也。一作王雎。再去查王雎，又说王雎，水鸟也。一作雎鸠。我这个印象，有少年轻浮的成分，并不准确，却让我相信了先生的劝告。其实，有些注解，岂止是无聊，简直是扫人读书之兴。

王夫之（1619—1692）是明末清初的大儒。他对《关雎》的解释就带有很强的"穿凿"痕迹，也很啰嗦："夏尚忠，忠以用性；殷尚质，质以用才；周尚文，文以用情。质文者忠之用，情才者性之撰也。夫无忠而以起文，犹夫无文而以将忠，圣人之所不用也。……匿天下之情，则将劝天下以匿情矣。忠有实，情有止，文有函，然而非其匿之谓也。'悠哉悠哉，辗转反侧'，不匿其哀也。'琴瑟友之，钟鼓乐之'，不匿其乐也。非其情之不止而文之不函也。"[①]这首诗，按照朱熹的解释，不过就是少男少女听到水鸟交配的欢叫而动情而相恋或单恋。而清代这位"大思想家"的笺注，"劳苦旁求以为得"，从夏、商、周三代谈起，绕了一个圈子，比传说中的北京七环路还大，无非是想把一首民歌和控制人民思想情感拉上关系，把人们的思绪套进"哀而不伤""乐而不淫"的固定模式。在他眼里，什么都不如巩固皇权重要，仿佛那些讴歌谣辞俚曲的民间诗人自己体内就没有荷尔蒙、不能因春风而萌动情思似的。

我所尊敬的赵敏俐兄通过对大量文献、文物的考察，放弃了他以前坚信的民歌观点，认为并无"有力的证据，证明这些民歌就是……劳动

---

① 《诗广传·周南·一》，1页，北京，中华书局，1964。

人民的口头创作"。相反，他认为"从先秦两汉时代的文字古义、名物训诂、典章制度、社会风习，以及《诗经》的编辑、应用、传播等各种记载来看，还是古人（《毛传》）说得更有道理"[①]。我觉得这里要把诗歌的创作与传播形式的异同仔细分析一下。民歌，是劳动人民口头创作、口头传播的。文献与文物，是统治阶级上层社会控制、垄断了的意识形态。在文献与文物里面，是很难找到民歌由劳动人民创造的证据的。敏俐兄没有找到，是客观事实。但这个客观事实的出现，却是文化垄断的结果。本文的主要目的不是专门讨论这个问题，所以我只简单地提供另一种思考方法，作为一管之见，以期抛砖引玉，供敏俐兄和其他有心人参考。

我在美国教授美国文学二三十年了，对当地原住民文学（以前叫印第安人文学，后因其含歧视之义，改称原住民文学）也略有涉及。印第安文学原是口口相传的，到了十七、十八世纪，欧洲移民进入美洲，一些传教士才开始学习当地土语、记录当地文学。我深知在这个从口头到书面的过程中，记录人的目的与动机使得文学作品变形，更适于欧洲移民的意识形态、风俗习惯、宗教信仰。我们参照此例反观民歌变成"国风"的过程，也就不难理解为什么文献、文物的证据支持《毛传》的说法，而不支持"劳动人民口头创作"的说法了。也许，我们应该通过口头文学去寻找"劳动人民口头创作"的证据。我一直认为"国风"是民歌，故此对民歌有所留意，还特别喜欢陕北民歌的曲调。西安电影制片厂吴天明先生根据路遥中篇小说改编的电影《人生》里面有一首主题歌，开头两句是"上河里的鸭子，下河里的鹅。一对对毛眼眼照哥哥"。这歌词的前一句也是"兴"，与"关关雎鸠"十分相似；下一句则是"君子好逑"的女版——漂亮姑娘睁大睫毛长长的眼睛在看意中人。我搜集的民歌有限，但还是颇有一些可以说是在修辞方法上由上古民歌一脉相传的。因此，虽然敏俐兄的研究自有其道理，在这一点上我还是更倾向

① 赵敏俐:《古典文学的现代阐释及其方法》，4 页，北京，商务印书馆，2013。

于朱熹和元白先生的见解。

王先谦的《诗三家义集疏》把"毛说""齐说""韩说""郑笺""孔疏"等，叠床架屋，堆积到一起，然后自己再旁征博引，加以更深入细致的考据和阐释。功夫很深，连篇累牍，自成系统，却离诗情越来越远，对我们阅读那首民歌的帮助实为负数，比零还差。我在此抄上一大段，让大家看看，启功先生"纷纷笺传费陈辞"的批评是多么到位：

> 疏：毛序……又云："是以《关雎》乐得淑女以配君子，忧在进贤，不淫其色，哀窈窕、思贤才，而无伤善之心。是《关雎》之义也。"笺："'哀'，盖字之误也，当为'衷'。'衷'，谓中心恕之，无伤善之心，谓好逑也。"愚谓（王先谦自己说）此本子曰"乐而不淫，哀而不伤"二语。乐而不淫，谓"琴瑟友之""钟鼓乐之"；哀而不伤，谓"寤寐思服""展转反侧"。"哀"之为言"爱"，思之甚也。《吕览·报更篇》"人主胡可以不务哀士"，高注："哀，爱也。"古"哀""爱"字通。《释名·释言语》："哀，爱也。爱乃思念之也。"与此"哀"意合。圣人言教，子夏岂有不知，而作如此解释，其为毛窜入之迹显然。郑破字为"衷"，失之。①

此处王先谦领着我们在"七环路"上兜了一大圈，得到了两点收获：其一是毛亨篡改了子夏的意思，其二是郑玄把"哀"看作"衷"字的笔误，实际上是错误的。这两点，是给《关雎》的注作注，甚至是给注的注作注，和《关雎》本身并无直接关系。和那首民歌有关系的是王先生继承了毛先生的解释："乐得淑女以配君子，忧在进贤，不淫其色，哀窈窕、思贤才，而无伤善之心。是《关雎》之义也。"这样一来，《关雎》不再是民间青年男女在季节韵律和自身荷尔蒙的作用下像水鸟一样地为延续物种做着或快乐或心酸的努力，而是为君王进贤、选妃而提供参考

---

① （清）王先谦撰：《诗三家义集疏》，吴格点校，5 页，北京，中华书局，1987。

意见。民歌变成了效忠君王的某种进言，"草根儿"等的文化空间被挤压殆尽，仿佛生民的每一个思想、每一种感情、每一次行动都和他们自己的生命进程无关，而时时刻刻都在为了君主的福祉而竭力尽命。这样的阐释，虽然显示出王先谦确实学富五车，但离诗歌本身越来越远，也离平民的生活越来越远。所以说它对《关雎》这首小诗的贡献也是比零还差，实为负数。初学者很容易被古人渊博的知识和细心的校阅折服，从而忘了自己读诗的初衷，走上寻章摘句的考据之路。

考据本身也是一种脑力劳动，自有迷人的一面。没有精确的考据做基础，诗本身的原貌就难以厘清，认真的解读和阐释就无从开始。但是如果沉溺于无穷无尽的考据，毕竟和读诗的美学感受是完全不同的心智活动。所以我们不能用文献学来代替诗学。这是先生此诗的重要意图。先生深通禅慧，读诗的门径，直与沧浪相通。《传灯录》里记录了真觉大师的话："直截根源佛所印，摘叶寻枝我不能。"[1]这才是先生劝我不要管那些"笺""注""疏"之类的真实意图。

要想充分享受阅读《关雎》的美感，不妨听从朱熹的劝告，就把它当作情歌来看。若想进一步评判它的艺术高低，也可以和古今中外类似的情歌并列考察，这样就便于理解启功先生所说的"在诗歌的长河中与唐诗相比，如童稚语，朴实天真，不是长歌咏叹"。其实，不必是"长歌咏叹"，就是唐代的民歌小调，其生动活泼之处，也有超越前人的地方。《关雎》里不是有"参差荇菜，左右流之"吗？那我们就来看看唐代诗人描写水中采集的"采莲曲"：

> 荷叶罗裙一色裁，芙蓉向脸两边开。乱入池中看不见，闻歌始觉有人来。[2]（王昌龄）

> 玉溆花红发，金塘水碧流。相逢畏相失，并着采莲舟。（崔国辅）

① （宋）道元辑：《景德传灯录》，朱俊红点校，卷三十，1068 页，海口，海南出版社，2011。
② 李云逸：《王昌龄诗注》，134 页，上海，上海古籍出版社，1984。

小长干属长干里，地址大约在今南京附近的江边上。长干曲是乐府歌辞的一种，内容多是长干里江边年轻劳动妇女的生活情趣。所以，不妨也把崔国辅的《小长干曲》放在此处一起考察，因为从诗歌的角度看，采菱和采莲都是讴歌劳动妇女的民谣：

> 月暗送湖风，相寻路不通。
> 菱歌唱不辍，知在此塘中。[①]

类似的短章，《全唐诗》里甚多，仅此三首，足以窥得全豹之风采。而且这三首短诗全加起来也只有 68 个字，还不及《关雎》一首的长度。但是每一首都生动鲜活，色彩明丽，充满蓬勃的生活气息，在状物、写人、动静、意象诸方面都要高出《关雎》一等，是诗歌向前发展的必然，这得益于中国诗歌经过一千多年的演进，找到了诗化语言的关键规律，即声律和意象的运用。

关于声律，先生有《诗文声律论稿》这部专著，兹不赘言。所谓意象，就如高水平的摄影作品，集中了精彩且有叙述力量的图像，用浓缩的形象而非铺张的叙事，来向读者传达诗人触景而生的情感。故此，意象所用文字不过寥寥几语，但传递的意境、情感却极其丰富。西谚云"一图胜千言（One picture speaks louder than a thousand words）"，是这个道理比较简单的解释。比较深入复杂的解释，是西方文艺理论中的读者反应论。比如伊莲·斯卡瑞女士把运用得当的意象叫作"作者指导下的读者想象"。她说："艾米莉·勃朗蒂描写凯瑟琳（小说《呼啸山庄》的女主角）的脸，实际上是给了我们一连串指令，教给我们怎样想象、怎样在心中重建（那张冷峻秀美的脸）。"[②]

---

① 万竞君：《崔颢诗注 崔国辅诗注》，22 页，上海，上海古籍出版社，1982。

② Elaine Scarry，"On Vivacity：The Difference between Daydreaming and Imagining-Under-Authorial Instruction."见 David Richter, *The Critical Tradition: Classic Texts and Contemporary Trends. Third Edition*, Boston and New York，Bedford/St. Martin's, 2007, p.1060. 俞宁节译。

既然是指导，就有高明与不高明之分。我们读了《关雎》，也能有个漂亮姑娘的印象。但这印象从何而来呢？是诗人告诉我们的"窈窕淑女"。那么她怎么个"窈窕"法儿呢？我们的印象就比较模糊了。历来注家极尽考据之能事，王先谦告诉我们："鲁说曰：窈窕，好貌。韩说曰：窈窕，贞专貌。"一个说，姑娘长得好；另一个说，姑娘贞洁专一。读者此刻闭上眼睛，只能模模糊糊地得到一个好而贞的姑娘印象。这说明《关雎》给读者指导得不太高明。王昌龄的《采莲曲》可就大不一样了。我们读罢闭上眼睛，能清楚地看到一个边摇船边歌唱的年轻姑娘，穿着绿色的罗裙，脸儿白里透红，和荷花一样鲜嫩。他欲擒故纵，先用近乎"迷彩"的手法把姑娘的脸庞、衣裙混同于荷花莲叶。然后让她突然开口唱歌，激活读者的主观能动性，让我们看到诗中文字没有明白写出的隐含之义，比如从她珠圆玉润的歌喉联想到看到她脸上因摇船而留下的汗珠，或者是"争弄莲舟水湿衣"时溅到脸上的星星点点[1]，像荷花上的露珠一样闪着晶光。

我说此话绝非空口白牙，而是有确凿证据的。明末清初的文学批评家唐汝询 3 岁识字，5 岁失明，自己发明了结绳摸字法。他依靠触觉读到了王昌龄的两首《采莲曲》，一个盲人居然能发出"描写采莲如画"这样的议论！可见王昌龄诗句在他心中留下了多么鲜明的视觉形象。他还说："采莲之女，与莲同色，闻歌始觉其有人，极赞其貌也。"[2] 这两者之间的差距，就在于《关雎》告诉我们那里有个好姑娘，而《采莲曲》展示给我们看。脸在荷花旁，衣裙在莲叶间，配上歌声，整个人都有声有色有行动。于是我们根本不用诗人夸"好"，自己早已在心中喝彩称赞了。王昌龄的指导，生动而精妙，连盲人的视觉神经都被激活，"看"到那勤劳美丽姑娘的鲜明形象。同理，《关雎》描写"君子"对那个好女孩子"求之不得"的时候，用"辗转反侧"这幅文字动画展示给我们看那个男子是如何为单恋搅得心神不宁的。这个指导比较成功，所以读

者能在心中"重建"一个被单恋折磨得坐卧不宁的青年男子形象。崔国辅《采莲曲》描写求爱遂了心愿以后的场景，主要靠描写而非讲述来打动读者。先渲染出幸福时刻的亮丽色彩：红花彩淑、金波碧水，然后再用两条小船的形象来表达两颗年轻的心靠拢到一起，生怕又意外地分开："相逢畏相失，并着采莲舟。"这样具体的意象，其感染力远远超过相对抽象的"琴瑟友之"。

最妙的是《小长干曲》，因为我喜欢把它看作对"关关雎鸠"的逆向解读。《关雎》是从水鸟求偶的啼鸣过渡到人的爱情追求。《小长干曲》逆推：月暗风轻，男孩子因看不到自己的心上人而焦虑。忽然一阵歌声传来，男孩子转焦为喜，划着小船，循着歌声，定能找到她。从划船的男孩，我们可以想象雄性水鸟求偶时的那种迫不及待；从唱歌的女孩我们可以想见雌性水鸟先做窝、后交配那种天然的矜持与狡黠。后人超过前人是历史规律；但后人具体用了什么方法才超过前人，则是文学批评家应该下大力气研究的问题。我们应该及早把注意力从"纷纷笺传费陈辞"当中解放出来。这才是元白先生"今日吟来可似诗"问句的原由。

老人家再三对我强调，无论是书法、绘画艺术还是古代经典的研究，真正启发人思想，使人进步的往往是简单实用的道理。把《诗经》看作中国诗歌的发端而非顶峰，是再自然不过的道理了。大凡头脑冷静、不崇古薄今的人都能认同。东晋的葛洪受东汉王允的影响，认为文学和世间许多事物一样，是与时俱进的。他曾说："《毛诗》者，华彩之辞也，然不及《上林》《羽猎》《二京》《三都》之汪濊博富也。"[①]汉赋比《诗》尚且如此，遑论灿烂的唐诗！奇怪的是人们往往忽视简单实用的道理，轻率地走上"贵古贱今"的套路，难怪刘彦和两声叹息："知音其难哉！""千载其一乎！"[②]

西人翻译《诗经》，标题有多种多样：*The Classic of Poetry*，*The Book of Songs*，*The Book of Odes*，*Poetry* 和 *Odes*。这种种译法里面

---

① 杨明照：《抱朴子外篇校笺》下册，70 页，北京，中华书局，1991。

② 周振甫：《文心雕龙注释》，517 页，北京，人民文学出版社，1983。

Odes 和 *The Book of Odes* 最为不妥，因为 ode（复数为 odes）是颂歌的意思，而"颂"只是诗三百中的一部分。*The Classic of Poetry* 也不太好，因为汉代以后《诗》才被奉为经。斟酌再三，我更倾向于 *The Book of Songs*，因为 songs 可以借来指代 folk songs 即民歌。可能会有朋友指责我双重标准，因为民歌属"风"类，同样只是诗三百里的一部分。我的回答是，首先，《诗经》里的"风"类数目大。其次，更重要的是，作为元白先生的入室弟子，我最喜欢"风"类，也就是各国各地的民歌。元白先生是曾经的皇族，但您最喜欢做一介平民、最平易近人。我们山阴俞氏祖祖辈辈都是喜欢读书、善于读书的平民，所以相对于"颂圣"，我更喜欢唱平民之歌、抒平民之情。"至圣先师"鼓励他的学生们要有"虽千万人，吾往矣"的大无畏精神。我受父亲和元白伯父的影响，更愿意做"千万人"中的一员，听他们唱世俗的歌，为他们动小儿女之情。2016 年诺贝尔文学奖发给了美国民谣歌手鲍勃·迪伦，反映世界文学更加注重倾听发自平民的声音，仿佛回到了"国风"的时代。

芳蘭爲席玉爲臺代舞傳芭

醉國猶嫌卷雜騷吾未讀九歌

微聽枕戈人氣

偶書六筒心 啟功

第三首　楚辞

芳兰为席玉为堂，代舞传芭酹国殇。

一卷离骚吾未读，九歌微听楚人香。

楚辞是由屈原开创的一个伟大的浪漫主义诗歌传统。司马迁说："屈原既死之后，楚有宋玉、唐勒、景差之徒者……皆祖屈原之从容辞令，终莫敢直谏。"[1]司马迁跳过这些只有文辞而不敢直谏的人，为比自己早一些、汉初的楚辞作者贾谊作了传。元白先生此诗用28个字概括，仅对屈原几篇主要作品做了综合评论，不涉及从宋玉到贾谊等其他楚辞家。

第一句借用屈原香草、美玉之类词藻华丽的比喻，反过来比况屈原的诗歌创作——楚辞——的世界是一个高贵华丽、芬芳馥郁的美好世界。第二句中的"代舞传芭"是因为音韵的关系把屈原《九歌·礼魂》里面"传芭兮代舞"[2]之词序颠倒一下。"代"是替代之意：一位舞者手持芭蕉叶翩翩起舞，然后把蕉叶传给下一位舞者，"代"她接着舞下去。"国殇"当然是说屈原那篇脍炙人口的名作，即《九歌》里的一篇。"酹"是以酒浇地表示祭奠的意思。东汉名臣桥玄曾跟青年时代的曹操开玩笑说，将来我死了你行经我的坟前"不以只鸡斗酒过相沃酹，车过三步，

---

[1]　《史记》，8册，卷八十四，2491页，北京，中华书局，1982。
[2]　金开诚等：《屈原集校注》，289页，北京，中华书局，1996。

腹痛勿怨"[1]，应该是这个典故的源头。这两句连起来看，能透露出一个文字中没有明说的意思：《九歌》诸篇，紧接着《国殇》的是《礼魂》篇。元白先生认为《礼魂》是屈原根据民间祭神的一些仪式改写成的颂歌，其中的舞蹈、音乐都围绕祭奠《国殇》中牺牲的爱国将士这一主题。先生这样说是有根据的。汉代的王逸就说过："昔楚国南郢之邑，沅湘之间，其俗信鬼而好祠。"宋代朱熹则认为屈原在民间祭歌的基础上做了"更定其词，去其太甚"的修改润色工作。[2] 我从西方文论中的神话学批评理论角度看，觉得先生关于"代舞传芭醉国殇"的说法特别有道理。这种祭奠鬼神、类似巫术的舞蹈，有着深厚的神话学基础。世界各民族各地区都有类似的原始文化活动。比如马达加斯加土著人就有男子出去征战，女子在家中舞蹈不停，直到战士们凯旋方止的习俗。当然，人不是机器，怎么能日夜歌舞不停呢？那么就只好"代舞"，轮流上场、轮换休息。美国加利福尼亚州的尤奇族印第安人也有类似习俗，而且当地妇女在丈夫外出作战时不但在家中不停舞蹈，还要边舞边挥动带叶的嫩枝（传芭）。这就和楚人的习俗更接近了。马达加斯加、加利福尼亚、中国两湖地区相去万里，不存在谁影响谁的问题。只能说，先民们生活中所遇到的艰难困苦相同，战争使亲人们的担忧、祈盼相同，反映在文化里面的表现形式因而十分接近。这些都说明舞蹈与战争、祈福、祭奠的关系十分密切，是世界各文化中的普遍现象。[3]

　　第三句字面意义好懂，就是元白先生没读过《离骚》。不过仔细一想，一个学问淹通的大儒，写一首诗评论楚辞，却专门抽出四分之一的篇幅来告诉读者他没读过《离骚》，这仿佛莫名其妙，也完全没有必要。读者心里大概也明白这不太可能。用西方文学研究中的形式主义理论

---

① 《后汉书》，6 册，卷五十一，1697 页，北京，中华书局，1965。

② 金开诚等：《屈原集校注》，185 页，北京，中华书局，1996。

③ Frazer，Sir James George，*The Golden Bough: A Study in Magic and Religion*，Abridged Edition，New York，The MacMillan Company，1951，pp.30-31. 俞宁摘要译述。

术语来说，这属于"反讽"的一种，叫作"显眼的缺失"（conspicuous by absence）。这个说法是古罗马历史学家塔西佗（Publius Cornelius Tacitus，约55—约120）首先明白地解释过的。他在《罗马编年史》卷三（*The Annals*，*Book III*）里面描写了贵妇尤妮娅（Junia）的葬礼队伍中没有其丈夫与兄长的形象出现，而这两个人都是当时的风云人物，他们的画像因缺失而更加引起人们的注意。[①]放在中国传统里解释，可以推到更早的春秋笔法，用"正说反义""微言大义"这类的话来对应，容量更大，虽然不如"显眼的缺失"准确，或可差强人意。中国古典小说理论里面的"欲擒故纵法"，也很接近。如果能抛开其微贬之意不论，"此地无银三百两"倒是比较贴切的翻译。换句话说，可能元白先生其实不喜欢《离骚》，于是在这里婉转地说自己不曾读过。为什么不喜欢？稍后再细说。第四句"微听楚人香"是用压缩法表示通感：听到《九歌》音韵婉转的声调，似乎身临其境，所以能同时闻到该仪式中香草美人发出的馥郁芬芳。听觉和嗅觉受句法压缩而融合到一起。综合起来说，元白先生认为楚辞的词藻华丽，意象美轮美奂且有动感，使人有身临其境的感觉。也就是说，先生对屈原精湛的文字技巧是十分推崇的。

《离骚》是屈原诗歌乃至整个楚辞这种文学式样之中的代表作，是被古今广大读者都广泛称赞的文学经典。自古以来，对于屈原及其作品，一直存在不同意见，但是像先生这样喜欢屈原《九歌》而不喜欢其最具代表性的《离骚》，进而婉转表达不喜之意的，实在少见。先说古人。性情刚烈的司马迁喜欢性情刚烈的屈原，盛赞他的《离骚》："《国风》好色而不淫，《小雅》怨诽而不乱。若《离骚》者，可谓兼之矣……

① 参见 P. Cornelius Tacitus, *The Annals.* Translated by Alfred John Church and William Jackson Brodribb, in *Great Books of the Western World*, Robert Maynard Hutchins, editor in chief, Chicago, London, Toronto, Encyclopaedia Britannica, Inc., 1952, Vol.15, p.63。

虽与日月争光可也。"①紧跟在司马迁后面的班固，从"温柔、敦厚，诗之教也"的儒家传统出发，认为司马迁的话"斯论似过其真"。班固认为："今若屈原，露才扬己，竞乎危国群小之间，以离谗贼。然责数怀王，怨恶椒、兰，愁神苦思，强非其人，忿怼不容，沉江而死，亦贬洁狂狷景行之士。"②而晚于班固的王逸，又反对班固的说法，支持司马迁，认为屈原是"绝世之行，俊彦之英"；其文学成就是中国史上的一面旗帜，后代文人"莫不拟则其仪表，祖式其模范，取其要妙，窃其华藻"。③刘勰综合诸家之说，一方面称赞屈原"奇文郁起""楚人多才"，另一方面也批评他"依彭咸之遗则，从子胥以自适，狷狭之志也"。④先生的态度似乎和刘勰比较接近。至于不喜《离骚》的原因，您没对我说过。但是您平时的性情、言谈以及诗歌著作却提供了一些线索。

线索由回忆引起。我十四五岁跟从元白先生读书之前，并非一点儿基础也没有。哥哥姐姐到山西插队之后，母亲也由河南干校去了湖北二汽工地。父亲又经常被限制在学校"交代问题"而不能回家。因为怕我没人管束而学坏，父亲进入"牛棚"之前用"急就章"式教学法，给我恶补了国际音标和查阅英文字典的方法，还指导我点了几篇《史记》。您想用大量的功课把我拴在家里不出门。后来我自己生吞活剥，"通读"了英文原版的《傲慢与偏见》——基本什么都没懂，只是查出了所有的单词；同时还懵里懵懂地点了《史记》中的"本纪""世家"和70篇"列传"。《史记》之后又读了《汉书》里面的"传"。一年多的自学，我的英语似乎是原地踏步，远未入门；国文却有进步，能够连猜带蒙地阅读不太深奥的文言文了。跟从启功先生读书后，曾问起过您关于屈原的事

① 《史记》，8册，卷八十四，2482页，北京，中华书局，1982。司马迁称赞屈原辞赋的话，其实是化用屈原《九歌·云中君》里面"与日月兮齐光"一句。见金开诚等：《屈原集校注》，198页，北京，中华书局，1996。
② （东汉）班固：《离骚序》，见郭绍虞：《中国历代文论选》第一册，89页，上海，上海古籍出版社，2001。
③ （东汉）王逸：《离骚章句序》，见上书，150页。
④ 周振甫：《文心雕龙注释》，35～36页，北京，人民文学出版社，1983。

情。现在想想，似乎您从来没正面回答过我。不过我清楚地记得您让我反复阅读、思索《史记·屈原贾生列传》中有关贾谊的部分，特别是《鹏鸟赋》里面的这一段，您让我默记在心中：

　　且夫天地为炉兮，造化为工；阴阳为炭兮，万物为铜。合散消息兮，安有常则；千变万化兮，未始有极。忽然为人兮，何足控抟；化为异物兮，又何足患！小知自私兮，贱彼贵我；通人大观兮，物无不可。贪夫徇财兮，烈士徇名；夸者死权兮，品庶冯（宁按：《汉书》此处作"每"）生。怵迫之徒兮，或趋西东；大人不曲兮，亿变齐同。拘士系俗兮，攌如囚拘；至人遗物兮，独与道俱。众人或或兮，好恶积意；真人淡漠兮，独与道息。①

　　等我完全背熟了，您才摩挲着我的板寸头说："你爸告诉我，当初你一听说老舍投湖，马上从旧辅仁大学宿舍步行到师大在北太平庄的新校园去看你爸，生怕他学了老舍。②你懂得担心长辈安危、能走那么远不怕累，说明你真情未泯。我告诉你：体之发肤，受之父母。绝不可自伤，更不可自戕——甭管日子看起来有多难。虽然说'化为异物不足为患''真人独与道息'，但这个'道'应该是生之道，而不是死之道。南朝宋时的裴骃《集解》里引孟康的话，把'品庶冯生'解释成贪生。贪生是贬义词。而司马贞《索隐》里面把《史记》《汉书》综合起来考虑，把'冯生'和'每生'都解释成'念生'。念生就不含什么贬义了。两相比较，我赞成司马贞。所谓'品庶'就是平民百姓。平民'念生'，不过是想得其天年。这怎么能算得上贪心呢？念生没有任何不对的地方，与贪生有天壤之别。你现在还小，一定要念生，不能出去胡闹、惹事。得让你爸回家时看见你，还是'全须全尾儿'③的。明白吗？"

---

① 《史记》，8 册，卷八十四，2499～2500 页，北京，中华书局，1982。

② 参见拙文《我的父亲俞师傅》，载《文史知识》，85～92 页，2016（12）。

③ 北京方言，用须尾俱全的蟋蟀比喻健全的人体。

这段往事给我的启发，是先生深谙老子的肺腑之言："吾所以有大患者，为吾有身。"① 所以他作诗说："老子说大患，患在吾有身。斯言哀且痛，五千奚再论。"② 既然我们被赋予生命这件事是人生最大悲剧，那么我们怎么办呢？尤其是没有勇气响应叔本华的号召而自杀时，我们应该如何对待这只有一次，既是"大患"又舍不得丢掉的"身"呢？张中行先生在《顺生论》里提出应该由"率性"而转"顺生"，即顺着求生欲望本身活下去："'天命之谓性，率性之谓道。'古人语过简……所以易'率性'为'顺生'。"③ 我 40 多岁时也经历过美国人所说的"中年危机"，对生命本身的意义产生疑虑。读了《顺生论》，很是喜欢，还请张中行先生在扉页题了字。元白先生看我的高兴样子，叹了口气，说："你这浮躁的毛病改掉多年了，怎么现在又冒出来了？张老伯把'率性'解释成'随性'，你怎么不考虑对错？'率'者，'率领'也，引导也。要把天生的'性'引导上正路，那才是'道'呢！'道'不是随着自己的性子走。我早就让你记住孔子'七十从心所欲'下面还有半句话，就是'不逾矩'。率领你的本性走正路，不要妄图超越生活本身的规律，这就是'不逾矩'。"

我今天把这些书本知识和言传身教结合起来，觉得元白先生很可能认为屈原在《离骚》里面那些刚烈过激的说法和做法都"逾"了生命本身之"矩"，所以您用"吾未读"来婉转地表示不赞成。我这种解释还有一个旁证，北京师范大学荣休教授韩兆琦先生读了我这部初稿后，写电邮给我说："你文章中提到的若干事例，有些我也听启先生亲口说过。如有一次期末教研室会上，在安排下一个学期的教学任务时，启先生说：'给我安排哪个阶段的任务都行，就是希望别给我安排《楚辞》。'大家笑着问他'为什么'，启先生说：'《离骚》中的很多字我都不会念。'说得大家都笑起来。"按常理，中文系教授虽然博学，但肯定也有不认识

---

① 沙少海、徐子宏：《老子全译》，20 页，贵阳，贵州人民出版社，1989。
② 《启功全集》，卷六，159 页，北京，北京师范大学出版社，2009。
③ 张中行：《顺生论》，304 页，北京，中国社会科学出版社，1993。

的字，不过他可以查字典呀。先生如此说，可能也是委婉地表示对《离骚》持一定保留态度。换言之，就是"显眼的缺失"。

元白先生用"显眼的缺失法"表示不同意，并非仅此一例。20世纪70年代有人在香山正白旗"发现"了所谓雪芹故居，屋内墙皮脱落，露出里面盖住的旧墙皮上满满地写着"雪芹诗词"。消息传开，连一些高级知识分子也为之动心。有些朋友拉元白先生一起去看看，但先生对此持怀疑态度，于是托病婉辞而不去。您写过一首《南乡子》叙述此事："一代大文豪，晚境凄凉不自聊。闻道故居犹可觅，西郊。仿佛门前剩小桥。　　访古客相邀，发现诗篇壁上抄。愧我无从参议论，没瞧。'自作新词韵最娇'。"①这首小词里面的春秋笔法用得更加明显：您一面说"没瞧"，一面紧接沿用宋代诗人姜夔的名句，说"自作新词韵最娇"，意思是墙上写的那些所谓雪芹诗是好事之人自己制作的假古董。

我敢于这样解释最后一句，因为当年元白先生自己虽然没去，我却因好奇而心痒难挠，决定独自骑车过去看看到底是个什么光景。到了那里以后，我对墙上的字迹不敢妄下判断，但对那堵旧墙却很有发言权，因为我那时已经在北京市西城区长安街房管所当了三年多瓦工，专门修缮北京的破旧房屋。上下内外仔细看了两三遍，发现那堵墙，连同整座房屋，不过百年，上面怎么可能写有200多年以前的诗？况且我们瓦匠一般要铲掉旧墙皮，然后才重新抹灰。当然，也有从简，保留旧墙皮的。但在其上抹灰，必须先在旧墙皮上用瓦刀横七竖八砍出许多道道来，以便"挂灰"。否则时间不长两层墙皮之间就会发生"离骨"而脱落。"故居"墙皮的做法，不符合土木行业的传统规范。为什么那么做？无非是保持旧墙皮上的诗词墨迹。为什么要违反工艺常规保存墨迹？难道就是为了日后及时脱落从而很方便地被"发现"？我回来后把自己的想法告诉元白先生，您说："我早就跟你说不用去吧！不过去一趟也好。踏实了。"后来建筑大师傅熹年先生来串门，我向他请教。他不答话，只是

---

① 《启功全集》，卷六，51页，北京，北京师范大学出版社，2009。

一边摇头一边抿着嘴笑，一定是笑我太傻。

现在我回过头来梳理旧事，觉得元白先生不喜欢《离骚》可能还有这样一个原因。您天性驯良慈爱，既洒脱又乐生，不喜欢激烈的想法和做法，喜欢温顺机智的人和动物，比如兔子：

> 吾爱诸动物，尤爱大耳兔。驯弱仁所钟，伶俐智所赋。
> 猫鼬突然来，性命付之去。善美两全时，能御能无惧。[1]

您还喜欢黄胄画的驴，因为它们温良而通人性：

> 膝下依依感最深，谁将善恶判人禽。分明驴性通人性，论即无心画有心。[2]

也喜欢黄苗子养的猫：

> 老翁系囹圄，爱猫瘦且癞。七年老翁归，四人势初败。
> 病猫绕膝号，移时气已塞。人性批既倒，猫性竟还在。[3]

苏东坡赞赏曹操是个英雄人物："酾酒临江，横槊赋诗，固一世之雄也。"[4] 而元白先生却把曹氏人性未泯、分香卖履的温情一面看得比他的英雄气概更重：

> 鼎分一足亦堂堂，骥老心雄未是殇。横槊任凭留壮语，善言究

① 《启功全集》，卷六，160 页，北京，北京师范大学出版社，2009。
② 同上书，117 页。
③ 同上书，159 页。
④ （宋）苏轼：《赤壁赋》，见刘盼遂、郭预衡：《中国历代散文选》下册，298 页，北京，北京出版社，1980。

竟在分香。①

张中行先生在《顺生论》里阐发庄子的论点，认为"知其不可奈何而安之若命，德之至也"②。我觉得张先生的论述接近元白先生的性格和人生态度，故此《庄子·骈拇》里面的这段话应该能帮助我们理解您不喜《离骚》的内在原因："小人则以身殉利，士则以身殉名，大夫则以身殉家，圣人则以身殉天下。故此数子者，事业不同，名声异号，其于伤性以身为殉，一也……伯夷死名于首阳之下，盗跖死利于东陵之上，二人者，所死不同，其于残生伤性均也。"③其中"大夫则以身殉家"里面的"家"是指家族。卿大夫称家，受采邑，赐氏族，主宗庙，世不绝祀。至于屈原，则是王族。《离骚》开篇第一句就是"帝高阳之苗裔兮，朕皇考曰伯庸"，表明自己出身于和楚王同姓的贵族家庭。那么他以身相殉的，是他们那个高贵的家族。他又是楚国的三闾大夫，"掌王族三姓，曰昭、屈、景。屈原序其谱属，率其贤良，以厉国士"④。用庄子之眼看屈原那一类人，人们自然会对那些为家族利益而牺牲性命的生活态度和实际做法，都持批评态度。元白先生的天性和人生态度都有接近庄子的地方，所以说没读过《离骚》，婉转地表达不喜欢其中宣泄的激烈情绪。您很可能欣赏屈原的耿耿忠心，但是不赞成他自残自戕这种过于激烈的做法。这是由先生温和顺生的天性决定的，也进一步说明论诗绝句这种批评形式，不求公允，只求个性。

① 《启功全集》，卷六，70页，北京，北京师范大学出版社，2009。
② 张中行：《顺生论》，8页，北京，中国社会科学出版社，1993。所引出自《庄子·人间世》，见张耿光：《庄子全译》，65页，贵阳，贵州人民出版社，1991。
③ 张耿光：《庄子全译》，146页，贵阳，贵州人民出版社，1991。
④ （东汉）王逸：《离骚经序》，见郭绍虞：《中国历代文论选》第一册，154页，上海，上海古籍出版社，2001。

日月星辰和四时堂皇
冠冕笑王公穷兵黩
武求仙死身后谁吟一
句诗

乙柏梁台诗後 启功

第四首　汉武帝

　　"日月星辰和四时"，堂皇冠冕帝王辞。

　　穷兵黩武求仙死，身后谁吟一句诗？

　　起首一句是引用汉武帝刘彻的《柏梁台联句诗》。柏梁台故址在今西安市长安区西北故城内。逯钦立先生在诗题之下引用《东方朔别传》说"孝武元封三年。作柏梁台。诏群臣二千石有能为七言者。乃得上坐。"[1]那是一首联句诗，汉武帝刘彻开了一个头，后面梁孝王刘武接上一句，再往下就是当时各位能诗的高官如大司马、丞相、大将军、御使大夫和名匠、名优、弄臣等24人续成一首诗。明末清初的著名学者顾炎武认为此诗是伪作："云是元封三年作，而考之于史，则多不符。"之后是众说纷纭。[2]不管真假，此诗第一句符合帝王的口吻。帝王自信奉天承运，能使风调雨顺、四海和谐。只有和谐了，他和他的后代才能永坐龙廷。所以第二句元白先生说前面引用的那句是"堂皇冠冕帝王辞"。下面请先看一看这首联句诗，可见刘彻的这一句确实比他弟弟刘武的水

----

① 　逯钦立:《先秦汉魏晋南北朝诗》上册，97 页，北京，中华书局，1983。

② 　（清）黄汝成集释:《日知录集释全校本》，栾保群、吕宗力校点，1192 页，上海，上海古籍出版社，2006。之后罗根泽、游国恩等人认为不真；丁福保、陈直、余冠英、逯钦立等人认为不假。元白先生既然在此引用该诗第一句，说明您相信是真。除先生外，我还特别敬服逯钦立先生的人品学问，所以我也相信此诗并非伪作。

平更高，也更有所谓帝王气象：

> 日月星辰和四时。骖驾驷马从梁来。
> 郡国士马羽林材。总领天下诚难治。
> 和抚四夷不易哉。刀笔之吏臣执之。
> 撞钟伐鼓声中诗。宗室广大日益滋。
> 周卫交戟禁不时。总领从官柏梁台。
> 平理请谳决嫌疑。修饰舆马待驾来。
> 郡国吏功差次之。乘舆御物主治之。
> 陈粟万石扬以箕。徼道宫下随讨治。
> 三辅盗贼天下危。盗阻南山为民灾。
> 外家公主不可治。椒房率更领其材。
> 蛮夷朝贺常会期。柱枅欂栌相枝持。
> 枇杷橘栗桃李梅。走狗逐兔张罘罳。
> 啮妃女唇甘如饴。迫窘诘屈几穷哉。[①]

这首诗是联句诗的初始，水平确实不怎么高。大家七嘴八舌、自说自话，有些压韵字重复，零散破碎而全无主旨。通读下来，只有汉武帝刘彻的那句还算勉强有些诗意。其他人大概是不敢夺天子之美，故意写得不高明。另外，这也是七言诗的早期作品，从题解来看，似乎是汉武帝提倡、鼓励大家创新，尝试写七言诗的。

此论书绝句的第三句择要概述汉武一生，所作所为都不对元白先生的脾气。一是暴戾，二是由贪生而变得不智，结果可笑。前面一首讲到贾谊的《鵩鸟赋》，先生说平民"念"生而非"贪"生。平民所求不过是尽其天年，这不能算贪；帝王靠暴力加阴谋，获得至高无上的权力，但是仍然心有不足，用北京俗谚说就是"当了皇上想成仙"。欲求长生

---

① 逯钦立：《先秦汉魏晋南北朝诗》上册，97 页，北京，中华书局，1983。

不老，永享荣华富贵，这才是真贪。最后一句还是直抒先生一己之好恶，不代表其他人也不喜欢汉武帝的诗。

恰巧是先生逝世的那一年，电视台在黄金时间热播《汉武大帝》电视剧。在"帝"前加一"大"字，足见当时国人在积贫积弱百多年后急于证明自己的浮躁情绪。电视机前压倒多数的观众是社会的中下层人士，当他们为"有敢犯我强汉者，虽远必诛"而兴奋欢呼的时候，大概忽略了历史上汉武开边，牺牲的多是社会中下层人士的性命。元白先生是不会欣赏汉武帝的豪言壮语的，因为他知道，帝王气吞山河的气魄是以平民之骸骨做后盾的。一旦涉及帝王自己的性命，他们则是贪多无厌，不是想"向天再借五百年"，就是闹出笑话，为了求仙、求长生不老而受方士之骗直至死去。这就是先生"穷兵黩武求仙死"一句的内涵。这一句，我借用先生的竹竿儿法，但暂时忽略其音韵而专注其含义，可以分为四个意群，也就是竹竿儿的四节：穷兵、黩武、求仙、死。表达汉武一生行为的四个阶段，翻成白话就是：他用尽了兵丁的性命、任性动武开边、追求长生不老、死了。前两组反映他对待他人性命的态度，后两组（或曰一组半）反映了他对待自己性命的态度和无奈结局。先生此句，讽刺性很强，有深刻的批判精神。我说的批判，不是"文化大革命"时期蛮横无理的"大批判"，而是康德"纯粹理性批判"里面那种冷静的哲学思辨。平心而论，汉武帝刘彻的诗，特别是他的《秋风辞》，还是写得很不错的：

> 秋风起兮白云飞。草木黄落兮雁南归。
> 兰有秀兮菊有芳。怀佳人兮不能忘。
> 泛楼船兮济汾河。横中流兮扬素波。
> 箫鼓鸣兮发棹歌。欢乐极兮哀情多。
> 少壮几时兮奈老何。①

---

① 逯钦立：《先秦汉魏晋南北朝诗》上册，94 页，北京，中华书局，1983。

我 2017 年暑假到山西永济参观鹳雀楼，顺道也参观了后土祠的秋风楼。汉武帝"泛楼船兮济汾河"的诗意不由得萦绕在我的脑海，联想唐代诗人元稹说"逮至汉武赋《柏梁》诗而七言之体具"[①]，明代评论家胡应麟也称赞说"《秋风》为百代七言祖"，[②] 不由得承认汉武帝确实开创了一种新的文学样式。其实这《秋风辞》虽然也是七言，但楚辞的味道比较浓，所谓七言，也是每行加"兮"字凑成的。所以还是元稹说得比较符合实情，前面那首《柏梁台联句诗》才是真正的七言鼻祖。刘勰在《文心雕龙·时序》里面称赞汉武帝对文学发展的功劳不小："逮孝武崇儒，润色鸿业，礼乐争辉，辞藻竞骛：柏梁展朝宴之诗……"[③] 这话没有夸奖该诗，只是说那次宴会鼓励了当时的文人。

为查前引刘勰之言，又引出我对往事的回忆。我从架上抽出《文心雕龙注释》，无意中看到扉页上"启功先生指正 周振甫"数字。原来这是周先生送给元白先生的书，先生转送给我了。书是 1983 年人民文学出版社第二次印刷的，是 1986 年夏季我从北京外国语大学英文系研究生班赴美国留学时先生送我的礼物。1978 年我初入大学学英文，先生还曾送我一本《稼轩词编年笺注》，并嘱咐我"虽然是去英文系，不妨接着读国文"。我的书架上还有一本杨明照先生的《文心雕龙校注拾遗》，想对照着看看，就也抽出来，打开一看，扉页上赫然写着杨明照先生娟秀的小字，是请先父指正一类的客气话。盖有图章，落款是 1984 年 7 月。我回想起来，也是离开北外去美国之前，同时接到父亲和启大爷两份相似的礼物和相同的心愿，就是不要放弃对中国古典文学的钻研。行文至此，我感恩加惭愧，不能自持，泪滴手颤，湿了键盘！去国 30 年，我不得不专心西学，几乎荒废了国学。实在对不起两位长辈的苦心。希望亡羊补牢，犹未为晚。暮年补过，力竭方已。

《秋风辞》意境苍凉开阔，由乐极而生悲。生命本身的矛盾性——

---

① 《元稹集》，600 页，北京，中华书局，1982。

② （明）胡应麟：《诗薮》，130 页，上海，上海古籍出版社，1979。

③ 周振甫：《文心雕龙注释》，477 页，北京，人民文学出版社，1983。

欢乐极而生哀情——不因帝王身份高贵而有所减弱。诗中感情也不失真挚。鲁迅甚至说"武帝词华，实为独绝。当其行幸河东，祠后土，顾视帝京，忻然中流，与群臣宴饮，自作《秋风辞》，缠绵流丽，虽词人不能过也"[①]。元白先生结尾用疑问句[②]，意为没人肯读刘彻的帝王诗，是诗家夸张的说法。

① 鲁迅:《汉宫之楚声》，见《汉文学史纲要》，北京，人民文学出版社，1973。
② 此诗引自北京师范大学出版社《启功全集》卷六，70页。先生诗稿皆手书。出版社加以现代标点符号，有值得商榷处。宁此处自行改动。

神龟虽寿犹有竟时螣蛇乘雾终为土灰老
骥伏枥志在千里烈士暮年壮心不已盈缩之期不但在天养颐之
福可得永年幸甚至哉歌以咏志 龟虽寿篇

协和同志属书 一九七六年春日 启功习字

第五首　曹孟德

鼎分一足亦堂堂，骥老心雄未是殇。

横槊任凭留壮语，善言究竟在分香。

这一首主要是先生对曹操人格的理解，论诗的其实只有二、三两句。第一句评论的是曹操的政治建树；第四句赞扬其人性中温厚的一面。曹操"挟天子以令诸侯"，以汉献帝的名义征讨四方，平定了袁术、袁绍、吕布、刘表、马超、韩遂等内乱割据势力，对外遏止了匈奴、乌桓、鲜卑等外敌侵扰，统一了北方。放眼全国，虽然还是三分天下，毕竟形成了相对平稳的政治局面，普通平民百姓又得以繁衍生息了。先生的意思，这是堂堂的功业，不因小说里的故事和戏台上的"白鼻头儿"而减少光芒。

第二句需要讲的事情多一些。据《三国志》所载，曹操是汉初名相曹参之后。[①]生于东汉桓帝永寿元年（公元 155），卒于献帝延康元年（公元 220 年）。"殇"字的意思是夭折、战死、未成年而死。元白先生认为曹操活了六十五六岁，在那个时代，算是比较长寿的，所以说他"未是殇"。"骥老"指代《龟虽寿》全诗。先生夸赞曹操老年仍有壮志，直至寿终正寝。

我第一次接触曹操的诗，是通过余冠英先生选注的《汉魏六朝诗

① 《三国志》，1 页，北京，中华书局，1982。

选》。"文化大革命"时期我家被抄过，拿走了不少书。后来父亲和师大其他"有问题"的教授们一起，被关在校园西南角上的公共浴室，工资停发。不过我每月可以领取十五元五角的生活费。（至今我也不明白为什么不是十五元或十六元。这个带零头的数字是谁人定下的规矩呢？）有时是我到会计那里取，有时是由住在西斋西楼（简称西西楼）里的一位叫赵文跃（耀？）的中文系学生转交给我。一次我去取钱，宿舍里只有他一个人，正在看《汉魏六朝诗选》。我来了，他也不避讳，大大咧咧地把书放在桌上，转身摸索上铺的一个箱子，开锁拿钱。那时这本书很有可能被划在"毒草"类，所以我觉得机会难得，抓过来先读几行再说。他拿了钱，转回身来，见我读书，一边把钱交给我，一边看看窗外面，然后小声对我说："爱看就揣走。本来也是你们家的书。"我简直不敢相信自己的耳朵，赶紧把书塞在棉袄下面，接过钱，结结巴巴地，连声谢谢都没说利索就转身跑到屋外。美国国父之一富兰克林说："小小的蜡烛能把光明投射很远；浊世之中的善行像烛光一样闪耀不息。"那一瞬间赵同学就是我心中的蜡烛。不知现在他在哪里生活。身体还健康吧？家庭一定是幸福和谐的吧？于此遥祝他健康长寿，阖家平安吉祥。

我回家展读《汉魏六朝诗选》，最喜欢里面左思的"郁郁涧底松，离离山上苗"、鲍照的"泻水置平地，各自东西南北流"和曹操的"星汉灿烂，若出其里"，却又说不出为什么喜欢那几句。唯有《龟虽寿》全诗，除了"螣蛇"二字靠猜之外（年少懒怠读注脚），其余似乎都很明白。印象之深，30年苦读英美文学也未能磨灭记忆，依然可以默写如下：

神龟虽寿，犹有竟时。

螣蛇乘雾，终为土灰。

老骥伏枥，志在千里。

烈士暮年，壮心未已。

盈缩之期，不但在天。

养怡之福，可得永年。

幸甚至哉，歌以咏志。

    写后对照原文，发现只有"未已"记错，应为"不已"，另外标点符号也不对。其他都没出错。可惜的是，我现在所用的本子，是人民文学出版社 1978 年的第二版；赵同学退还给我的那本 1958 年第一版的，不知怎么再也找不到，似乎被时间长河卷走，随着那黑暗的 10 年消失了。[1]

    《汉魏六朝诗选》里面的《龟虽寿》，其第五句是"老骥伏枥"；元白先生的第二句是"骥老心雄"。这不是先生一时笔误，也不是为音韵而调换词序，因为这两个字怎么安排都是仄仄。这很可能是一种偏好。您在练习书法的时候，喜欢把这句写成"骥老伏枥"。我问您为什么倒过来写，您说罗振玉有一个唐人抄本，好像是出自敦煌，上面写的就是"骥老伏枥"。为了写好此文，我近来在年轻朋友们的帮助下仔细查阅了一下，发现最早的"骥老"写法出自沈约所撰的《宋书》[2]，另外唐房玄龄的《晋书》里面的《碣石篇》和《淮南王篇》[3]，《曹操集》[4]，宋代郭茂倩编的《乐府诗集》等书里都作"骥老"。这些文本都比较早，更接近曹操的时代，因而接近原著的概率大一些。后来人们普遍更倾向于"老骥"可能是出于修辞技巧的原因。记得我当时就问过先生："您的写法和下一句的'烈士'不对仗呀？"他的回答是"颠倒一下别有韵味。"我当时的话充其量只能算是童稚之言，没想到暗合了 10 年之后一位田先生系统而简单的判断："以对偶习惯考之……倘作'骥老'，则'老'已由形容词转为动词，只可与'士烈'对举，而'士烈'不辞，只能做'烈士'，其对举之词亦只可做'老骥'，至于《宋书·乐志·卷三》与《乐

①   余冠英：《汉魏六朝诗选》，98 页，北京，人民文学出版社，1978。

②   《宋书》（简体字本），412 页，北京，中华书局，2000。

③   《晋书》（简体字本），460 页，北京，中华书局，2000。

④   《曹操集》，21 页，北京，中华书局，1974。

府诗集·卷三七》皆误，应予校正……"①这位先生用一个懵懂少年所能想到的修辞常识，一笔抹杀了四五部古书的记载和《辞源》里面有关的词条，或许有些武断吧？日本僧人遍照金刚（即空海，774—835）在《文镜秘府论》里面总结了中国诗歌中近30种对仗的方法，其中第23种是"偏对"，第25种是"假对"，第26种是"切侧对"，都是不完全、有参差变化的对应。②

当初的懵懂少年如今随着阅历的增加，改变了原来的想法。人们在文学作品里面使用对偶，也是普遍规律：唐诗七律的颔联、颈联要对仗工整，但在汉魏三国时期尚未形成铁定规律；而英国诗歌传统中的英雄双行体（heroic couplet）也是相对应的抑扬格五韵步（iambic pentameter）每联押韵（rhymed couplet）。这种对仗的美感，是远古时期人们观察动物而逐渐产生并确定的，因为动物的双耳、双眼、双肩、四足都是对称、均匀的。后来对称也成了诗歌追求形式美的重要修辞手段，但它绝不是唯一手段。因为古人通过对植物的观察，也体验到了不对称的、参差的美感，并把参差美也用到诗歌里面。从楚辞到宋代流行的长短句都是参差美在文学作品里的体现，更不用说《诗经》里面的"参差荇菜，左右×之"，既反复强调，又错落参差。而英美诗歌里面的所谓"自由体"诗（free verse）也是长短错落，讲究参差自然。就连当年写对称"英雄双行体"最拿手的英国诗人蒲柏，也为中国园林自然散置的非对称美而倾倒，亲自动手"依中国植树的方法布置花园"。③"骥老"虽然不能和下句的"烈士"完美对应，但也有其独到的修辞效果。所谓"老骥"的"老"字，是定语，此"骥"一出场就被限定为"老"；"伏枥"是趴在马棚里的意思，整句的意象是一匹棚下卧槽老马。而"骥"的本意是骏马良驹，假设"骥老"的老字真如某人说的那样从形容词变成了

① 田忠侠：《骥老乎？老骥乎？》，载《学习与探索》，39页，1984（4）。

② ［日］遍照金刚撰：《文镜秘府论汇校汇考》，卢盛江校考，678页，北京，中华书局，2006。

③ 《周珏良文集》，170页，北京，外语教学与研究出版社，1994。

动词，那么整句的意象是本来一匹骏马因衰老而卧在棚下槽前动弹不得。这个意象有由盛变衰的过程，更生动，修辞效果强于对仗工整的"老骥"。况且，趴在马棚里不能动弹，与志在一日驰骋千里，确实不对称、不协调。用不对称的句法表现，比呆板的对偶要更加适合这个特殊场景，这就是元白先生所说的"别有韵味"。所以，到底应该是"骥老"还是"老骥"？此事可能还是以存疑为妥。某先生1984年斩钉截铁的论断实际上也没起作用。将近30年之后，中华书局2013年再版《曹操集》，《步出夏门行》里面依然是"骥老伏枥"。由此可见，学术问题不能像陆法言那样于"烛下握笔"以一己之见强求"我辈数人，定则定矣"①。凡遇到此类难求一律的问题，还是以存疑为妥。尤其是修辞效果问题，换一种说法也许就是另一种境界，很难说甲就一定强过乙。严羽的《沧浪诗话》，劈头一句"夫学诗者以识为主，入门须正，立志须高"②。治学态度越科学，思想也就越开放，愿意随时接受新的质疑和新的解释，这才是识正志高的态度。

第三句的"横槊""壮语"无疑是指曹操《短歌行》里面"慨当以慷"、《龟虽寿》里面"壮心不已"这类有名的诗句。《三国演义》里面有"横槊谓诸将曰：我持此槊，破黄巾、擒吕布、灭袁术、收袁绍……"③这些话听着生动而热闹，但系小说虚构，不足为训。罗贯中文思的来源应该是唐代元稹对曹氏父子文学建树比较中肯的评论："建安之后，天下文士遭罹兵战，曹氏父子鞍马间为文，往往横槊赋诗。故其抑扬怨哀悲离之作，尤极于古"；④当然，现代读者中古典文学修养稍微好一些的人，还会联想到苏轼《前赤壁赋》的"酾酒临江，横槊赋诗，固一世之

---

① （隋）陆法言：《切韵序》，见（清）严可均：《全上古三代秦汉三国六朝文》，8359页，北京，中华书局，1958。
② 郭绍虞：《沧浪诗话校释》，1页，北京，人民文学出版社，1983。
③ （明）罗贯中：《三国演义》，北京，人民文学出版社，1998。第四十八回：宴长江曹操赋诗　锁战船北军用武。
④ 《元稹集》，600页，北京，中华书局，1982。

雄也"。① 对于曹氏这些丰功伟绩和豪言壮语，元白先生承认历代的评价，但内心并不十分欣赏。您看重的是曹操有人情味儿的一面，即第四句里面提到的分香卖履："余香可分与诸夫人，不命祭。诸舍中无所为，可学作组履卖也。"② 作为"一世之雄"，曹操临终为其妻妾安排身后营生，可谓通情达理，甚至细致入微。

俗话说"不怕不识货，就怕货比货"。元白先生在《论书绝句》的第八十首里面写到了元末起义将领张士诚之女婿潘元绍的劣迹："潘元绍为张士诚婿，士诚势蹙，元绍出兵败绩，归家逼其七妾同死。焚其尸而共瘗一冢，作此志铭。"诗云：

> 七姬志里血模糊，片石应充抵雀珠。
> 孤本流传馀罪证，徒留遗恨仲温书。③

本来应该是讨论书法的绝句，结果不谈论宋克（字仲温）所书墓志铭的字体，却控诉潘氏的残忍无情、逼 7 个活生生的年轻妇女为其殉葬的丑恶行径。就连宋克的书法作品都成了"遗恨"和"罪证"。可见先生对封建社会毫无生命权的妇女之同情有多深。先生幼年失怙，靠母亲和姑母抚养成人，后与启大妈结缡，感情甚笃。靠了这三位女性的支持，先生才得以潜心学术与艺术。所以对欺侮妇女者，先生自是深恶痛绝。比如宋代的程朱理学强调妇女必须贞节，丧夫后不得改嫁。先生认为这是"程朱理学及其后代末学对妇女变本加厉的迫害，也是我最反对朱熹之流的原因之一"④。潘元绍的做法，其恶毒与残忍，岂止百倍于程朱理学。而相比之下，先生觉得曹操的分香卖履要人性化多了，值得称道。

---

① （宋）苏轼：《赤壁赋》，见刘盼遂、郭预衡：《中国历代散文选》下册，299 页，北京，北京出版社，1980。

② 《曹操集》，58 页，北京，中华书局，1974。

③ 启功：《论书绝句》，162 页，北京，生活·读书·新知三联书店，1990。

④ 《启功全集》，卷九，35 页，北京，北京师范大学出版社，2009。

一个人在有权力，可以做坏事而不受惩罚的时候，不做坏事以利己，却自动选择做好事而利他，反映了这个人良心未泯。大到曹操的分香卖履，小到赵文跃（耀?）同学的退还图书，都是在有权力的时候而不滥用权力。正如暗夜中的蜡烛，闪烁着人性良知的光芒。

甫言作詩論靈運莫心成詠陶閑

昭曠淡之有余雅似东坡曰陶却高

名陶谈美抹詩却高名何也　辰功

第六首　谢灵运、陶渊明

有意作诗谢灵运，无心成咏陶渊明。

浓淡之间分雅俗，本非同调却齐名。

　　这首诗依然贯彻先生的文学创作主张——口语入诗。其字面的意思很清楚，看似无须注解。用一首诗讨论两位诗人，不可能全面，必然集中于一点，即二人之间诗风的异同。关键在第三句：到底什么是"浓、淡、俗、雅"？二人相比，究竟谁"浓"谁"淡"、谁"俗"谁"雅"呢？不同调而齐名的原因何在？如果能分出"俗雅"来，那么所谓齐名是否还能成立呢？

　　先生说陶谢二人齐名，是总结性的评论：提起山水田园诗，现代人公认谢、陶二位都是祖师级别的人物。不过要论当时文坛情况，陶潜（365—427）的知名度根本不能和谢灵运（385—433）相比。陶渊明活了 62 年，其间默默无闻；身后百十年也没有得到世人的重视。当时的文学家以富艳繁密为贵，尚未注意到他疏淡自然的文体之美，因此他们对陶渊明文学成就的评价并不甚高。钟嵘（？—518）[1]在《诗品》里面把陶诗定为中品。刘勰（465—约 532）在《文心雕龙》里竟然根本不

----

[1]　钟嵘生年不详。见张怀瑾：《钟嵘诗品评注》，1 页，天津，天津古籍出版社，1997。如果假设他和陶潜差不多，活了五六十岁，那么他大概生于 458 年或 468 年，也就是陶潜逝世 30 年或 40 年之后。他的评价可以说代表了当时人对陶诗的理解。

提陶渊明。沈约（441—513）写《宋书》，在《隐逸传》里收录了陶潜的《五柳先生传》《归去来辞》《与子俨等疏》等文，是为了敬仰他高蹈出世的固穷节操，而非褒扬其文学造诣，所以也谈不上重视陶诗。只有到了昭明太子萧统（501—531），他独具慧眼，编纂了我国第一部文人作品专集《陶渊明集》，并且说自己"爱嗜其文，不能释手，尚想其德，恨不同时"①。萧统的《陶渊明集》推测应该在他二十五六岁才能成书，那么就是陶渊明逝世百年之后才得到读者的重视。先生说"无心成咏陶渊明"，实际上是说陶渊明作诗的目的在于自娱自乐，抒发个人感情，排遣生活中的郁闷，既没有指着自己的诗文干禄、谋前程的意思，也没有逞才邀名，流芳千古的愿望。所以陶诗能够给人兴到笔随，意竟文止，流水不争先的悠然自得之兴味。其诗句中没有刻意求工、"语不惊人死不休"的痕迹。诗风朴质自然，以真诚旷达感人，没有闪光耀眼的名句，而往往全篇字里行间透露出淡泊满足的乐生之情。所以先生在第二句里面说"无心成咏陶渊明"。

对比之下，谢灵运几乎从一出生便有了天才的声名。沈约在《宋书·谢灵运传》里面说："灵运幼便颖悟。"他还得到祖父晋车骑将军谢玄的喜爱。高贵的出身、良好的家教使他很快地成长，并展示自己的才能。《宋书》说他"少好学，博览群书，文章之美，江左莫逮"②。与他同时而稍晚的著名诗人鲍照（约414—466）说谢灵运的五言诗"如初发芙蓉，自然可爱"③。把陶渊明列为中品的钟嵘，虽然也批评谢灵运"颇以繁富为累"，但毕竟把他的诗举为上品，说他"名章迥句，处处间起；丽典新声，络绎奔会。譬犹青松之拔灌木，白玉之映尘沙，未足贬其高洁也"④。至于那位把陶渊明视为无物的刘勰，评论东晋至刘宋山水诗

---

① 郭维森、包景诚：《陶渊明集全译·萧统〈陶渊明集序〉》，1 页，贵阳，贵州人民出版社，1992。
② 《宋书》（简体字本），1153 页，北京，中华书局，2000。
③ 《南史》，卷三十四，881 页，北京，中华书局，2011。
④ 张怀瑾：《钟嵘诗品评注》，225 页，天津，天津古籍出版社，1997。

人的成就，尤其是谢灵运的成就时则颇多美言："宋初文咏，体有因革，庄老告退，山水方滋；俪采百字之偶，争价一句之奇，情必极貌以写物，辞必穷力而追新。"周振甫先生在注释这段话时指出，山水诗虽然滥觞于东晋庾阐，但以谢灵运的成就为更高。[①]综合这几家的评论，刘勰的"极貌写物、穷力追新"，钟嵘的"名章迥句、丽典新声"都描述谢灵运诗歌艺术清新亮丽、刻意求新的一面；鲍照是用比喻法：初发的芙蓉干净鲜亮，也是秾丽优美的意象。由此可见，先生绝句里面说的"浓淡"之浓，是指谢灵运；淡，自然就是陶渊明了。

谢灵运的秾丽高雅，是刻意追求的结果。常言道"文如其人"，谢灵运做任何事都志在必得的性格，也反映在他的山水诗里。这一点，和陶渊明对比来看就更清楚。陶渊明逃离官场，回到家乡，最惬意的事就是"登东皋以舒啸，临清流而赋诗"[②]。"东皋"就是水田东面的一个小土坡，渊明几步登上去就足以抒发诗情。而谢灵运则不同，似乎干什么都要"拔尖儿"。他在《过始宁墅》中说："山行穷登顿，水涉尽洄沿。"一个"穷"字和一个"尽"字，表现出他的豪强作风。而《石室山》则更甚：

> 清旦索幽异，放舟越坰郊。苺苺兰渚急，藐藐苔岭高。石室冠林陬，飞泉发山椒。虚泛径千载，峥嵘非一朝。乡村绝闻见，樵苏限风霄。微戎无远览，总荠羡升乔。灵域久韬隐，如与心赏交。合欢不容言，摘芳弄寒条。[③]

这首山水诗充分反映了谢灵运的风格。我们由诗中看到，一大清早

———————
① 周振甫：《文心雕龙注释》，49 页，北京，人民文学出版社，1983。刘勰这段话虽然是针对刘宋初的诗人群体说的，但其中不但包括谢灵运，而且周振甫先生认为谢灵运做得最好，见上书 59 页。
② 郭维森、包景诚：《陶渊明集全译》，285 页，贵阳，贵州人民出版社，1992。
③ 顾绍柏：《谢灵运集校注》，72 页，郑州，中州古籍出版社，1987。

诗人发了寻幽探异的雅兴，说走就走，毫不犹豫，放舟远行，直上林表山巅。"冠林岫"是指层林之上露出一个石头尖来，像帽子一样，当地人把它叫作"大箬岩"，在谢灵运做太守的永嘉郡小楠溪畔。按说登上山顶，应该满足了他的游兴。可是不然，他还要发感慨："微戎无远览，总笄羡升乔。"微戎二字费解。有人说"戎"是"我"字的笔误，似乎有些道理。那么，"微我无远览"的意思就是"除了我谁也不能这样（高雅地？）远游览胜"。至此，贵族子弟的豪气已经喷薄而出了，但他还不过瘾，还想学王子乔乘鹤升仙。这种心态，说好听的是追求卓越；说难听的是贪心不足。

这种追求极致的态度，也反映在他游山玩水的规模和方式上面。沈约在《宋书·谢灵运列传》里面这样描写谢的出游："灵运因父祖之资，生业甚厚。奴僮既众，义故门生数百，凿山浚湖，功役无已。寻山陟岭，必造幽峻，岩嶂千重，莫不备尽。登蹑常着木履，上山则去前齿，下山去其后齿。尝自始宁南山伐木开径，直至临海，从者数百人。临海太守王琇惊骇，谓为山贼，徐知是灵运乃安。又要琇更进，琇不肯，灵运赠琇诗曰：'邦君难地崄，旅客易山行。'在会稽亦多徒众，惊动县邑。"[1] 由此可见，他的旅游和作诗，都尽力地刻意争先。先生说"有意作诗谢灵运"，"有意"二字当玩味。岂止作诗，做什么事谢灵运都"有意"求好、拔尖儿，其结果未必总能如愿。有时过犹不及，难免"可怜无补费精神"。因此，我觉得先生的这一句，或许有委婉批评他的意思。

反观陶渊明的田园景色，不是到远方探求来的，而是自家门前风光："方宅十余亩，草屋八九间。榆柳荫后檐，桃李罗堂前。暧暧远人村，依依墟里烟。狗吠深巷中，鸡鸣桑树颠。"这是下层士人随遇而安，自足情绪的自然流露，当然用不着刻意追求什么。所以他是"无心成咏"。对比此二人，我以为寻幽探异和守拙田园，是人类山水审美两种并行的

---

[1] 《宋书》（简体字本），1175 页，北京，中华书局，2000。

情趣。具体选择哪一种，可能和个人秉性以及经济条件有关。刻意猎奇的，往往有优厚的经济条件。十七八世纪时，英国牛津、剑桥的学生们毕了业，惯例要到欧洲大陆游历一番，包括去雅典、罗马怀古，梵蒂冈朝圣，还有最重要的阿尔卑斯山远足。说是游览，其实他们心里已经有了成形的美学概念，既有崇高的壮美，也有如画之优美。荒山野水难入他们的法眼。他们怀里揣个小镜子，多为长方或椭圆形。遇到雪峰峻岭时，不直接面对实景，却转过身去，拿出镜子来框景。摄入镜框的方为他们所刻意追求的美学意境。这种刻意追求某种类型的美感，在谢灵运身上也能看到。他在始宁的老家，按照沈约的说法是"傍山带江，尽幽居之美"[1]。谢灵运自己的《山居赋》也说"其居也，左湖右江，往渚还汀。面山背阜，东阻西倾。抱含吸吐，款跨纤萦。绵联邪亘，侧直齐平。"[2]自家的风光已经秀丽如此，还要去很远的地方伐木开径、扰民惊吏，实在是和那些英国学生一样，落在了自然美学的第二义，似大雅而其实难以免俗。

　　按照我的观察和推测，先生作为诗人和文学评论家，在第四句里面"却齐名"的"却"字上面流露出一些疑问和诧异的意思。似乎先生更喜欢陶渊明的朴质自然。而先生的性格，使得您对谢灵运那种追求极致的态度难以苟同。但是，我还注意到了，先生的书法作品里面很少甚至没有选择过陶诗。而大谢的名句如"池塘生春草，园柳变鸣禽"和小谢的"余霞散成绮，澄江静如练"，先生倒是常写。谢氏繁复华丽的文词，放在书法作品里很好看；陶氏自然朴质的"狗吠深巷中，鸡鸣桑树颠"作为诗句确实韵味深远，但单独放进书法作品里面却显得有点不伦不类。或许这就是美学的辩证法吧。辩证法强调事物的不稳定性，而不稳定性给人们的审美带来了多样化。行文至此我想起了一段往事，虽然和谢、陶二人没有直接联系，但是对我日后倾向于辩证审美有着极大的影响。

① 《宋书》（简体字本），1160 页，北京，中华书局，2000。
② 顾绍柏:《谢灵运集校注》，321 页，郑州，中州古籍出版社，1987。

　　事关小谢，即谢灵运的晚辈族人谢朓（字玄晖）。我随侍元白先生身边的时候，先生写书法作品送人，多数是写毛氏诗词。但是在旧报、废纸上自己练习的时候则从心所欲，意到笔随。小谢的名句是您反复练习过的文本。不过您有时写"静似练"，有时写"净似练"。我问您为什么常变，您总是笑而不答。一天我忽然"抖机灵儿"，说："您写错了。应该是安静的静，您给写成干净的净了。"您笑眯眯地看着我，拿笔杆在我鼻子前头晃了晃，说："嘿嘿，跟我耍心眼儿？得，算你得逞。今儿教你一招儿。"说罢您放下笔，搬出一堆旧书，先给我看李白的"解道'澄江净如练'"[①]，然后又翻开日本遍照金刚写的《文镜秘府论》——那里边引用小谢的诗句，写的也是"净"字。好像还有一本什么书里头，也是"净"字，但那个书名我现在怎么也想不起来了。然后您对我说："古人没有印刷机，所以图书流通全靠笔抄。抄，就难免出错，至少会出现异文。这没什么大惊小怪的，甚至还很有意思。比如，'静似练'是一种意境，强调水流之慢；'净似练'又是一种意境，强调水质之清、匹练之素。我随着心里的感觉变化一下，有何不可？你呀，学着点儿吧！"没想到，先生这句话，还真让我给学来了。直到现在，当我拿起毛笔用繁体字胡乱涂抹的时候，写到老师的"师"（師）字，总是省掉左上角的那一撇。这是欧阳询在《化度寺碑》里的写法。省掉那一撇，能保持这个方块字的大形完整。在教小孙女识字时，我喜欢把《千字文》里面"夙兴温凊"按照智永的写法，写成"夙兴温凊"，写凊读凊。我总觉得这样变一变很好玩。如果先生还健在，我这样写给您看看，一定很有意思。

---

① 元白先生的教学法真是生动活泼，李白这句我记了一辈子，但那整首诗却没印象了。写此文时查了一下，原来出自他的《金陵城西楼月下吟》，见瞿蜕园、朱金城：《李白集校注》，520 页，上海，上海古籍出版社，1980。

手武詩人生誦仙來泛白鷗

彩雲間黃河水掷泥沙东太

必送章漢墨全 秉晉同杰南正 启功

第七首　李太白

千载诗人首谪仙，来从白帝彩云边。

江河水挟泥沙下，太白遗章读莫全。

　　"谪仙"是唐代诗人贺知章送给李白的雅号，意思是李白天赋极高，似乎不是人间能有，而是天上的神仙，因为触犯了天条而被玉皇大帝贬到人间来了。"千载"应当含有一定的夸张成分，不过也不多：李白生于 701 年，卒于 762 年。往前推一千年，正是《诗经》的内容在民间创作和流行的年代。这等于说中华自有诗歌以来，首屈一指当数李白。从诗歌史上来看，"一斗诗百篇"[①]的李白，比七步成诗、才高八斗的曹植有过之而无不及。第二句借用李白《早发白帝城》里面"朝辞白帝彩云间"句，为了加深第一句"谪仙"的褒誉，说这位诗仙是从天边的云彩里飘然下凡来到人间。第三句突然一变：李白才思如滔滔之江河，但也难免粗糙——泥沙俱下。所以有了第四句的"遗章读莫全"。"读莫全"者，莫全读也。这仍然可以说是用了"显眼的缺失"（conspicuous by absence），和第三首里面先生说"一卷离骚吾未读"异曲同工。这个修辞手段在第三首的译注里面已经解释得很详细了，不再赘言。这样一来，本诗的前两句和后两句看似相互矛盾。先说李白是诗仙，从天上来的，是中国诗歌史上第一人；后来又说李白的作品里面有些是糟粕，不用全

---

①　萧涤非：《杜甫全集校注》，137 页，北京，人民文学出版社，2014。

都细读。先生到底是什么意思呢？

西哲亚里士多德认为 proportion（即比例、均衡之意）是美的重要因素之一。先生这二十五首论诗绝句里面，有三首写杜甫一个人，一首写李白。写杜甫的三首，都是赞扬的评论，而写李白的这一首则是一半褒，一半贬。李杜本是中国诗歌的两面旗帜，一个是诗仙，一个是诗圣。然而先生赞扬杜甫的篇幅是您赞扬李白的 6 倍，这当然不是否认李白的优秀诗篇与杜甫的优秀作品同是诗坛瑰宝，而是表达了先生对艺术创造力、对先天之才和后天努力的评估和态度。先生本人是位天才的书法家，然而您似乎并不看重自己天赋的一些才能。

1970 年到 1978 年这段时间里，我几乎整天泡在先生家里，只听到老人家谈起过一次自己写字的天赋条件："你看我拇指的这块骨头鼓出来一些，正好能帮助我控制笔的运转。"我上大学后，也会隔三差五地去看看先生，直至 1986 年出国为止。如此长时间和先生近距离接触，我听到过先生评论自己天赋条件的，只有这么轻描淡写的一句。后来您还对北师大出版集团的那位朋友提起过此事一次。然而您经常跟我开玩笑，问我："你想知道学好书法的秘诀吗？"这个玩笑开过多次，我早就把答案背熟了。只要您一问，我就知道老人家又想拿我开涮、轻松一下了。于是我说："知道。就在您那破布口袋里头呐！一张小纸条，上面写着'一个劲儿地写、不停地写'。"然后您就笑着说："这是大实话。你不爱听大实话？就爱听什么'心正笔正''古拙须在落笔前'那些不着边际的空话？"这说明老人家把后天的勤恳与专注看得比先天的才情更重。

李白是大天才，灵感来了，脱口而出"两岸猿声啼不尽，轻舟已过万重山"。确实是神来之笔！杜甫的天才也不比李白小，但他作诗有一股"语不惊人死不休"的专注与投入，所以灵感加琢磨，能写出"即从巴峡穿巫峡，便下襄阳向洛阳"这样喷涌而出的句子，与李白的《早发白帝城》同样表达逆境的漂泊中突然得到返乡机会时的欣喜，以及当时所感觉到的那种顺风顺水，即日还乡之痛快淋漓。况且杜甫这首是七律，容量更大，技巧更娴熟。① 杜甫十分欣赏李白，说："白也诗无敌，飘然思不群。"② 喝酒能激发李白的创作力，而杜甫也佩服他"一斗诗百篇"的敏捷诗才。不过杜甫自己也有很高天赋——"下笔如有神……诗看子建亲。"③ 然而他的创作追求不是快捷，而是"稳"。他晚年诗艺已臻化境，却仍然激励自己"赋诗歌句稳，不免自长吟"。明末清初时期的学者胡夏客（《唐音统签》的作者胡震亨之次子）评论杜甫的创作态度时说："诗句已稳，犹自长吟，比他人草草成篇，辄高歌鸣得意者，相去悬绝。"④ 所以，本诗里面对李白看似自相矛盾的评论，实际上反映了先生对天才既赞扬又不放心的态度：李白确实是一等一的天才，但也需要后天的切磋琢磨才能使他诗歌圆满。先生的"读莫全"实际上是委婉地表示李白有些诗写得不太好，不读也罢。

天才加努力固然好，那么单纯依靠天赋有什么不足之处呢？先生说得清楚，那就是创作状态不稳定，灵感来或不来也许要靠运气，时好时坏，泥水与金沙同下。李白的好诗，从《望庐山瀑布》到《蜀道难》，从《秋浦歌》到《将进酒》，脍炙人口，家喻户晓。用现在的流行语来说，我母亲无疑算得上李白的粉丝。我四五岁时，夏季晚间她带我坐在院子里乘凉时，就教我背"床前明月光"。10 岁时带我回湖南外婆家，路过岳阳，她教我背"楼观岳阳尽，川迥洞庭开"。回北京时，外婆送我们绕过池塘，她教我背"桃花潭水深千尺，不及阿婆送我情"。到了

74

---

① 萧涤非：《杜甫全集校注》，2747 页，北京，人民文学出版社，2014。杜甫这首诗除了一气呵成的神来之笔以外，人力的推敲琢磨也颇为出色。例如，七律诗的一般格式是颔联、颈联对仗，首联、尾联不对仗。而杜甫这首虽是七律的体格，而尾联却对仗，给人仿佛在读排律的那种意犹未尽的感觉。而且诗人在结束后又加上一句自注："余田园在东京。"这就把归途的痛快和对还乡的向往以及自己之所以漂泊多年的原因都联系起来，使得诗意更广阔，诗味更浓、更深。这是天才之外再加上自身努力、精雕细刻的结果。先生在后面的诗论里说杜甫"威武是诗皇"是有根据的。

② 同上书，107 页。

③ 同上书，277 页。

④ 同上书，3371～3372 页。

我上初一时，学校里只能学习毛氏的小红书。我在同学宋燕生家里发现了他大姐在"文化大革命"以前的高中课本《文学》（不知为什么不叫《语文》），里面有李白的《梦游天姥吟留别》。我只是翻阅了一遍，就被李白奇幻的想象迷住了："云青青兮欲雨，水澹澹兮生烟……青冥浩荡不见底，日月照耀金银台……"我现在往回推算自己对中国古典文学产生自觉性的喜爱，大概就得算趴在宋大姐家床栏杆上阅读这首诗的那一刻。所以，我对李白是充满敬佩和感恩之心的。

然而，我也同意元白先生对李白的评价，因为李白有少数诗写得确实不算好。比如他歌颂杨贵妃的《清平调三首其一》里面"若非群玉山头见，会向瑶台月下逢"，不仅拍马的立意不高，就连词句的安排都略显俗气。这是其"泥沙"中颗粒比较细小者。稍大的应该算他的"软肋"七律。李白一生，所写七律不到十首。这八九首里面，较好的应该数《登金陵凤凰台》，但真正出色，配得上"诗仙"称号的作品，却找不出来。其中比较失败的，则是《鹦鹉洲》：

> 鹦鹉来过吴江水，江上洲传鹦鹉名。
> 鹦鹉西飞陇山去，芳洲之树何青青！
> 烟开兰叶香风暖，岸夹桃花锦浪生。
> 迁客此时徒极目，长洲孤月向谁明？ [1]

元代西域人辛文房在《唐才子传》里面说，崔颢的《黄鹤楼》诗好。李白登楼想作诗，一抬头看见崔颢的诗，竟然觉得妙词都被崔颢说尽了："及李白来，曰：'眼前有景道不得，崔颢题诗在上头。'无作而去。"[2] 这首《鹦鹉洲》看似李白为了挽回一局所做的努力，但是里面模仿崔颢的痕迹历历在目，大有学而未化的缺陷。崔颢原诗的前半是："昔人已乘黄鹤去，此地空余黄鹤楼。黄鹤一去不复返，白云千载空悠悠。"

---

① 瞿蜕园、朱金城：《李白集校注》，1245 页，上海，上海古籍出版社，1980。

② 李立朴：《唐才子传全译》，8 页，贵阳，贵州人民出版社，1995。

前三句里崔颢连用了三次黄鹤，李白就连用三次鹦鹉。第四句崔颢感叹"空悠悠"，李白的第四句就感叹"何青青"。这种模仿，没有突破，没有创新，所以成就不大。特别是豪气干云的李白不喜欢诗律的拘束，在本诗里面竟然在押韵上面出了问题。清代学者汪师韩在《诗学纂闻》里指出李白在这首诗里面"庚韵而押青韵……其体亦可古可今，要皆出韵也"[①]。意思是这首诗算古体诗也好，算律诗也罢，总之是出了韵。这对"诗仙"李白来说，无疑是相当严厉的批评。另外，一个"洲"字重复了三次而并无特殊的修辞目的，不能不说也是败笔。最后尾联的"迁客此时徒极目，长洲孤月向谁明？"也是对崔颢尾联"日暮乡关何处是，烟波江上使人愁"的生硬模仿，只不过把两句的次序颠倒了一下，把日暮换成孤月而已。以此诗而论，元白先生说是泥沙俱下，应该不算过分。

　　至于李白的好诗，元白先生是十分欣赏的，也经常在您的书法作品里面选用。然而我记忆最深的是不知何人写的一个斗方，上书李白的《早发白帝城》，先生在相当长的一段时间里把它用图钉钉在小乘巷寓所的南墙上。落款里有"书赵松雪本"这样的话，除了第三句"啼不住"和"啼不尽"之异文比较常见之外，其他几句都有一个与普通版本不同的字，下面以黑体字标出：

　　　　朝辞白帝彩云**边**，千里江陵一夕还。
　　　　两岸猿声啼不**住**，**扁**舟已过万重山。

　　先生此诗第二句"来从白帝彩云边"的那个"边"字，就是出于这个斗方。这件文物，在市场上的价格未必昂贵，但在我的心里，却极为珍贵。不知景怀兄是否还能找到它。如果今生我能有幸再看上它一眼，并因之回忆起先生着重念出四个异字时那略带淘气的神情，那该是多么温暖的瞬间呐！

① 瞿蜕园、朱金城：《李白集校注》，1245页，上海，上海古籍出版社，1980。

王賈勤新不相侔詩句難從語法求第主少

陵生碧畫門寸紅處搬死樓翠原一井附壁

孔逮接死樓少陵孤唱奈不符楷郎馬門 啟功

第八首　杜子美之一

主宾动助不相侔，诗句难从逻辑求。

试问少陵葛朗玛：怎生"红远结飞楼"？[①]

学界有共识，皆称李白为诗仙、杜甫为诗圣。元白先生别出机杼，称杜甫为"诗皇"，可见您对杜甫评价之高，因而也可以理解为什么老人家一下子为这位诗人写了三首论诗绝句。

杜甫（712—770）字子美，号少陵野老。这首诗主要讲杜甫创造性地使用汉语，他的诗句不是拘泥于语法的人所能读懂的。"主宾动助"是词法分类后的词性，"侔"的字面意思是"齐"或"相等"，在本诗里意味着"匹配"，是说杜甫诗里的词性灵活多变，往往不合后人总结出的语法。第二句明白如话，无须解释。第三句"少陵"是杜甫别号"少陵野老"的简写；"葛朗玛"是《马氏文通》里的术语，是英文Grammar的汉语音译，即语法。"红远结飞楼"是杜甫《晓望白帝城盐山》[②]这首五律中的第四句。全诗如下：

徐步移班杖，看山仰白头。

翠深开断壁，红远结飞楼。

① 先生的诗引自北京师范大学出版社《启功全集》卷六，71页。先生原诗皆手书，无标点。出版社所加现代标点符号有值得商榷处。宁于此处自行改动。

② 萧涤非：《杜甫全集校注》，4373页，北京，人民文学出版社，2014。

日出清江望，暄和散旅愁。

春城见松雪，始拟进归舟。

先生在诗的末句诘问：用《马氏文通》的语法怎么能解释得了杜甫打破逻辑、激扬通感的诗句呢？

一般人认为《马氏文通》的作者马建忠（1845—1900）尝试引进西方语法学来研究古代汉语作品，功不可没。但是作为开山之人他难免犯有各种错误，生搬硬套是其中比较严重的一个。先父是这方面的专家，说得更具体。您认为马建忠先生套用的是拉丁语法，那是根据一种已经死亡，即不在人们口头上继续使用，因而停止了发展变化的语言。用它来解释活的汉语，即人们仍在使用仍在不断发展变化的语言，无异于刻舟求剑。

先父和元白伯父的友谊始自1937年。二老性格迥异：先父刚正尖锐；启大爷仁慈和善。我观察到一个很有趣的现象，就是多数情况下，启大爷的人格会影响先父。二人聚在一起时，先父比平素显得更温和宽容一些。偶尔也有先父的性格影响启大爷的时候，使得启大爷也变得激烈、挑剔起来，这往往是他们在讨论语法问题的时候。有一个场景，直到现在还清清楚楚地留在我的记忆里。二老根据汉语本身的特点，质疑所谓"主、谓、宾、定、状、补"在汉语里能有多坚实的根据。他们的切入点就是"省略"这种语法解释。具体说，就是"下雨了"这句话。依照以马氏理论为代表的语法学派，本句省略了主语，完整的句子应该是"天下雨了"。启大爷问："谁说是'天'下的雨？凭什么不是'东海龙王'下的？"先父就火上浇油："您要问我，我就说'妙峰山上王三奶奶下的！'"启大爷就把战火扩大，说："省完主语省宾语，省来省去什么都没了！"此时先父忽然唱起了童谣："两只老虎，两只老虎，跑得快……"启大爷接着唱："跑得快。一只没有脑袋，一只没有尾巴，真奇怪……"然后二人齐唱"真奇怪"。二人碰一下杯，各抿一小口葡萄酒。最后先父平静地说："下雨，就是下雨。在这个句式里，根本没有必要非给它找个主语不可。那个所谓的'天'就是英语'It's raining'里面的那个 It。It 是个虚设的逻辑主语（或曰形式主语）；咱汉语干脆不虚设——多痛快！哪里是什么省略？可语法学家非给它加上一个。这不是叠床架屋吗？"

从这样一种态度来看先生的三、四两句，就容易理解其中的含义。试析"红远结飞楼"的语法结构，"结"无疑是句中的主要动词，可以看作谓语。"楼"不妨看作此动词的对象，即宾语，而"飞"字是它的定语，描写楼檐翼然飘然的样子。那么主语是什么呢？从其结构位置上看，"红"字可能性比较大。但从句中的意思来看，"红"是楼的颜色，不可能是主语，更像是"楼"的第二个定语。"远"字亦复如是。那么全句的正常词序应该是"结红远飞楼"。没有主语，谁来结这个楼呢？无关紧要！它和前面一句"翠深开断壁"一样。谁开的这悬崖峭壁？可能是盘古开天地的时候"开"的，也可能是二郎神开山救母时"开"的。此刻作诗的杜甫根本不去追究。他感兴趣的是怎样用最浓缩的句法创造最鲜明生动的意象：这石壁很深、是绿色的、陡峭得像被斧头砍断的一样；那木楼很远、是红色的，楼檐飘然得像要飞起来一样。

所谓语法者，运用语言之规律也。杜甫此诗运用语言时所遵循的规律不是主谓宾定状，而是平平仄仄平，还有对仗、意象、色彩、声响。如果按拉丁化的语法，写成"结红远飞楼"，那不但不是好诗，而且根本不像中国话。元白先生对杜甫的赞扬，主要因为佩服诗圣、诗皇运用语言时大胆而奇特的创造性。打破常用的句子结构，把中国的语言文字那凝练、精美的特色充分发挥出来。对于如此富于创造性的、活生生的、不断发展变化的汉语，硬要套上拉丁语法的缰辕，那就真如先父所说的"刻舟求剑"了。

地闊天寬自在行 便吟吳體發奇聲 祇唯性僻耽佳句 所欲隨心有

少陵 讀草堂集家兄一弟 啟功

第九首　杜子美之二

地阔天宽自在行，戏㧗吴体发奇声。
非唯性僻耽佳句，所欲随心有少陵。

　　第一句无须解释，泛指杜甫诗风自然恣肆的境界。第二句"吴体"比较复杂，要从"吴歌"讲起才能清楚。吴歌是一种古老的诗歌形式。《晋书·乐志》勾勒出了它发展、演化的脉络："凡乐章古辞，今之存者，并汉世街陌谣讴，江南可采莲、乌生十五子、白头吟之属也。吴歌杂曲并出江南，东晋以来，稍有增广……始皆徒歌，既而被之管弦。又有因丝竹金石，造歌以被之，魏世三调歌辞之类是也。"[1] 也就是说，它本是民歌，东晋以来收入乐府、配上管弦乐队的伴奏，然后又由宫廷诗人根据音乐填写歌词。萧涤非先生在《汉魏六朝乐府文学史》里面指出："吴歌实以江南建业（今南京）为发源地。"[2] 也就是说，"吴歌"最初是江南一带的民谣，与其他民谣不同的是它产生于建业（今南京）的街头闾巷。常以男女恋情为主题。后来被统治阶级发展成乐曲，收入乐府，成了中国宫廷诗歌的一部分。南朝宋著名诗人鲍照，也就是杜甫推崇的那位"俊逸鲍参军"，[3] 身处"上品无寒门，下品无世族"的等级森严时代，

---

① 《晋书·乐志下》（简体字本），461 页，北京，中华书局，2000。
② 萧涤非：《汉魏六朝乐府文学史》，201 页，北京，人民文学出版社，2011。
③ 萧涤非：《杜甫全集校注》，107 页，北京，人民文学出版社，2014。

却以盖世之天才，置当时流行的美学窠臼于不顾，虚心向劳动人民学习，写出了活泼生动的《吴歌三首》：

> 夏口樊城岸。曹公却月戍。
> 但观流水还。识是侬流下。
>
> 夏口樊城岸。曹公却月楼。
> 观见流水还。识是侬泪流。
>
> 人言荆江狭。荆江定自阔。
> 五雨了无闻。风声那得达。①

鲍照不但采用了江南口语，而且借用了民歌反复吟咏的格式，写出了民歌题材中常见的爱情诗，十分清新可爱。在鲍照之后，陈后主、隋炀帝等人都亲自参加创作，但他们的才力不够，不能像大诗人鲍照那样取之于民歌而高于民歌。他们所写的内容脱离普通人的生活，更脱离劳动人民的生活，其歌曲精神委顿、词藻华艳，又回到了宫廷文学那种因贫血而苍白，故不得不浓妆艳抹地加以遮掩的状态。到了唐代，不仅这种宫廷化的吴歌失去了很大的吸引力，就连真正的吴地民歌也为多数诗人所轻视。唯独杜甫独具慧眼匠心。明末清初学者黄生说："皮陆集中亦有吴体诗，大抵即拗律诗耳。乃知当时吴中俚俗为此体，诗流不屑效之。独杜公篇什既众，时出变调，凡集中拗律皆属此体。"② 从元白先生诗中"戏拈吴体"等字推测，可知先生的具体例证是杜甫的《愁》，因为杜甫在诗题下自加注脚"强戏为吴体"。③ 可见诗圣是自觉地向别人

---

① 逯钦立：《先秦汉魏晋南北朝诗》中册，1270 页，北京，中华书局，1983。此处采用原书标点。
② 萧涤非：《杜甫全集校注》，4390 页，北京，人民文学出版社，2014。
③ 同上书，4387 页。

"不屑效之"的民歌学习，从中吸取营养，并用这种独特的形式打破律诗严格的格律规范，追求一种变体的自由与创新。现录《愁》诗于下，为读者提供一个感性认识：

> 江草日日唤愁生，巫峡泠泠非世情。
>
> 盘涡鹭浴底心性，独树花发自分明。
>
> 十年戎马暗万国，异域宾客老孤城。
>
> 渭水秦山得见否？人今罢病虎纵横。[①]

黄生评论此诗曰："偶发例于此曰'戏'者，明其非正声也。此漫兴之作，诗成摘一'愁'字为题耳。本因不得归秦，沉忧莫写，无端对物生憎，皆是愁人实历之境。当春之时，万物自得，亦何与人事？然而不知人愁，是即其所以唤人愁也。草之生，花之发，水之流，鹭之浴，皆唤愁之具。以下三句，特变文言之耳。'底心性'，偏能自得？怪之之辞。'自分明'人谁赏尔？诮之之辞。'非世情'，不解人意，恨之之辞。后四句指言其实，愁从中来，微物之故，则亦强戏言之而已矣。"[②] 黄生的解释，大体是正确的。他是说杜甫此时心情十分别扭，而这种别扭的心情，用正常的律诗来表达，未免有不尽意的地方。故此，杜甫借鉴民歌，创造了一种"拗"（别扭）体，来表达自己的别扭心情。这样形式和内容就统一了。杜甫此诗，借鉴民歌的音律，却离开了民歌的爱情题材，是一种新的尝试。这比鲍照的借鉴，又进了一步。

杜甫的开篇头一句就与众不同，甚至可以说是别扭。一般来说，江南三月，草长莺飞，正是万物欣欣向荣，人们也因之心情愉快的季节。比如白居易的"离离原上草……春风吹又生"[③] 和韩愈的"天街小雨润如

---

① 萧涤非：《杜甫全集校注》，4387 页，北京，人民文学出版社，2014。

② 同上书，4390～4391 页。

③ 谢思炜：《白居易诗集校注》，1042 页，北京，中华书局，2006。

酥，草色遥看近却无"，这都是妙句，写的都是"最是一年春好处"。[①]
不过杜甫当年的心情是因战乱多年，有家不得归而特别愁闷。故此美丽
的春天不能引起他的愉快，反而使他的愁闷加深，以至于看什么都不顺
眼：江边草生、水边鹭浴、独树花发等等美丽而富于生机的景色在对比
之下使得他的心情更为低沉，只好用平仄仄仄仄平平这样特殊的音律来
排解。他选择了不同于律诗常态的吴体，并且明说自己是写着玩玩，以
图破闷。而且，他还特意在"戏"字前面加上一个"强"字，说明自己
这是强不能以为能，特别别扭。元白先生非常重视平仄，认为它不仅是
中国诗歌的规律，而且是汉语的基本规律之一。但是当杜甫大胆创新，
随机取材，故意违反律诗的平仄规律以求开拓新的语言空间时，元白先
生却表现出了高度的欣赏与敬佩。先生指出，杜甫的高超诗艺，不限于
炼字造句，而在于大胆开发新的题材、体裁。选择一个大的框架，来让
自己的诗情找到最好的宣泄方式。真是到了"从心所欲，不逾矩"进而
创新矩的化境。这也为先生在下一首里面推杜甫为"诗皇"做好了准备。

除了这首《愁》以外，杜甫还写了《暮归》[②]等十七八首吴体诗。难
怪黄生说"独杜公篇什既众，时出变调"了。

---

① 钱仲联:《韩昌黎诗系年集释》，1257 页，上海，上海古籍出版社，1984。

② 萧涤非:《杜甫全集校注》，5571 页，北京，人民文学出版社，2014。

泉水通人過險
崖置屋牢

少陵佳句六名句也水哉作石

一九八九年夏日 啟功

第十首　杜子美之三

"昔有佳人公孙氏，一舞剑器动四方。"
便唱盲词谁敢议？少陵威武是诗皇。[1]

在前面的头一首诗里，元白先生赞扬了杜甫突破语法的束缚，写出了结构奇特的句式："翠深开断壁，红远结飞楼。"第二首又称赞杜甫打破律诗的束缚，积极向民歌学习，发展了"吴体"这种新颖的拗律形式以表达特殊的情绪，例如《愁》见春草不生喜悦生愁闷、《暮归》不写岁暮还家的温暖却写战乱客居的悲情。到了这一首，先生又称赞杜甫打破传统的"俗、雅"之分，大胆地在诗歌里运用民间说唱艺术的语言。这和后面先生称赞子弟书是一致的。三首均赞杜甫开阔的思路和恣肆的创造力。最后提出了杜甫是"诗皇"的新概念。可以说，先生这三首《论诗绝句》也为杜诗的批评领域开启了新的思考空间。如果认真钻研进去，颇能写出几篇学术论文。本书意在介绍先生的《论诗绝句二十五首》，无暇在此深入。留此空间，以待有心之人。

此首前两句引用杜甫《观公孙大娘弟子舞剑器行》[2]里面的开头

[1] 先生的诗引自北京师范大学出版社《启功全集》卷六,71 页。先生原诗皆手书，无标点。出版社所加现代标点符号有值得商榷处。宁将第三句的逗号自行改为问号。

[2] 萧涤非：《杜甫全集校注》，308 页，北京，人民文学出版社，2014。

二句。我儿时不知在哪里得到一本绣像本的唐诗，里面为这首诗配了图——是一个妇女舞动双剑。先父扫了一眼就叹气，说："真是胡来。'剑器'不是剑，而是一段红绸，两端各结一个绣球。舞起来可曲可直，可垂可立，所以序里头才有'浏漓顿挫'这样的话，诗里面才有'燿如羿射九日落，矫如群帝骖龙翔'这样的句子。如果是两把硬而直的宝剑，那么'浏漓顿挫'和'矫'这样的形容就不那么贴切了。"此诗的背景，杜甫自己在序言里介绍得相当详细："大历二年十月十九日，夔府别驾元持宅，见临颍李十二娘舞《剑器》，壮其蔚跂，问其所师，曰：'余，公孙大娘弟子也。'开元五载，余尚童稚，记于郾城观公孙氏舞《剑器浑脱》，浏漓顿挫，独出冠时，自高头宜春、梨园二伎坊内人，洎外供奉，晓是舞者，圣文神武皇帝初，公孙一人而已。玉貌锦衣，况余白首，今兹弟子，亦匪盛颜。既辩其由来，知波澜莫二，抚事慷慨，聊为《剑器行》。往者吴人张旭善草书书帖，数尝于邺县见公孙大娘舞《西河剑器》，自此草书长进，豪荡感激，即公孙可知矣！"

先生诗中第三句的"盲词"指瞽艺人说唱的叙事类作品。瞽艺人是由先秦的瞽乐官演化而来。他们擅长讽诵，曾受到很高的尊重，被称为"王官"，在宫廷中演出，是礼乐的重要传播者。《周礼·春官·序官》曰："上瞽四十人，中瞽百人，下瞽百有六十人。"[1]可见宫廷里瞽人的队伍相当于一个现代的大合唱队，相当有规模。可惜到了后来"礼崩乐坏"，礼乐的仪式被宫廷娱乐取代，瞽人随后也被优伶取代。之后他们渐渐转而成为民间说唱、讲唱的艺人。宋代诗人陆游在《小舟游近村舍舟步归》一诗里面描写了他们"负鼓盲翁正作场""满村听说蔡中郎"[2]的热闹场面。

杜甫在《观公孙大娘弟子舞剑器行》的诗序里面不厌其烦地讲述公孙氏及其弟子的历史，也勾画出了她和弟子们由"玉貌锦衣"的宫廷供奉沦落为俸失色衰的民间艺人的下行生涯。这和瞽人的命运有相似之

---

① （清）阮元：《十三经注疏》，1625页，北京，中华书局，2009。

② 钱仲联：《剑南诗稿校注》，2193页，上海，上海古籍出版社，1985。

处。故此杜甫大胆地选用了瞽书讲故事的开场白："昔有佳人公孙氏"。
这反映了杜甫作为天才的诗歌艺术家在解题、选材、量裁等方面远超其
他诗人的眼光和胆魄。一般来说，说唱艺术是一种俗文化，大雅的诗人
不屑于借鉴。而杜甫却根据自己要写的内容（舞者由宫廷供奉沦落为街
头艺人而艺术造诣丝毫不减），为之选择了最恰当的体裁和形式——"盲
词"。由于他把形式和内容配合得天衣无缝，元白先生才能发出"谁敢
议"这样的质问。我的理解是，非不敢也，实不能也！看菜吃饭，量体
裁衣，诗圣也罢，诗皇也罢，杜甫真称得上深思熟虑，神乎其技了。

这种根据内容选择形式的做法，中外诗人中水平最高者都会采
用。英国 17 世纪诗人弥尔顿（John Milton，1608—1674）在双目失
明的情况下，靠口授的方法写出了以圣经故事为题材的史诗《失乐园》
（*Paradise Lost*，1667）。当时英国的教会虽然脱离罗马教廷已有百年
了，但拉丁文版圣经的影响还在。弥尔顿写作时一方面本着新教的精神
使用了本土的英语和无韵诗体，另一方面，为强调其史诗的宗教性，诗
人却把拉丁文的语法运用到他的英文诗句之中。尤其是开头一句，拉丁
味道极浓，正如杜甫的开头富于瞽词风格。不要小看它只是一句，因为
用了拉丁语法，这一句居然有 16 行之长，相当于我们的两首七律之长
度。我把原文抄在此处，请读者试着欣赏它铿锵的音韵美。一般来说，
受元白先生和先父的影响，我最讨厌那些糊里糊涂地引些外文来唬人的
做法，所以凡我引用外文，总要提供自己的翻译，本人可以为译文的准
确性和文学性负责。这样做首先是因为我比较熟悉原文作品，但不熟悉
中文译本；其次，对于有些中文译本，我还是觉得不太放心。但此处我
只提供了原文，这是因为我觉得自己的翻译，难以准确地再现弥尔顿巧
妙使用的拉丁语法。另外，此处我想和大家分享的并非这段诗歌的内容，
而是它的铿锵音调。所以，我建议读者试着用英文来朗读，品味一下它
的韵律。如果对内容真有兴趣，再自行寻找一个较好中文译本对观：

Of Man's First Disobedience, and the Fruit

Of that Forbidden Tree whose mortal tast

Brought Death into the World, and all our woe,

With loss of *Eden*, till one greater Man

Restore us, and regain the blissful Seat,

Sing, Heav'nly Muse, that on the secret top

Of *Oreb*, or of *Sinai*, didst inspire

That Shepherd who first taught the chosen Seed,

In the Beginning how the Heav'ns and Earth

Rose out of *Chaos*: Or if *Sion* Hill

Delight thee more, and *Siloa's* Brook that flow'd

Fast by the Oracle of God; I thence

Invoke thy aid to my adventurous Song,

That with no middle flight intends to soar

Above th' *Aonian* Mount, while it pursues

Things unattempted yet in Prose or Rhime. [1]

　　由此看来，这两位高手，不分什么东方西方，有一些非常相似的东西，即都能够根据具体的情况选择合适的诗歌形式。他们既有对语言精准的把握，又有足够的胆魄打破语言、语法、格律、文体的种种限制，把自己诗歌的艺术感染力发挥到极致。弥尔顿看似描写了天堂与地狱之战，实际上他所揭示的是当时英国内战给社会带来的动荡与改变，以及民众所受之痛苦。细读杜甫的《观公孙大娘弟子舞剑器行》，发现该诗看似描写了宫廷艺人流落民间后仍然保持了她们精湛的技艺，实际上也描写了安史之乱后大唐帝国山河破碎，生灵涂炭，斯文扫地，舞者流离的社会场景。否则，杜甫不会专门写那么长的一篇序文。

　　元白先生极力想告诉读者的是杜甫的诗歌艺术登峰造极，已经从必

① 　John Milton, *The Complete English Poems of John Milton*, New York, Washington Squre Press, 1964, pp. 88-89.

然王国上升到了自由王国。称其为"圣"为"皇"都不过分。我想附先生之骥尾，和读者分享一些自己的心得：吴体多数诗人嫌俗，但是杜甫不嫌，而借其拗倔的声调来抒发自己当时难以忍受的一种特殊的别扭心情。欧洲宗教改革之后，人们向往摆脱拉丁所谓的"古雅"趣味而掀起本地土语文学的高潮。弥尔顿的《失乐园》恰是英语文学的一座高峰。然而，弥尔顿不嫌拉丁之古雅（正如杜甫不嫌吴体之俗），为宣泄自己的宗教热情和社会批判精神，他用拉丁语法来组织自己史诗的开篇第一句。由此可见，无论古今中外，伟大诗人之伟大之处，是他们拒绝接受任何成规与偏见，不管它们是俗是雅；而是根据具体的诗情，寻找恰当的表现形式，使之融为一体。硬要把古今诗坛巨匠分为东方和西方，是缺乏深入研究的表现。小异是掩盖不住大同的。英国瞽瞍弥尔顿和少陵野老杜子美，共同证实了我的说法。

与杜甫、弥尔顿一样，元白先生与先父拒把拉丁语法套用在汉语之上，在他们自己的文本细读中，苦苦寻求汉语本身的规律。后学小子，承恩其深，怎敢忘怀他们融通的襟怀与实事求是的方法呢?

憲宗迎舍利影骨原非真退之
諫愚夫賤逐臨其身鱷魚有利
齒驅於一祭文愚夫望福報斂
於刑餘人
一九八八年元月旅次汕頭因玉潮州謁
韓文公祠時唐帝所迎者初禳於世感題一首 啟功

第十一首　韩退之

语自盘空非学仙，甘回涩后彻中边。

三唐此席谁祧得？诗到昌黎格始全。[①]

这一首讲韩愈。先生对他评价极高。"语自盘空"是说韩愈构思奇特，妙语仿佛横空出世，前无古人。而这个盘空与李白的天才又有很大不同。贺知章称李白"谪仙人"，因为他才思敏捷，诗句脱口而出，浑然天成。而韩愈却是"笔补造化""奇崛险硬"。所以先生说韩愈独出心裁，并非学习诗仙李白的那种飘逸风格。"语自盘空"的那个"自"字，是针对韩愈的独创性而言。非借天力，师心自得也。

"甘回涩后"是形容读韩愈诗犹如食橄榄，先苦涩、后甘甜。而苦和甜是混合在一起互相生发的。"彻中边"看似难解，其实是用典。宋代诗人曹彦约（1157—1228）《送绵竹王主簿》首联为："渴想才名不计年，得诗甜处彻中边。"[②]意思是曹彦约觉得王主簿的诗句优美，从里到外都甜美无比。后来有人用过"甜彻中边""透彻中边"的说法，意思是从里到外，从中心到边缘，渐渐成了半成语。先生在这里称赞韩诗先涩后甜，从里到外的甜，引用这个典故十分恰当。

---

① 启功先生原诗是毛笔手写的，无标点。第3句出版社所加为逗号。我以为既然用现代标点，问号似乎更合适。

② 北京大学古文献研究所：《全宋诗》，第五十一册，32159页，北京，北京大学出版社，1998。

"三唐"已经在第一首里面讲过,不再重复。"祧",本意是远祖庙,后来延伸为继承、将某某移入远祖庙之义。全句的意思是:那么整个唐代的诗人们,应该把谁请进诗歌的圣殿,坐在这个崇高的荣誉地位呢?当然是韩愈。可见先生对他评价之高。

最后一句,说到诗歌发展到了韩愈这里,各种格调才算齐全。我想提醒读者注意的是,先生这个"诗"字,不限于唐诗,而是指从《诗经》以降千百年来的传统;是讲中国的诗歌经过长时间的发展,由韩愈创造性的劳动而趋于完备。可见先生对韩愈诗歌艺术的褒扬到了极致。钱仲联先生是研究韩愈的专家,他总结出韩愈诗歌的三个特点:第一是韩愈因自己仕途坎坷,能够深入体察社会动荡给人民带来的痛苦并为之呐喊呻吟。我认为这个特点,韩愈之前的屈原、鲍照、杜甫以及其他很多诗人都做过,虽然确是韩愈诗歌的特点,却没有达到"格始全"的高度。第二是对祖国壮丽山河的歌颂有特色。这一点也没错,但是前人谢灵运、谢朓、陶渊明,乃至王维、孟浩然、李白、杜甫等人也都做得很好,并非到了韩愈手里才完备。第三是"一些叙事咏物的诗篇,刻画事物形象生动,描绘情态体察入微;这类作品,还往往寄寓言外深意,耐人寻味"[①]。这一条,我认为很值得深入思考。首先,叙事咏物的诗篇能做到"体察入微"并"寄寓言外深意"的,在韩愈之前大有人在;不能说"诗到昌黎格始全"。但是,韩愈的咏物叙事,能够开发别人不注意或不屑于注意的题材,这确实是前人没有做到的,当得起"格始全"这样的顶级称赞。

那么他创新了些什么东西才当得起"格始全"的称赞呢?那就是别人没有或不突出的:"甘回涩后"——先苦后甜;苦中有甜。换言之,他能深入吟味人生苦痛难堪的场景或瞬间,品尝出类似咖啡那种苦与甜的混合之味。也就是说题材变了,他诗歌的风格也跟着变了,使形式与内容统一起来。把他的做法还原到中唐时期,和大历十才子那些惯谈风

---

① 钱仲联:《韩昌黎诗系年集释》,2～4页,上海,上海古籍出版社,1984。

花雪月的细腻诗篇对比，我们就能发现他的诗歌取材奇特，格调"奇崛（傲）"。正如清初诗论家叶燮所说："唐诗为八代以来一大变。韩愈为唐诗之一大变。其力大，其思雄，崛起特为鼻祖。宋之苏、梅、欧、苏、王、黄，皆愈为之发其端，可谓极盛。"①

2016年9月，在成都的唐代文学研究会上，我得以结识四川大学古典文学教授周裕锴先生，并且谈起了我们共同的朋友唐凯琳教授（Professor Kathleen Tomlonovic）；同年11月，我们又在浙江大学高等研究院会面，成为很要好的朋友。他在成都唐代文学研究会上宣读的论文《痛感的审美：韩愈诗歌的身体书写》可以看作对元白先生此诗"格始全"说法的最好、最深入的注解。裕锴兄首先回顾了当代韩愈研究的成果，认为以往"所谓'以丑为美''非诗之诗'的审美趣味，所谓'雄奇怪异''奇崛险硬'的诗歌风格，所谓'不平则鸣''笔补造化'的创作态度，所谓'以文为诗''陈言务去'的语言风格，如今都有了很好的讨论和公认的结论"②。这一段话总结了钱仲联先生上述评论之后30年来韩愈研究领域的新成果，道出了"格始全"的具体内容。另外，裕锴兄还提出了自己的新发现：由于"韩家的普遍短寿与诗人的生存恐惧"，韩愈"反照自身"建立起一种"基于身体立场"的"痛感审美"。③

这里不妨举几个具体的例子。在韩愈的各种病痛审美的诗歌中，以牙疼齿落的为多。请看《送侯参谋赴河中幕》：

> 忆昔初及第，各以少年称。
> 君颐始生须，我齿清如冰。
> 尔时心气壮，百事谓己能。

---

① （清）叶燮等：《原诗 一瓢诗话 说诗晬语》，霍松林等校注，8页，北京，人民文学出版社，1979。

② 周裕锴：《痛感的审美：韩愈诗歌的身体书写》，载《中国唐代文学学会第十八届年会暨唐代文学国际学术研讨会大会主题发言论文集》，238页，成都，西南交通大学，2016。

③ 同上书，238~242页。

　　一别讵几何？忽如隔晨兴。

　　我齿豁可鄙，君颜老可憎。

　　相逢风尘中，相视迷嗟矜……①

　　两位少年时期的挚友，再次相见已经头童齿豁。与朋友怀旧，竟然说出"我齿豁可鄙，君颜老可憎"这样不顺耳的话，颇出人意料。但细思之下，翻觉其情意真，交情深，方可直言岁月如刀的感慨。

　　我记得元白先生最老的四位朋友驴（曹家麒先生）、马（马四大爷）、獐（章五大爷）、熊（熊尧先生）当中的马四大爷因癌症而住院，元白先生去看他。因为两人是小学同学、撒尿和泥的交情，先生特别伤感，说："唉，所谓人生，不过如此。"马四大爷点头称是。生老病死是与生俱来的、无奈的苦情，无论怎样美化，都难遮其不美、不好的面目。怎么办呢？按照先生另一位老朋友张中行先生的说法（张先生认为四友之"獐"是指他自己，实为误解）："愁苦是人生的一种境，也许是与欢娱同样值得珍视的一种境……以体味人生的角度看，（难道）就不值得经历吗？"②韩愈对于这个问题的回答是：是的，不但值得经历，而且值得把它如实地再现到诗里。所以他反复吟咏："我齿落且尽，君鬓白几何？年皆过半百，来日苦无多。"（《除官赴阙至江州寄鄂岳李大夫》）③又如在《送李翱》的结尾处，韩愈说："人生一世间，不自张与施。譬如浮江木，纵横岂自知？宁怀别后苦，勿作别后思。"④意思是人难以自己主宰命运，所以离别之后不必多想，但不妨深入吟咏、体会苦境所带来的人生感悟。在《寄崔二十六立之》里，他又回到齿落的难堪话题上："我虽未耋老，发秃骨力羸。所余十九齿，飘飘尽浮危。"这表明了韩愈的诗歌理念比较开阔，既能歌咏人生的欢娱，如"升堂坐阶新雨足，芭蕉叶大栀子肥"

① 钱仲联：《韩昌黎诗系年集释》，715页，上海，上海古籍出版社，1984。
② 张中行：《负暄三话》，293页，哈尔滨，黑龙江人民出版社，1994。
③ 钱仲联：《韩昌黎诗系年集释》，1183页，上海，上海古籍出版社，1984。
④ 同上书，710页。

（《山石》），也能深入吟味人生的苦境，包括自己身体的病痛。[1]

常言道，模仿是最好的称赞。元白先生除了在此诗里面称赞韩愈之外，在自己诗歌创作中还模仿这种吟味苦难，包括病痛的写法。先生侧重描写的不是落齿，而是晕眩；有时借用韩愈而改变他的意思："'别肠如车轮，一日一万周。'昌黎有妙喻，恰似老夫头。"有时是自创："目眩头晕，左颠右顿。不用扶持，支以木棍"和"眩晕多可怕？千般苦况难描画"。还有"天旋地转，这次真完蛋"以及"夜梦初回，地转天旋，两眼难睁""旧病重来，依样葫芦，地覆天翻"等类似的诗句。[2]不过先生的诗风比韩愈似乎更进了一步，由苦涩转向幽默，由吟味苦难转向调侃苦难。

总而言之，韩愈的创造性劳动带来了中国诗歌的演变与进化。原来认为不可以写的题材，现在韩愈写了，于是后面就有人跟着写；原来认为不适于诗歌的语言特点，韩愈发挥了，后面就有人跟着发挥，结果就蔚然成为一种新的风格。我很佩服清代叶燮的远见："大凡物之踵事增华，以渐而进，以至于极。故人之智慧心思，在古人始用之，又渐出之，而未穷未尽者，得后人精求之，而益用之出之。乾坤一日不息，则人之智慧心思，必无尽与穷之日……时有变而诗因之。时变而失正，诗变而仍不失其正，故有盛无衰，诗之源也……后之人力大者大变，力小者小变。"[3]按照叶燮的说法，诗歌是不断演进的。我觉得先生的调侃苦难也代表了诗歌的一个重要变化，算得上一个新贡献。读者不可不察。

---

① 钱仲联：《韩昌黎诗系年集释》，860、145 页，上海，上海古籍出版社，1984。
② 《启功全集》，卷六，24～26 页、32～36 页，北京，北京师范大学出版社，2009。
③ （清）叶燮等：《原诗 一瓢诗话 说诗晬语》，霍松林等校注，6～7 页，北京，人民文学出版社，1979。

斋名元相当此伴　妙以義難以言求境

食二高时登食餐一吟二上二层楼

仁桂同志为正　萧心论诗一章　一九八二雲　启功

第十二首　白乐天

路歧元相岂堪伴？妙义纷纶此际求。

境愈高时言愈浅，一吟一上一层楼。

　　先生说这首诗写白居易（772—846），开篇第一句讲的却是元稹（779—831）。元稹字微之，是北魏昭成帝拓跋什翼犍的后裔，可以算是汉化了的鲜卑人，比白居易小 7 岁。元和元年（806）四月，宪宗策试制举之士，元、白二人同应"才识兼茂，明于体用科"，并"策入第四等"，[1]同科登第，由此成为终生好友。点校《元稹集》的冀勤女史，认为他们是"诗歌唱和的好友，也是新乐府运动的倡导者和参加者。他们的诗歌风格相近，世人称元白"[2]。元稹有《元氏长庆集》，白居易有《白氏长庆集》；到了明万历三十二年（1604），松江（今上海一带）马元调把二者合刻，于是有了《元白长庆集》。元白先生姓爱新觉罗氏，讳启功，字元白，且有一枚图章上刻的是"长庆"[3]二字。可见先生本有羡慕二人友谊笃厚的意思。先生常常自称"胡人"，您喜欢元、白二位也是因为欣赏他们身为"胡人"而成为中华文化的杰出代表。自古惺惺相惜，先生是力主各民族文化大融合的。

---

[1] 《旧唐书》，13 册，卷一百六十六，4340 页，北京，中华书局，1975。
[2] 冀勤：《点校说明》，见《元稹集》，1 页，北京，中华书局，1982。
[3] 《启功书法作品选》，1 页之前印谱，第 36 枚，北京，北京师范大学出版社，1985。

先生为冀勤女史点校的《元稹集》题写了书签。不过对于冀女史的元、白"诗歌风格相近"这个普遍为人们所接受的说法，先生似乎不以为然。于是起首便问："岂堪侔？"①侔者，齐也。见第八首"主宾动助不相侔"之解。

元稹贬谪后写了许多诗，整理成集，送给地位较高的人，"希望当权者'知小生于章句中栾栌榱桷之材，尽曾量度'……"②他的这种做法相当成功，长庆二年（822），元稹得以"拜中书门下平章事"，做了宰相。所以先生在第一句里面称他为"元相"。"路歧元相"，可以理解成白居易走上了和元稹不同的诗歌创作道路；也可以理解成在诗歌创作方面，"元相"走上了歧路。很明显，启功先生认为二人的诗风不是一个路子。那么他们的路子有什么不同呢？人们已经有了很多不同的理解（"妙义纷纶"），先生似乎觉得都没说到点子上。在您看来，能够深入浅出的艺术家、诗人才算真高手。相比较而言，白居易言浅而意深，诗境高远，格调、成就都高于元稹。末句模棱，可以解作白居易的诗艺比元稹的更上了一层楼，也可以解作先生学习白诗，每细读一遍就会有明显的进步。应该说，读者们已经熟悉了先生的修辞特点，就是喜欢利用歧义，用一句话表达两个，甚至更多不同的意思。这一点我在后面还会提到，因为先生反复使用这种手法。此处先生连用三个"一"字，是有意延伸白诗名句"一岁一枯荣"的句法，本地风光，象征性地推崇极简的修辞方法。不过，对于诗风的喜爱，是个人偏好问题，故此认为元诗更佳的，也大有人在。

白居易的身世也很有意思。先是陈寅恪先生推测白氏与西域的"白"或"帛"有关。其弟子姚薇元先生在《北朝胡姓考》中进一步详细考证："白敏中既自称'十姓胡'，其原出龟兹无疑。唐诗人白居易，即白敏中

---

① 先生手书本无标点。北京师范大学出版社《启功全集》卷六，72 页用句号。愚意问号更贴切，因为有此一问，方有下句的"妙论纷纶"云云。
② 《元稹集》，3 页，北京，中华书局，1982。

之从祖兄。"① 元白先生知道这种说法，持半信半疑的态度。您对我说过："我倒是真希望他也是'胡人'，这样我就多了一个伴儿。"先生之所以这样说，是因为您自己在多种场合下，多次自称胡人。元、白之外，先生喜欢的"胡人"里面还有元代的逎贤，字易之，一个精通汉文诗歌书法的色目人。元白先生写过一首论书绝句称赞他：

细楷清妍弱自持，五言绝调晚唐诗。

平生每踏燕郊路，最忆金台逎易之。

诗后有先生的自注："其城南咏古一卷，皆五言律诗，格高韵响，宛然唐音……余既爱诵其诗，好临其字，尤重其为色目人之深通中原文化者。其墨迹风采，每萦于梦寐中。"② 这首诗虽然收在《论书绝句》里头，但是其评论诗歌的部分不比评论书法的少，而且先生对逎贤的评价，是诗艺略高于书艺。把他放在这里和元、白比玩，更饶趣味。

美国大学里，一个新来的教授工作满 7 年，且在教学、研究、行政服务三方面都可圈可点者，可以获得终身教授之身份。我在一个州立大学工作至第四年年末得到这个职称，算是破格提拔了。先生听说后十分高兴，对我说："在美国人眼里，你也是'胡人'。能得到美国文学终身教授职称，也算深通美国文化了。"先生的鼓励并未使我糊涂。受先生熏陶多年，我知道深浅高低，赶紧对先生答曰："粗通，粗通。"先生听罢笑得直咳嗽。这熟悉的笑声提示我，自己 40 多岁时又通过了先生一次考试。我不禁深思：元、白、逎、启这些先辈，都是多元文化孕育出来的精英啊！唐代的中国和现代的美国有什么相似之处呢？我祈祷世界和平地发展下去，人口广泛流动，几个世纪以后，也许人人都成为胡人，也就没有胡人这一说了。

话又说回来了，先生认为白诗言浅境高，胜于元诗。元稹自己也

① 姚薇元：《北朝胡姓考》，376 页，北京，中华书局，1962。
② 启功：《论书绝句》，152 页，北京，生活·读书·新知三联书店，1990。

认为白居易"雅能诗，就中爱驱驾文字，穷极声韵……小生自审不能过之。"① 他们这样说有什么根据呢？论诗绝句只有 28 字，当然容不下先生展开来谈。从总体诗风的角度看，先生觉得白诗朴质自然，和元稹理解的"爱驱驾文字"大相径庭。先生的美学思想，以顺应自然、尊重自然为原则。比如我在《启大爷》② 一文中提到的先生认为画梅花应该尊重南方雨水重、罩水梅的本性。还有先生在艺术追求上对自己有"亦知犬马常难似，不和青红画鬼神"的严格要求。③ 记得一次先生作书我按纸，见您挥洒自如，我不禁赞叹："笔、墨、纸这三样儿东西怎么都那么听您的呀？"先生目不斜视，说："没长进！是我听它们的。""没长进"三个字是批评我的见识依然浅陋；"我听他们的"五个字说明先生的美学情趣：一切自然顺遂，绝不勉强行事。这次测试，也是我不惑之年进行的。当不惑时仍然有惑，考试不及格。作诗和写字原理相通，先生反对"驱驾文字"，主张顺着字义文理运行，让它们发挥出自身的最大潜力。根据我对先生的理解，我们不妨从元、白集里各选一首相关的诗来分析一下。管窥锥指，细审二者风格异同之一斑。

元和十年（815），元稹有幸从谪居多年的江陵奉召回长安。路过蓝桥驿站，正赶上一场春雪，他满怀希望在墙上题了一首诗《留呈梦得子厚致用》：

> 泉溜才通疑夜磬，烧烟余暖有春泥。
> 千层玉帐铺松盖，五出银区印虎蹄。
> 暗落金乌山渐黑，深埋粉堠路浑迷。
> 心知魏阙无多地，十二琼楼百里西。④

---

① 《旧唐书》，13 册，卷一百六十六，4332 页，北京，中华书局，1975。
② 俞宁：《启大爷——一个海外学人对父辈角色的怀念与思考》，载《文史知识》，42 页，2016（10）。
③ 启功：《论书绝句》，197 页，北京，生活·读书·新知三联书店，1990。
④ 《元稹集》，220～221 页，北京，中华书局，1982。

先简要解释一下此诗：春来冰化，泉溜初通，冲得碎冰叮叮咚咚，在静夜中其声如磬。"烧烟"应该是指烧畲[①]之烟，把冻土融为春泥。因为春雪下得挺大，一层层松枝像是撑开了白玉的帐子。"五出"是五瓣的意思，指虎掌之分趾，印在白茫茫的区域上。"金乌"指太阳，此刻慢慢落山了，天也渐暗。"堠"可以是土堡垒，也可以指标志里程的黄土堆。此处指后者。"魏阙"指朝廷的宫殿，[②] 即都城长安，离此地不远了，只需再西行百里就可以望见那里的亭台楼阁。这首诗典雅深奥，既表达了诗人被召回长安的高兴心情：泉溜初通，毕竟还是通了。春寒料峭，但毕竟还有烧烟之余暖。同时也委婉曲折地透露了诗人心中隐隐的担忧：太阳落山，天色渐暗，行人因路标被雪埋没而可能迷路。但是，前程毕竟是充满希望的，从江陵千里迢迢来到此地，只剩下百里之遥就可以到达长安——马上就可以施展自己的抱负了。此诗用"泉溜""烧烟""玉帐""银区""金乌""粉堠""魏阙""琼楼"等隐秘意象来象征矛盾而复杂的心情，应该说是很成功的。元氏炼字造像颇见功夫：泉声夜磬、烟暖春泥、五出虎印、粉堠路迷，新颖巧妙，特别是把白雪覆盖的黄土堆路标浓缩成"粉堠"这样凝练而又鲜明的意象，显示出诗人"驱驾文字"的技巧。读者由此可见他的风格是繁复秀丽。白居易评论元稹的诗艺时也说："清楚谐音律，精微思入玄。收将白雪丽，夺尽碧云妍。"又说"声声丽曲敲寒玉，句句妍辞缀色丝"。[③] 他用"白雪丽""碧云妍""声声丽""句句妍"这样的意象反复强调元稹诗的特色——妍丽。当时元稹在墙上的题诗应该不止这一首，因为七八个月后白居易经过那里，看到墙上有元稹的诗，其中有一句"江陵归时逢春雪"。这句以及

---

① 古代农人开垦荒地，主要靠火烧，称为"烧畲"。唐诗对此多有反映，如刘禹锡《竹枝词》之九"长刀短笠去烧畲"。

② 《庄子义集校》卷九里面记载："中山子牟谓瞻子曰：'身在江海之上，心居乎魏阙之下，奈何？'"魏阙指魏峨的宫城门楼。见（宋）吕惠卿：《庄子义集校》，533 页，北京，中华书局，2009。

③ 谢思炜：《白居易诗集校注》，1339、1800 页，北京，中华书局，2006。

所在原诗《全唐诗》元稹名下没有，只是白居易在《蓝桥驿见元九诗》的诗题下注了一句"诗中云'江陵归时逢春雪'"。据此，冀勤女史点校《元稹集》的时候把它作为残句收在《外集续补》里面（690 页）。

没想到，几个月后，元稹的希望破灭了，担忧成了现实：正月到长安，三月就被贬谪到更远的通州（今四川达州）。再看他的好朋友白居易，元和六年（811）丁母忧退居下邽，九年返回长安，除太子左赞善大夫，掌传令、讽谏、赞礼仪等职。仅过了一年好日子，到元和十年七月，宰相武元衡遇刺。白居易上书主张急捕盗凶以雪国耻，为当职宰相所恶，于八月贬谪江州司马。沿着元稹走过的路，走到蓝桥驿，按照自己的习惯，一寸寸仔细查看柱身、墙上的文字，发现了好朋友元稹上述的那首七律。心情激动而复杂，写下著名的《蓝桥驿见元九诗》：

> 蓝桥春雪君归日，秦岭秋风我去时。
> 每到驿亭先下马，循墙绕柱觅君诗。[1]

和元稹的那一首比较，最明显的区别是此为绝句，彼乃七律；一眼可见的共同特点是两首诗里面都没有"举杯消愁愁更愁"和"风飘万点正愁人"那样直接的抒情，而是把愁绪用意象的搭配表达出来。元稹的意象组合精巧而繁富，白居易的则自然而简洁：利用地理节气的自然特点和下马寻诗的自身行动表达心情，乍看似简单无过人之处。仔细玩味，则发现其意味隽永。

绝句又称"截句"。白居易曾把其中的"律绝"称为"小律诗"。[2]二者都有把七律截断，取其一半的意思。比如上面这一首明显是律绝，因为我们可以把它看作七律的后半截，即把起首的两句看作一首七律的颈联——第五、六两句。"蓝桥春雪"对"秦岭秋风"，"君归日"对"我去时"，是极为严谨的律对，但一眼看上去却是毫不着力的本地风光，

---

① 谢思炜：《白居易诗集校注》，1212 页，北京，中华书局，2006。

② 朱金城：《白居易集笺校》，940 页，上海，上海古籍出版社，1988。

自然流畅。说它语言浅近大概无人异议。但这两句的意境却十分高远。谚云"瑞雪兆丰年"。"蓝桥春雪"本身就带有春天的希望与遐想，而对于远道归来的逐臣来说，它是多么鲜明美好的意象啊！"秦岭秋风"本来就是肃杀凄冷的意象，对于远放卑湿之地的江州司马来说，"我去时"三字的言外之意（connotation）又有多么丰富的内涵呐！特别值得注意的是白氏在此只字不提几个月前，元稹也是从这条路上被再次放逐。"我去时"也涵盖了未曾明言的"君去时"。两位挚友双重被逐的冤屈与愁苦尽在不言之中。另外白居易也不说自己多么想念蒙冤远放的友人，更不说自己多么急迫地想知道友人逆境中的心态，而是用了看似习以为常的两个动作，下马和寻诗，来表达深远的寓意。中国古代的宦游之士，花朝月夜，长亭短亭，壁上题诗抒发情感是一件大家都常做的事，而观赏墙上前面行人留下来的诗也是熟门熟路。但是白诗此处用了"循墙绕柱"和"君"这几个字，使得本来一件熟悉的事情变得陌生：他不是随意欣赏，而是目的明确地寻找元稹的诗，把每个犄角旮旯都找到。为什么如此刻意寻找元稹的诗呢？当然出于关心！为什么如此之关心？是否和他的贬谪有关？是怕朋友因此而颓丧吗？这一连串的问题，都在不言之中，由读者自己在想象中补足。所以，白居易在公元9世纪的诗歌实践一定契合了某种具有永恒意义的普遍规律，乃至一千多年后俄国形式主义文学评论家的理论可以恰当地解释他成功的路径：典型环境下的典型人物以特殊的、非典型的行为和出乎预料的细节把景物与人物"陌生化"[①]，治大国如烹小鲜，表达了对友人近况的极度关怀。元白先生的评论"境愈高时言愈浅"其实是一件很难做到的事，而这首诗举重若轻，几近完美地达到了这种境界。

　　元稹的诗把自己内心希望与担忧的交织讲给朋友们听，以获得理解、支持和安慰。白居易的诗用意象和自己的行动表现给读者看：虽然

① 这个概念是俄国形式主义文学理论家 Victor Shklovsky 提出的。详见他的 "Art as Technique"。载于 David H. Richter ed., *The Critical Tradition*, Boston & New York, Bedford/St. Martin's, 2007, third edition, p. 778。

自己也是逐臣，但心中更担心朋友的安危，以至于完全不在意自己，而是匆匆下马，循墙绕柱，搜索朋友的心声。说白居易在诗歌艺术的殿堂里登上了更高一层的境界，真是恰如其分。

词成侧艳无雕饰
绝音中律自斋别
有伤心温助教两行
征雁一声难吹

温飞卿词全写兴象如丙戌三秋启功

第十三首　温飞卿、李义山

袅枝啼露温钟馗，水腻花腥李玉溪。

恰似赏音分竹肉，从来远近莫能齐。

　　这首又是一诗评二士，即先生注明的温飞卿和李义山。大意与上一首也相近，即这两位诗人齐名而风格并不一样。不过因为先生用典细致而深入，要把此诗解释清楚还是颇为费事的。飞卿是晚唐才子温庭筠（？—866）的字，据说他才思敏捷，八叉手之间能够成诗八韵，比才高八斗的曹子建也不遑多让。《北梦琐言》卷十说："温庭筠号'温钟馗'，不称才名也。"[1]《旧唐书》卷一百九十说温庭筠"醉而犯夜，为虞侯所击，败面折齿"[2]。可能是根据这一记载，《十国春秋》卷一百十五说"温氏之先飞卿貌陋，时号温钟馗。"[3] 原来是温庭筠夜里撒酒疯，被"警察"捉住打破了面孔和门牙，破了相，丑如鬼见了都怕的钟馗，所以人们送他外号温钟馗。

　　义山是李商隐（812[4]—858）的字，玉谿（溪）生是他给自己起的别号，故此先生称他为李玉谿（溪）。他也是个天才，《旧唐书》卷

① （五代）孙光宪：《北梦琐言》，212 页，北京，中华书局，2002。

② 《旧唐书》，15 册，卷一百九十下，5078 页，北京，中华书局，1975。

③ （清）吴任臣：《十国春秋》，4 册，卷一百十五，1709 页，北京，中华书局，1983。

④ 李商隐的生年有元和六年（811）、七年（812）、八年（813）三种说法，各有道理。此处从权，取其中。

一百九十说他"能为古文……博学强记，下笔不能自休"。还说他"与太原温庭筠、南郡段成式齐名"[①]。在前面的第六首论诗绝句里，先生提出了谢灵运和陶渊明"本非同调却齐名"的观点。温、李二人的诗歌风格比谢、陶二人更加接近，然而先生还是察觉了二者的差异，如音乐中的管乐（竹）和声乐（肉），都好听，但各有各的妙趣，远听近聆都不一样。这说明先生的审美态度十分认真细致，而且艺术直觉也是十分敏锐的。

"袅枝啼露"引自温庭筠《杨柳枝八首》里的第六首。抄全诗如下：

> 两两黄鹂色似金，袅枝啼露动芳音。
> 春来幸自长如线，可惜牵缠荡子心。[②]

温庭筠此句是从南北朝时期梁代文学家沈约的《十咏·领边绣》变化而成。沈约原诗里面有这样几句："萦丝飞凤子，结缕坐花儿。不声如动吹，无风自袅枝。"[③]沈约描写的是静物：绣工的技术高超，她绣出的柳丝似乎有了生命，像是不用风吹就能轻轻拂动一样。但是，温庭筠在本诗里描写的是生物，本来就是能动的，故此简单的"栩栩如生"就不够了。为了充分表现大自然在春天的勃勃生机，温庭筠妙用一个"袅"字。这个字本意是柔弱，缭绕。温庭筠此处拿来作动词用，取得了一语双关的效用：袅，可以形容柔软的柳丝在轻风的吹拂下弯曲摆动；也可以形容两只黄鹂在柳丝之间穿行环绕。它们吸吮柳枝上的清露，使自己的啼鸣仿佛也带上了植物的芬芳。这样一来，诗人就把听觉、视觉、嗅觉、动感等意象融合在一起，形成一个复杂的意象群，获得了余味无穷的意境。"袅"字如此用法，在这八首组诗里的第一首就出现过，为观其总体，八首全录于下：

---

① 《旧唐书》，15 册，卷一百九十下，5078 页，北京，中华书局，1975。
② 刘学锴：《温庭筠全集校注》，859 页，北京，中华书局，2007。
③ 陈庆元：《沈约集校笺》，411 页，杭州，浙江古籍出版社，1995。

宜春苑外最长条，闲袅春风伴舞腰。
正是玉人肠断处，一渠春水赤阑桥。（其一）

南内墙东御路旁，预知春色柳丝黄。
杏花未肯无情思，何事行人最断肠？（其二）

苏小门前柳万条，毵毵金线拂平桥。
黄莺不语东风起，深闭朱门伴细腰。（其三）

金缕毵毵碧瓦沟，六宫眉黛惹春愁。
晚来更带龙池雨，半拂阑干半入楼。（其四）

馆娃宫外邺城西，远映征帆近拂堤。
系得王孙归意切，不关春草绿萋萋。（其五）

两两黄鹂色似金，袅枝啼露动芳音。
春来幸自长如线，可惜牵缠荡子心。（其六）

御柳如丝映九重，凤凰窗柱绣芙蓉。
景阳楼畔千条露，一面新妆待晓钟。（其七）

织锦机边莺语频，停梭垂泪忆征人。
塞门三月犹萧索，纵有垂杨未觉春。（其八）[①]

　　这组诗，从字面上看，互文见义的地方较多。比如根据第五首中"系得王孙归意切"一句，我们可以把与本文有直接关系的第六首最后一句中的"可惜"二字解释成"可怜""可爱"之意：幸亏春天可爱的柳丝

① 刘学锴：《温庭筠全集校注》，859 页，北京，中华书局，2007。

长如线，能把游子、王孙都拴住，使他们不离开家人或佳人。从意象安排上看，组诗互文交织，错综而缠绵，一些典型的春柳意象在不同诗内反复出现：如第一首的"闲袅"和第六首的"袅枝"；第一首的"伴舞腰"和第三首的"伴细腰"；第一首的"最长条"和第二首的"柳丝黄"、第三首的"毵毵金线"、第四首的"金缕毵毵"、第六首的"长如线"、第七首的"柳如丝"；第三首的"拂平桥"和第四首的"拂阑干"、第五首的"近拂堤"；第三首的"黄莺"、第六首的"黄鹂"、第八首的"莺"；第二首的"行人"、第五首的"王孙"、第六首的"荡子"、第八首的"征人"；等等，不一而足。一般说来，唐诗注重精练，避免重复。温庭筠此处的做法，一反常规，是大家神技的大胆创新，把意象反复作为一种特殊的修辞手段，来表现春天处处柳丝缭绕的繁富与无处不在的境况，十分恰当。仔细看，这八首诗中的七首都有地点状语：第一首有"宜春苑外"，第二首有"南内墙东"，第三首有"苏小门前"，第四首有"六宫""龙池"，第五首有"馆娃宫外邺城西"，第七首有"景阳楼畔"，第八首有"塞门"。唯独第六首没有道明地点，却是利用成双成对的黄鹂引起了诗人、读者的遐思——希望柳丝能系住不知在何处漂泊的"荡子"。认真解读此种细微之处，是先生为我打下的基础，是我学习中国古典文学和英美文学的基本功。先生所传的至宝不敢私藏，独乐乐不如众乐乐，于此拿出来与大家分享。

往前看，前人没有做到如此夸张程度的反复；往后看，有人可能是借鉴了他灵活的技巧，吟成了"一川烟草，满城风絮，梅子黄时雨"这样意象繁富重叠的名句。[①] 先父叔迟公在讨论沈约和永明体的时候，提出永明体的"理想境界是声韵极端的错综美"[②]。元白先生认为温庭筠这组诗表现了极端繁富的萦绕美，是对沈约诗学精华的创造性继承。恶虽然只引用了温庭筠 4 个字，但实际上指的是这个组诗，认为这八首代表了温庭筠的风格，即巧妙、大胆创新、美感丰富。先生这种选择，可谓

① （宋）贺铸：《青玉案》，见《词综》，卷七，66 页，北京，中华书局，1975。
② 俞敏：《中国语文学论文选》，62 页，日本东京，光生馆，昭和 59 年（1984）。

独具慧眼。一般人多半会认为"鸡声茅店月，人迹板桥霜"才是温的代表作。先生早年说过，您同意清代冒春荣的意见，认为《商山早行》一诗只是颔联高妙，全诗配合并不妥当。[①]而这八首诗组成一个有机体，繁富萦回，相生相映，用来表达春风中缠绕摇荡的柳丝，极为恰当，确实是温氏最具代表性的杰作。

"水腻花腥"是先生借用南宋词人吴文英（1200—1260）《八声甘州·与庾幕诸公游灵岩》里面的词句来形容李商隐的诗歌风格。吴文英的原话是："箭径酸风射眼，腻水染花腥。"[②]吴文英是宋代词人中婉约派的代表人物。他善于用典，精于炼字，文思奇特。"箭径"也有写作"箭泾"的，意思是一条笔直的水道。水面风硬，吹面似箭，使人眼酸而流泪。这句化用了李贺《金铜仙人辞汉歌》里面的"东关酸风射眸子"[③]，用形象的比喻来抒发哀婉的情怀。"腻水"典出杜牧的《阿房宫赋》"渭流涨腻，弃脂水也"。[④]吴文英把杜牧奇思而来的意象往前推了一步，借用阿房宫的景象来再现"吴王沉醉""名娃金屋""残霸宫城"的醉生梦死。这种逆天的奢侈生活产生了"腻水"，其味道压倒了自然的花香，把近水的花瓣染上糜腐的腥气。读者于此也可以看到，中国古典诗歌，话里有话，文中含文，看似简单明丽，其实只有深入探索才能窥见其堂奥。先生曾用最简单的语言讲出如此复杂的内涵，教我一个十几岁懵懂少年如何真正地欣赏唐诗，让我如何不迷恋中国古典诗歌？又叫我如何不感恩至今！

用吴文英来比况李商隐，并非元白先生的发明。《四库全书总目提要》比较周邦彦和吴文英的才能造诣，说吴文英的"天分不及周邦彦，

---

① 关于《商山早行》，笔者尝撰《意象主义、形式主义、读者反应论与唐诗意象及结构美的研究》一文，发表于《关东学刊》，19~31页，2017（9），该文的英文版，发表于李定广先生在香港主编的《中华诗学》。拙文支持冒春荣的结论，同时也指出了他论证过程的错误和盲区。

② 孙虹、谭学纯：《梦窗词集校笺》，1419页，北京，中华书局，2014。

③ 吴企明：《李长吉歌诗编年笺注》，160页，北京，中华书局，2012。

④ 吴在庆：《杜牧集系年校注》，9页，北京，中华书局，2008。

而研炼之功则过之，词家之有文英，如诗家之有李商隐"①。二人遣词造句，如鬼斧神工，善于移花接木，用人们意想不到的，甚至朦胧不懂的语言表达感染力很强的情感。"沧海月明珠有泪，蓝田日暖玉生烟"就是代表性的联句。先生不用《锦瑟》，反而用吴文英来勾勒李商隐的风格特征，是为了强调李商隐乾坤挪移般的语言技巧。

大概是 2000 年之前，先父归道山之后，我回国探亲，当然也要去看看先生。谈话间提到先父，我不免落泪。勾起了先生对作古的亲人的想念，把您写的悼亡诗给我看。元白老伯还说："我老伴儿那年病重，还是你哥哥开着三轮摩托送她去的北大医院。"话赶话，又说到了更早一些时候，启大爷因美尼尔氏综合征住在北大医院。启大妈要去看他，让我陪着去。那时启大爷的侄外孙女王悦还不到五岁，也吵吵着要同去，我说："这有什么难的？"背上她就走。回来在柳泉居饭馆吃饭，启大妈给我买了比较贵的三不粘，② 她自己点了比较便宜的炒豆腐。这件小事，使我感到了实实在在的母爱，尽管我的亲生母亲那时尚漂泊在千里之外的湖北。我这一说不要紧，启大爷那边早就泪流满面，说："就是这样啊！永远是自己省吃俭用，把好东西让给别人，供我买文物字画。"此刻我觉得老人家年事已高，惹您伤心不是事儿，就赶紧把话岔开。不知怎么就说起李商隐，我记不清是从何人何地听说，《夜雨寄北》是李商隐的夫人王氏去世后作的。故有人据此说不但宋代的洪迈在《万首唐人绝句》里把诗题改成《夜雨寄内》荒唐，而且连批评他的人如冯浩和叶葱奇也错了，因为他们虽然不同意擅自改动诗题，但他们也是认为这首诗是寄给家人的。所以，以往认为是写给朋友的那派意见或许因此而占上风。

我是有一搭无一搭说些闲话，没想到先生很认真地问我怎么看，我

---

① 唐圭璋编：《词话丛编》，3594~3595 页，北京，中华书局，2005。

② 柳泉居在平安里路西。三不粘又称桂花蛋，味道甜美，因不粘盘子、不粘筷子、不粘牙齿而得名。

当然答不上来。静默了一阵，觉得仔细想想也好，就此岔开伤心的情绪。我就说起西方有一派文学理论叫作"读者反应论"。他们认为作品一旦完成，作者当初想把它寄给友人抑或寄给妻子，已经无关紧要。因为这一首诗或一篇散文不过是纸上写了一些文字，把字纸变成文学作品，要靠读者的阅读、处理、解释，不同文化背景的读者，读出不同的味道、不同的意思不仅是可能的，而且是必然的，有益处的。其实这种理论也不算新鲜，当初鲁迅讲解《中国小说史略》时就说过《红楼梦》"经学家看见《易》，道学家看见淫，才子看见缠绵，革命家看见排满，流言家看见宫闱秘事"。不过西方学者把这个理论系统化之后，就使得那些坚持说《夜雨寄北》是寄给妻子不是寄给朋友，或者是寄给朋友而不是寄给妻子的人，都显得不太聪明了。尤其是那些说王氏死后李商隐不可能再写寄内诗的人，显得十分缺乏想象力。比如您写的这些悼亡诗，如果题为《寄……》，我忽然一惊，怎么又把话题转了回来呢？这恐怕又要"相看泪眼"了。连忙咽下话尾，闭上嘴巴。

先生长叹了一口气说："就是这么档子事呀。就我这个读者的反应来说，知道此诗是王氏故去以后写的，才更加锥心呐！你想想，'君问归期未有期'，这不是两口子聊天儿吗？我长夜不寐的时候，和你大妈不知聊了多少次呢！'夜雨涨秋池'，不光是雨呀！是她哭涨的还是我哭涨的还说不准呢！'何当共剪西窗烛'，这不是痴心妄想吗？但凡失去亲人的，谁又没痴心妄想过呢？'却话巴山夜雨时'，这是希望妄想成真，是痴而又痴！你想，熬过分别的苦，对坐剪烛夜话，把过去的苦痛化为眼下的温馨，多美呀！可能吗？不可能还去想，没写过悼亡诗的人谁能体会到这一层？"先生擦擦泪，歇了一歇，又说："你这趟留学没白折腾。将来你还是得腾出时间和精力来回过头儿研究本国的诗歌，来个'出口转内销'。你那点儿洋学问还是有些真货的，别糟践了。"我听了不由得苦笑。我当初改学英美文学，多半是因为您和先父这两座大山压在我头上，使我觉得在中文系很难熬出头来。我在美国老老实实地教美国文学和西方文论，怎么就算糟蹋了呢？

　　只有到了我动笔写这本《忆注》的时候，才觉出来先生当初说的多么对，多么有远见。这李商隐的本事，在于移情换位。他的诗歌，能够适合多种不同的解释。"水腻花腥"是对水净花香的颠覆，不亚于乾坤大挪移。用吴文英这句形容李商隐的诗风，最为恰当。况且我的生命，也到了一个移情换位的新阶段。我要把老辈儿送给我的宝贝，一点不漏地转赠给新一代的年轻人。同时也不能忘了先生"出口转内销"的嘱咐，把一些我自己囤来的"洋货"也一并送给他们。

南浦随花去，回首落梅頻。昔年衰柳，曾向欲去畫樓西

此王荊公詩也，世傳荊公出守金陵，一日於方帽上書一絕，醒子美一首，宋御書印世傳，榮班兄以命余書，米芾云壽至將平，但賞佳者名言通儀也。

啟功

第十四首　曾子固、王介甫

古文板木乏灵气，少诗莫怪曾南丰。

奏议万言诗胆弱，四平八稳见荆公。

　　从这首进入对宋诗的评论。在开篇第一首当中，先生已经表达了自己对宋诗的一般性见解，就是理思重于情怀，直抒胸臆的作品少。这一首论诗绝句，若非我这个自幼熟悉先生脾气和思想的人，读了可能会有石破天惊的感觉。我的印象是除了训斥我年少愚钝之外，先生一般不对他人做负面批评。此诗对两位有大名的宋代文学家加以针砭，在先生留下的文字中实属罕见。读者当特别留意、特别珍视。

　　子固是宋代散文家曾巩（1019—1083）的字，他是江西南丰人，故人称曾南丰。一般来说人们认为他是唐宋八大家之一，散文出色，文名掩盖了诗名。《宋史·曾巩传》说他"年十二，试作六论，援笔而成，辞甚伟"[1]。宋代文豪欧阳修很赏识他的文才，收他为徒，而且把他看作和苏东坡难分伯仲的青年俊彦。[2] 苏东坡本人也称赞他超出群英的才能：

---

[1]　《宋史·曾巩传》，卷三百一十九，10390 页，北京，中华书局，1985。

[2]　欧阳修当主考官时，看到第一名的考卷，惊叹其才，认为只有自己的学生曾巩能写出如此文章，所以把它改为第二名，把第二名的文章改成第一名。没想到原来的第一名是苏轼写的，而原来的第二名才是曾巩写的。可见这二人的文才不相上下。后来欧阳修给梅尧臣写信说，这样的文章"老夫当避路，放他出一头地"。说明他对苏、曾二人的评价都很高。见郭预衡：《唐宋八大家散文总集》，1414 页，石家庄，河北人民出版社，2013。

"醉翁门下士，杂遝难为贤。曾子独超轶，孤芳陋群妍。"① 为人固执而挑剔的王安石对他的评价更高："曾子文章世稀有，水之江汉星之斗。"② 但是先生力排先贤，对曾巩的散文做出率直而严厉的批评："板木乏灵气"。曾巩留下了 400 首诗，数目不算少。先生说他"少诗"，首先是说和其他宋代诗人比相对较少，如陆游的"六十年间万首诗"③；其次是指好诗比较少。这个评论，大家不难接受。既然先生对他的散文评价不高，这样评论他的诗歌也就不足为奇了。别的不说，先生如此评论一个以往被认为是泰斗级别的人物，充分显示出先生独立思考、自主判断的治学精神。先生治学谈艺讲究常识、理性，不盲从权威。记得少年时跟先生学写毛笔字，您再三强调要学唐人写经笔法的起落出入，还特地到护国寺的白雪照相馆把您收藏的写经珍品翻拍，放大成两厘米见方的中楷，供我临摹。并且交代说："放大后墨迹变淡，笔的提按痕迹更加清楚。你得好好体会，好好学习。"以往书法界对经生的书法评价很低，认为他们是"俗书"。但是先生通过自己的分析和鉴赏，认为写经高手的书法艺术不比虞世南、欧阳询、柳公权、颜真卿等人差。那些著名书法家的墨迹稀如星凤，而唐人写经动辄上万字，世人却不知学习、珍视，是迷信权威与教条的错误。相反，众人仰之为神品的虞世南书《孔子庙堂碑》，先生认为翻拓勾摹得秃残暗淡，只剩下"枣魂石魄"，看不出起笔收笔的情趣，已经丧失了学习价值。④ 先生天性宽厚仁和，众所周知。但是您性格中坚持己见，不轻信权威的锐利一面，容易被人忽略。

　　先生没有给我讲过曾巩的散文，却是在讲书法时批评过我太笨，不会巧干，并告诫我别信传说中的张芝、王羲之临池学书，池水尽黑的神话："池塘并非都是死水。暴雨来了、洪水来了，溢出四流；或者大旱见底了，哪能等你长年累月靠洗砚台把它染黑？"用先生这个观点来看

---

① （清）王文诰辑注：《苏轼诗集》，孔凡礼点校，245 页，北京，中华书局，1982。
② （宋）李璧：《王荆文公诗笺注》，219 页，北京，中华书局，1958。
③ 钱仲联：《剑南诗稿校注》，2972 页，上海，上海古籍出版社，1985。
④ 启功：《论书绝句》，20、22 页，北京，生活·读书·新知三联书店，1990。

曾巩比较著名的散文《墨池记》，也许就不会为先生独特的评论吃惊了。曾巩在文中提倡刻苦用功，不信灵性天成，并从此引申到古代士大夫恪守道德教条。不但反映了他卫道的迂腐气，而且使得这篇文章说教气味浓厚，缺乏散文应该给予读者的心灵感悟。单就这篇文章说，先生"板木乏灵气"的评价还是相当中肯的。当然，曾巩在《赠黎安二生序》里也曾表现出他机智幽默的一面。归根到底还是那句话：论诗绝句这种批评形式，力求新颖锐利，不能求全责备。

从先生这种独特视角出发，我们把曾巩的《咏柳》和贺知章的《咏柳》放在一起对观，看看先生因何不喜欢曾巩的诗：

乱条犹未变初黄，倚得东风势便狂。

解把飞花蒙日月，不知天地有清霜。（曾巩）①

碧玉妆成一树高，万条垂下绿丝绦。

不知细叶谁裁出，二月春风似剪刀。（贺知章）②

我知道先生喜欢贺知章的这首诗，是因为贺老道写的真是柳树，赞颂的是大自然的鬼斧神工。把二月春风比作剪刀，一方面带出了早春的轻微寒意，另一方面写出了自然界的巧妙造化，以春风为剪，裁出了纤细美观的柳叶。那么，谁是持剪刀之妙手呢？当然是大自然本身。比喻巧妙而贴切，所以得到读者的广泛喜爱。比如唐代的韩偓就写过"恻恻轻寒剪剪风，杏花飘雪小桃红"③之名句。宋代的王安石之《夜值》诗也写出"金炉香烬漏声残，剪剪轻风阵阵寒"④这样化用贺知章诗的好句。

① 陈杏珍、晁继周点校：《曾巩集》，109 页，北京，中华书局，1984。

② 王启兴、张虹：《贺知章 包融 张旭 张若虚诗注》，24 页，上海，上海古籍出版社，1986。

③ 陈顺烈、许佃玺：《五代诗选》，301 页，上海，上海古籍出版社，1988。

④ （宋）王安石：《王荆公诗注补笺》，（宋）李壁注，李之亮补笺，878 页，成都，巴蜀书社，2002。

这是先生喜爱唐人直抒胸臆、师法自然的例子。

先生对咏物诗传统持保留态度，曾开玩笑说那是"指桑骂槐"传统。比如曾巩这首诗，题目上说是歌咏柳树，其实是在讥讽小人。诗中的"乱条""东风""飞花""日月""天地""清霜"都和事物本体脱离了关系，而是用"乱条"比喻小人，"东风"比喻高层势力，"飞花"比喻华而不实的业绩，"日月"比喻帝王，"天地"比喻人世间，"清霜"比喻正派的、遵守传统道德的政治力量。把"咏物"作成了"论政"甚至"论证"。理性有余，抒情与状物不足。先生怀疑这是与"关关雎鸠"解释成"后妃之德"一脉相连。先生对于咏物诗传统的评论正确与否，暂不评判；先生独立思考、自行判断的精神，值得我们学习。

先生确实是热爱大自然本身。有一次我去看望您，谈起我的一个加拿大籍美国同事，是来自北极 Inuvik 地区的 Inuit 人。[1]他在北冰洋观察到北极熊猎取海豹时在白皑皑的冰天雪地背景里大胆地直立行走，因为它浑身的白毛和天地融为一体。但是它知道自己的鼻头是黑色的，会伸出前爪挡住鼻头，让海豹看不到它的黑鼻头。先生听完这个故事特别高兴，说："有日子没听到这么好的故事了。哎，你应该把它写成一首诗！"先生是禅宗里觉悟了的智者，深信自然万物皆有佛性，皆有智慧，皆有心灵："含生俱有情，小至虫与蚁。"[2]您相信"梅花不傻"，不会在雨天朝上开放而任从雨水沤烂花心；[3]您还相信"文化大革命"时的倒行逆施中"人性批既倒，猫性却还在"[4]。这种对猫和人的比较，是建筑在猫本身行为所显示出的性情之上，而不是把人群中不相干的事情强行投射到猫的身上去。正是出于这种对自然本身的敬畏与喜爱，先生不喜欢借口描写自然而其实完全脱离自然，借自然界的名义去讽喻人间政治。

---

① 这族人以往被错误地称为爱斯基摩人。爱斯基摩这个词，有一种解释是"食生肉者"的意思，含有贬义。当地人，比如我那个同事，不喜欢这样的称呼。

② 《启功全集》，卷六，199 页，北京，北京师范大学出版社，2009。

③ 俞宁：《绿窗唐韵》，3 页，上海，上海古籍出版社，2014。

④ 《启功全集》，卷六，159 页，北京，北京师范大学出版社，2009。

您这种以自然为本的思想，与我后来在美国学到的深层生态学思想、环境文学批评思想不谋而合。借物喻人当然可以，但不能喧宾夺主，不能把自然给写没了。

王安石（1021—1086），字介甫，临川（今江西抚州）人。北宋庆历二年（1042）进士。后来成为改革派领袖，主导熙宁变法。熙宁八年（1075）封为舒国公，元丰三年（1080）改封荆国公，故后人称他为"王荆公"。先生在这里说他给皇帝上奏折常是洋洋万言，大胆畅言政治改革，但是写诗的时候却没有他那种"天命不足畏，祖宗不足法，人言不足恤"[①]的政治勇气，显得比较拘谨，"诗胆弱""四平八稳"。这也是与众不同、与传统说法相反的见解。

不过"诗胆"不是一般的胆量，而是建立在美学自信之上，敢于对诗歌的题材和形式做出前人不曾设想过，更不曾实践过的尝试。这种在诗歌形式上大胆创新的诗人，元白先生首推杜甫，说他敢于大胆创新语法，写出"红远结飞楼"这样的浓缩句式。还说他大胆吸收民间文艺形式，不但"戏拈吴体发新声"，而且借鉴盲人鼓词，唱出"昔有佳人公孙氏"这样的韵调。[②]杜甫之外，唐人诗胆较大的，先生还欣赏韩愈，认为他"语自盘空"，"甘回涩后"，[③]创造出一种特殊的美感。而韩愈却认为贾岛更厉害，夸赞他的诗胆比身体还大："无本于为文，身大不及胆。吾尝示之难，勇往无不敢。蛟龙弄角牙，造次欲手揽。众鬼囚大幽，下觑袭玄窞。天阳熙四海，注视首不颔。鲸鹏相摩窣，两举快一啖。"[④]这里韩愈用了一连串的比喻来夸张贾岛的创新探险的胆量：他的想象力汪洋恣肆，敢于上天手擒龇牙抵角的蛟龙，入地袭击地狱里的群魔，裸眼凝视刺目的太阳，徒手抓住长鲸大鹏像啃鸡腿一样左一口右一口地把

---

① 《宋史》，卷四十二，822页，北京，中华书局，1985。

② 见本书第八至十首。

③ 见本书第十一首至第十三首。

④ （清）方世举：《韩昌黎诗集编年笺注》，418页，北京，中华书局，2012。无本师指贾岛。他曾为僧。

它们吃掉。比喻的目的，是说无论多么困难棘手的题材和形式，贾岛都敢于亲自动手试一试。对比之下，王安石的诗并非不好，而是大胆突破前人格局的地方不多。在这一点上，元白先生和钱锺书先生不谋而合。我们不妨用王安石最为人称道的诗作《泊船瓜州》举例："京口瓜州一水间，钟山只隔数重山。春风又绿江南岸，明月何时照我还。"[1]那个绿字受到多少人的称赞！钱锺书先生却对此提出了疑问：

> 这句也是王安石讲究修辞的有名例子。据说他在草稿上改了十几次，才选定这个"绿"字；最初是"到"字，改为"过"字，又改为"入"字，又改为"满"字等等（洪迈《容斋续笔》卷八）。王安石《送和甫寄女子》诗里又说："除却春风沙际绿，一如送汝过江时"，也许是得意话再说一遍。但是"绿"字这种用法在唐诗中早见而亦屡见：丘为《题农父庐舍》："东风何时至？已绿湖上山"；李白《侍从宜春苑赋柳色听新莺百啭歌》："东风已绿瀛洲草"；常建《闲斋卧雨行药至山馆稍次湖亭》："行药至石壁，东风变萌芽，主人山门绿，小隐湖中花"。于是发生了一连串的问题：王安石的反复修改是忘记了唐人的诗句而白费心力呢？还是明知道这些诗句而有心立异呢？他的选定"绿"字是跟唐人暗合呢？是最后想起了唐人诗句而欣然沿用呢？还是自觉不能出奇制胜，终于向唐人认输呢？[2]

钱锺书先生虽然没有直接回答自己提出的这些问题，但是他的意思还是从字里行间透露了出来。王安石离唐人比我们近得多，因此熟悉的唐诗一定更多，忘记这些名句的概率不大。可能性较大的恐怕是最后一种情况，觉得自己无力突破前人，索性认输，放弃了自己标新立异的尝试。这样的胆量非但不能和诗圣杜甫比，也缺乏贾岛那种上天入地擒龙

---

[1] 钱锺书：《宋诗选注》，58 页，北京，人民文学出版社，1982。

[2] 同上书，57 页。

第十四首 曾子固、王介甫

125

缚鲸的美学魄力。王安石此诗于炼字尚且如此，谋篇、创新体格的魄力就更难了。所以，先生这首绝句，看似容易引起争论，但细思之下，还是很有说服力的。由此可见，真正的大家，与常人不同的地方，就在于不迷信前人的成说而独立思考。

有情風萬里卷潮來無情送潮歸問錢塘

江上西興浦口幾度斜暉不用思量今古俯仰

昔人非誰似東坡老白首忘機 記取西湖西畔

正暮山好處空翠煙霏算詩人相得似我與

君稀約他年東還海道願謝公雅志莫相違

西州路不應回首為我沾衣

右東坡寄參寥子八聲甘州一首每一誦之可

想見其人毎展此書此賦不禁擊節蓋真值

浮這首詞者

　　　　　啟功

第十五首　苏子瞻

笔随意到平生乐，语自天成任所遭。

欲赞公诗何处觅，眉山云气海南潮。

这一首讲苏东坡（1037—1101），子瞻是他的字，东坡居士是他的别号，苏轼才是正名。此诗的语言简明，说苏轼的艺术造诣很高，达到了笔随意到，妙语天成的极高境界。先生欲赞美他的诗艺却难以找到合适的语言，最后在苏轼故乡四川眉山的烟云舒卷和流放地海南岛上的潮汐澎湃中，找到了类似苏诗美学境界的自然比喻。

先生不但喜欢苏轼的诗，更是仰慕他的为人，也欣赏他的书法，而且都有诗为证。先生曾写过一首《东坡像赞》："香山不辞世故，青莲肯涵江湖。天仙地仙太俗，真人惟我髯苏。"[1] 说苏东坡的为人没有白居易的世故圆滑，也没有李白身上的江湖气。相比之下，那二位虽有（谪）天仙、地仙的名声，却不如苏轼天真可爱，甚至略显俗气。先生喜欢苏轼的人格，自己生活中也常有表现。例如一次我陪先生出门，沿着南草场街往北走，打算出北口儿，到西直门内大街上电车。正赶上京城北风乍起而降温，先生气管炎发作。我听您咳嗽得难受，正在忧心，没想到您忽然断断续续吟出一首自嘲绝句，里头妙用了东坡的诗：

---

[1] 《启功全集》，卷六，100 页，北京，北京师范大学出版社，2009。

北风六级大寒时，气管炎人喘不支。

可爱苏诗通病理，春江水暖鸭先知。[1]

先生对苏轼书法的美学评价也达到顶级：

梦泽云边放钓舟，坡仙墨妙世无俦。

天花坠处何人会，但见春风绕树头。[2]

此诗把东坡比作神仙（坡仙），把他的墨迹列为妙品，把其美学境界比作春风绕树吹落阵阵花雨。20世纪70年代，先生曾临摹苏东坡的《书林逋诗后》和《前赤壁赋》，实在精妙。我看着眼馋，也想试试。先生说："以你现在的水平，不适于直接临摹苏帖。不妨临摹我临写的这本，因为在我临写的过程中，相当于为你把苏轼的书法妙趣翻译、放大了一遍。"等我临了一阵子，字迹不再歪歪扭扭，稍微像点样子的时候，先生才告诉我苏书也有缺点，就是"他握笔太靠手心儿，太紧。腕法有余，指法不足"。我漂泊海外30多年，却没断临摹这两本帖。虽然为天资所限，不知道自己究竟从中学到了什么书法，但是那首"吴侬生长湖山曲，呼吸湖光饮山绿"的诗和"纵一苇之所如，凌万顷之茫然"的赋，由于临写了多遍，已经无意中背熟了。奇妙的是，无论临写、默写多少遍，那一诗一赋的妙趣与魅力，却与日俱增，总是给我极大乐趣。一半是因为诗、赋、书俱妙，一半是因为它能勾起我对先生和少年时代的回忆——外部世界混乱，小乘巷的那间小南屋内却总是温雅的春天。

先生这首论诗绝句貌似语言简明，细思之下方觉大有深意，比如头两句的"笔随意到"和"语自天成"。如果读者不够细心，很有可能会忽略"自"字的内涵与外延。"自天成"者，无论你把它读作"来自天成"

---

[1] 《启功全集》，卷六，25页，北京，北京师范大学出版社，2009。

[2] 启功：《论书绝句》，134页，北京，生活·读书·新知三联书店，1990。

抑或"自然天成"，其意义都是天之所赐，自然流出，非人力也！它和前面的"笔随意"是相矛盾的。"笔随意"者，首先是作者心中有主意；其次是笔下有功力。而主意从苦思冥想而来，功力由日积月累而得，这其实是天才说与苦吟说之间的对立。我到美国第一个学期就教大学生英文作文，也面对学生们无数次怎样把文章写好的提问。我知道这都是些普通的学生，天才难得或者根本没有。于是就用莫扎特和贝多芬的不同创作过程启发他们。我留作业让他们观看这两位作曲家的传记性故事片，去体会莫扎特是天才型音乐家，一个复杂的交响乐或者歌剧，每个音符都完美地在他大脑中形成，然后他才落笔，熬上一天两夜，一部大作就诞生了，几乎没有涂抹修改。而贝多芬的创作则是人才型的。他坐在钢琴前苦思冥想，弹几个音，写几行谱，扯掉几根头发，然后把谱纸撕碎，重新再写。这样反复 N 次，一篇作品慢慢成型，然后还要反复修改才能定稿。然而定稿之后的作品，比莫扎特的神来之笔一点不差！我给学生的建议是莫扎特虽好但人力难学，所以鼓励他们学习贝多芬，让自己的好作品从反复改写中渐渐地露面：The secret to good writing is re-writing（好作品来自反复改写）从这个观点来重读先生这两句诗，我们就发现，先生对苏轼诗歌艺术的评价，已经高得不能再高：他是莫扎特与贝多芬的合二而一，既是天才又有多年苦吟的积累。只有这样才能使"笔随意到""语自天成"达到和谐的对立统一。

　　苏东坡本人对艺术创作经验的总结，也显示出这种难得的对立统一之可能性。比如他称赏画家吴道子的话，对我们理解他的诗歌艺术也很有启发："出新意于法度之中，寄妙理于豪放之外。"[1] 所谓"新意"常常是天外飞来的奇想；所谓"法度"则是人力从以往的创作经验所获得的规律性东西。这样半句话，主张由自由畅想而不违规矩。这是孔子 70 岁以后才达到的高级修养境界："从心所欲，不逾矩。"[2] 已经把天才与苦吟有机地结合为一体。而所谓"妙理"则是苦思而得的智慧闪光；所谓

[1]　曾枣庄：《宋代序跋全编·书吴道子画后》，3044 页，济南，齐鲁书社，2015。
[2]　刘俊田等：《四书全译》，92 页，贵阳，贵州人民出版社，1988。

"豪放"则是挣脱了以往规则束缚后的自由境界。这半句话，又把苦思所得从规矩中解放出来，为创造新的形式来适应新的内容扫清了心理上的障碍。正如亚里士多德所说，自由是通过纪律而获得的。英国诗人柯勒律治认为，"莎士比亚的判断和他的天才相等"。如果我们把柯勒律治的"判断"看成苏东坡"法度"的同义词，"天才"和"新意"（即创造出前人未有的意境）看作同义词，我们也可以说莎士比亚和苏东坡是同样难得的文学全才，既有天才，也尊法度，既能创新，也能继承。所以柯勒律治还说："请不要以为我是在把天才与法度对立起来……诗歌的精神，恰如一切生命力，如果想把力量与美相结合，必须用法度约束自己。这种生命力如果想表现自己，就必须为自己找到躯体；而一个鲜活的躯体必须是一个组织得很好的躯体——所谓组织不就是把部分和全体联系起来，使每一个部分同时既是目的又是手段吗？"[1]

苏东坡能取得如此高的成就，固然和他的天才与努力分不开，但先生认为更重要的是他那非常放松的人生态度以及创作态度，即顺其自然，不强求亦不懈怠的态度。这是第二句"任所遭"三字的妙义。一次元白先生和张中行先生闲聊成语"随遇而安"和《朱子语类》里面的"随所寓而安"[2]。张先生认为"寓"者天地也、环境也，所以寓意更深妙。元白先生认为人生在世很大程度上是被动的，走到哪里算哪里，所以遭遇的"遇"更贴切。此诗里，先生用了"遭"字，显然是坚持自己的人生哲学。这个哲学也许是先生从苏轼那里学来的，反映在艺术创作上，就是根据当时的本地风光抒发当时的真实感情。苏轼自己就说："作文如行云流水，初无定质，但常行于所当行，止于所不可不止。"而在同代其他诗人眼里看来，苏轼"虽嬉笑怒骂之辞，皆可书而诵之。其

---

① Samuel Taylor Coleridge, "Shakespeare's Judgment is Equal to His Genius." In David H. Richter, *The Critical Tradition*, Third Edition. Boston and New York, Bedford/St. Martin's, 2007, pp. 323-325. 俞宁自译。

② （宋）黎靖德编：《朱子语类》，卷十四，275 页，北京，中华书局，1986。

体浑涵光芒，雄视百代，有文章以来，盖亦鲜矣"①。这种人生与艺术哲学，在苏轼《和子由渑池怀旧》里面表现得非常清楚，特别是前四句："人生到处知何似？应似飞鸿踏雪泥：泥上偶然留指爪，鸿飞那复计东西！"②至于这种态度在诗歌艺术上的体现，可以从苏轼歌咏西湖的诗歌实践中看到。一日他在湖亭上和朋友饮酒，初晴而后雨，湖上风光变幻，然而随天气怎么变，他都很是欢喜："水光潋滟晴方好，山色空濛雨亦奇。欲把西湖比西子，淡妆浓抹总相宜。"③有时候雨下大了，昏天黑地的，他非但不沮丧，反而依然能从中发现美："黑云翻墨未遮山，白雨跳珠乱入船。卷地风来忽吹散，望湖楼下水如天。"④从生活境遇上讲，苏轼命运坎坷，未能永远居住在美丽的西湖，后来被贬谪到海南岛的天涯海角去了。唐代的柳宗元，贬谪到柳州，在那里为愁苦的情绪所扰，这样写诗抒怀："海畔尖山似剑铓，秋来处处割愁肠。若为化得身千亿，散上峰头望故乡。"⑤与柳宗元相比，苏轼流放到更远的广东，而且还要纵贯雷州半岛，再渡过琼州海峡，才能登上被他称为"天涯海角"的海南岛。在真正荒僻的远方，苏轼完全没有柳氏的愁苦。他能和当地原住民打成一片，同享生活乐趣。当地黎氏家族请苏轼喝酒，他开怀畅饮，尽兴而归。土人怕他找不到家，给了他详细的指示，他全然收到诗中："半醒半醉问诸黎，竹刺藤梢步步迷。但寻牛矢觅归路，家在牛栏西复西。"⑥诗人醉眼蒙眬，恐怕会走错路。但他的鼻子是很灵的，可以闻着牛粪的气味一直走到牛栏。从那里往西、再往西，就到了。诗的结尾处设了一个小小的悬念：诗人熏着臭气、循着臭气走到了牛栏。以后的路没有臭气引导了怎么办？看来此后的路并不短，因为诗中最后三字

---

① 《宋史》，卷三百三十八，10817 页，北京，中华书局，1985。

② 钱锺书：《宋诗选注》，75 页，北京，人民文学出版社，1982。

③ 同上书，79 页。

④ 同上书，76 页。

⑤ （唐）柳宗元：《柳河东集》，692 页，上海，上海人民出版社，1974。

⑥ （清）王文诰辑注：《苏轼诗集》，孔凡礼点校，2322 页，北京，中华书局，1982。

是"西复西"，只有方向没有路标。沉醉的诗人真的能找到家吗？这种调皮、愉快、自嘲的韵味，苦中有人生真乐的感悟，才是真正的达观豪放，胜过了"大江东去"的气势。这种任其自然、因景生情、以诗导情的生活态度和艺术创作态度，使我很自然地想起了英国浪漫主义诗人华兹华斯。他在 1802 年写的《抒情歌谣集序言》里面说："诗是强烈感情的自发奔涌。"他说他写诗的"根源"来自"心灵平静时对（以前）感情的重新收集：努力观照那段感情直至其平静的表象逐渐消失，而一种和观照前的感情血肉相关的新感情渐渐生成，真正在脑海中出现"。（I have said that poetry is the spontaneous overflow of powerful feelings: it takes its origin from emotion recollected in tranquility: the emotion is contemplated till by a species of reaction gradually disappears, and an emotion, kindred to that which was before the subject of contemplation, is gradually produced, and does itself actually exist in the mind. ）[①] 也就是说，他认为诗歌的创作过程是一个从感情到理智，从心灵到大脑的过程。心中的灵感，要经过理智的"观照"，从而生成一种新的，升华了的，大脑可以理解并表达的相关感情。这其实也就是先生描写的"语自天成""笔随意到"的过程。只不过先生为了照顾汉语诗歌的音韵，把二者的顺序颠倒了一下。来自灵感的感性材料，经过法度严谨的"观照"，转化成可以充分表达的相关情绪。这也就是苏东坡说的"行于所当行，止于所不可不止"。文思泉涌是行所当行；笔随意到是止所当止。这样说太干瘪，所以先生就用了两个比喻"眉山云气海南潮"。这是形象的说法，而且巧妙地概括了苏轼的一生：他从眉山走出来，经过了丰富多彩的文学生涯，在海南儋州接近尾声。后来从儋州调到稍近一些的廉州、舒州、永州；后来终于获大赦回京，北归途中卒于常州。陶渊明说"云无心以出岫"，眉山云气就是苏轼自然涌动的才情，而海南的潮起潮落，

---

① William Wordsworth, "Preface to the Lyrical Ballads." In David H. Richter's *The Critical Tradition*, Boston and New York, Bedford/St. Martin, 2007, p. 316. 俞宁自译。

虽然也是自然的韵律，但它是有规矩可循的。先生的论诗绝句，有人读了觉得浅显，不知为什么，我这个曾经跟随您多年的人，越读越觉得深不可测。

長生無極

第十六首　黄鲁直之一

吟得江湖夜雨诗，胜他桃李发南枝。

异趋有志才偏短，总较东坡一步迟。

第十七首　黄鲁直之二

抖擞霜蹄历块行，涪翁初志意纵横。

谁知力不从心处，却被西江藉作名。

　　这两首评论宋代诗人黄庭坚的诗歌艺术。简单说，第十六首称赞黄庭坚的"江湖夜雨诗"写得很好，但他和苏东坡诗歌艺术的路子不同，才能比不上苏东坡。第十七首说黄庭坚早期试图痛快淋漓地抒发自己的感情，后来发现创造自己的语言太难，改用巧妙的典故来曲折地表达自己。这种退一步的做法反而被江西诗派作为一面旗帜。这两首绝句的内在联系，在后面细解的时候把次序颠倒一下也许更清楚。

　　黄庭坚（1045—1105）字鲁直，号山谷道人，晚年又号涪翁，是洪州分宁（今江西省九江市修水县）人。他生于书香之家。其父黄庶是专门学习杜甫风格的诗人，其舅父李常又是著名藏书家。因此黄庭坚从小有很好的家庭教育，也有博览群书的条件。所以他23岁就中了进士，元祐初年（1086）他被召为校书郎，主持编写《神宗实录》。后来有人攻击他编史多诬，很快被贬为涪州别驾，黔州安置。晚年贬至宜州（今广西壮族自治区河池市宜州区），寄居于城头戍楼之内。他修养好，困境中也能怡然自乐。人们纷纷来求文索字、请教学问。崇宁四年（1105）病逝于戍楼。大概是受他父亲的影响，黄庭坚大张旗鼓地宣传作诗要学杜甫。他的见解受到当时人追捧，后来人批评。至于具体到底学习杜甫的哪些方面，值得在此简单介绍一下。

中唐时期的元稹也很佩服杜甫，他说："杜甫天才颇绝伦，每寻诗卷似情亲。怜渠直道当时语，不着心源傍古人。"[①]有不少人认为，黄庭坚对杜甫优点的理解完全不同于元稹，他甚至有可能认为元稹弄错了。元氏所说的"当时语"就是杜甫根据当时场景用自己语言抒发感情。黄庭坚熟读杜诗、深读杜诗，认为所谓当时语、自作语，想一想容易，真要说出来却很难。他在给外甥洪驹父写信时说："自作语最难，老杜作诗，退之作文，无一字无来处；盖后人读书少，故谓韩杜自作此语耳。古之能为文章者，真能陶冶万物，虽取古人之陈言入于翰墨，如灵丹一粒，点铁成金也。"[②]

钱锺书先生在《宋诗选注》里面也引用了这段话，但是省去了最前面的"自作语最难"等字。然后钱先生就此发挥，说："在他（黄庭坚）的许多关于诗文的议论里，这一段话最起影响，最足以解释他自己的风格，也算是江西诗派的纲领。"[③]钱先生往上推溯到钟嵘在《诗品》里反对这种"贵用事""殆同书抄"的做法。结合元稹评论杜甫诗艺的绝句，我们可以看到，钱先生勾勒出一个从六朝到唐代的诗学传统，即反对"掉书袋"的传统，或用元白先生的话来说是"三唐气壮脱口嚷"的

---

① 《元稹集》，208页，北京，中华书局，1982。

② （宋）任渊、（宋）史容、（宋）史季温注：《黄庭坚诗集注·点校说明》，2页，北京，中华书局，2003。

③ 钱锺书：《宋诗选注》，110页，北京，人民文学出版社，1982。

传统。诚然，李商隐为首的西昆体也喜欢用典来加强其诗意的扑朔迷离，但那只限于华丽绮艳的场景和情绪。而"到了宋代，在王安石的诗里又透露（掉书袋）迹象，在'点瓦成金'的苏轼的诗里愈加发达，而在'点铁成金'的黄庭坚的诗里登峰造极。'读书多'的人或许看得出他句句都是把'古人陈言'点铁成金，明白他讲些什么；'读书少'的人只觉得碰头绊脚无非古典成语，仿佛眼睛里搁了些金沙铁屑，张都张不开，别想看东西了"①。可以看出，钱先生的评语，总结了前人的意见，也为后人做出一个定论。不过，细读文本，我觉得钱先生省略"自作语最难"这几个字不是很公正，在某种程度上冤枉了黄庭坚。比较之下，还是元白先生这两首论诗绝句更全面一些。请容我仔细解释一下。

黄庭坚上面那段话，引自他的《答洪驹父书》。他59岁那年（去世前两年）外甥来信，寄来一些诗文请舅父赐教。黄庭坚自幼受舅父李常教养之恩，所以对自己的外甥也很关心，在晚年认认真真地给外甥提出一些建议。我们总得读了全文才对得起黄庭坚的一片苦心：

> 驹父外甥教授：别来三岁，未尝不思念。闲居绝不与人事相接，故不能作书，虽晋城亦未曾作书也。专人来，得手书。审在官不废讲学，眠食安胜，诸稚子长茂，慰喜无量。

> 寄诗语意高重，数过读，不能去手；继以叹息，少加意读书，古人不难到也。诸文亦皆好，但少古人绳墨耳，可更熟读司马子长、韩退之文章。凡作一文，皆须有宗有趣，始终关键。有开有阖，如四渎虽纳百川，或汇而为广泽，汪洋千里，要自发源注海耳。老夫绍圣以前，不知作文章斧斤，取旧所作读之，皆可笑。绍圣以后，始知作文章。但已老病情懒，不能下笔也。外甥勉之，为我雪耻。

> 《骂犬文》虽雄奇，然不作可也。东坡文章妙天下，其短处在好骂，慎勿袭其轨也。甚恨不得相见，极论诗与文章之善病，临书

① 钱锺书：《宋诗选注》，111页，北京，人民文学出版社，1982。

不能万一。千万强学自爱，少饮酒为佳。所寄《释权》一篇，词笔纵横，极见日新之效。更须治经，深其渊源，乃可到古人耳。《青琐》祭文，语意甚工，但用字时有未安处。自作语最难，老杜作诗，退之作文，无一字无来处；盖后人读书少，故谓韩杜自作此语耳。古之能为文章者，真能陶冶万物，虽取古人之陈言入于翰墨，如灵丹一粒，点铁成金也。

文章最为儒者末事，然索学之，又不可不知其曲折，幸熟思之。至于推之使高，如泰山之崇崛，如垂天之云；作之使雄壮，如沧江八月之涛，海运吞舟之鱼。又不可守绳墨令俭陋也。

我把这封信分成了四段。第一段是客套话，第二段是鼓励外甥，自己也谦虚两句，说自己写不好，全靠外甥以后给自己长脸了。第三段才是正文，是给外甥的忠告。先从不能如何如何入手：不要写骂文，不要多喝酒。然后转入正面的意见：《释权》一文写得好，如果想写得更好一点还得深入研读经书，这样方才接近古人的水平；《青琐》一文立意好，但文字功夫还有再进步的余地。鼓励、指出不足之后的，才是后人反复引用的主体部分。而主体的第一句就是"自作语最难"，这是提纲挈领的一句，其指导意义不限于文字功夫，和后边那句"古之能为文章者，真能陶冶万物"。意思是古人妙笔生花，能把自然万物之美升华、细化（陶冶），这其实是接着李白《春夜宴诸从弟桃李园序》的"阳春召我以烟景，大块假我以文章"[1] 说的。自然万物感召我们的文思、启迪我们灵感，等于是把好文章送到我们手上了。但是，我们有我们的职责，把李、黄二位的话连起来说就是我们得把自然万物提供的原材料加工提高，"陶冶"、升华成精练的真情文字。这一点，古人做得很好。但是中国历史长，文明史、文学史也长，古人，特别是唐人的诗歌，把美丽、恰当的词汇用得差不多了，到了宋代，再原创自己的"自作语"确实很

---

[1] 瞿蜕园、朱金城：《李白集校注》，1590 页，上海，上海古籍出版社，1980。

难。洪驹父尚在学习当中，黄庭坚觉得外甥功力不够的情况下应该好好学习古人"陶冶万物"的本事。学习的第一步是活用"古人陈言"，运用得恰当了，可以"点铁成金"。

我觉得钱锺书先生和前面的一些文人，包括江西诗派的热心分子，只强调借用"古人陈言"、只强调"点铁成金"，忽略了前边的大前提"自作语最难"。或许是千虑一失，有断章取义之嫌，因为最难不等于不要，而是有计划、有步骤地学习提高，逐渐接近、达到古人直接"陶冶万物"的水平。再进一步，还能超越古人——"古人不难到也"！因此，那封信还有第四段，告诉外甥既然要学作文，就应该仔细熟思文章之曲折，以求进一步推之使高："至于推之使高，如泰山之崇崛，如垂天之云；作之使雄壮，如沧江八月之涛，海运吞舟之鱼。又不可守绳墨令俭陋也。"他用了一连串的自然比喻——泰山崇崛、垂天之云、沧江之涛、吞舟巨鱼来告诉外甥，学习古人只是一个阶段，下一步更高的阶段，就是自己直接"陶冶万物"，达到和古人一样甚至更高的高度。这是黄庭坚晚年总结了自己一生作诗为文的经验所得出的真谛。没想到被江西诗派割裂，被后人误解了。关于作诗为文，黄庭坚有很多话要对外甥讲，但写在信里则"临书不能万一"。后人把这万里挑一的精华又省略掉最重要的那句"自作语最难"，就难免片面了。

元白先生的高明之处就在于您不仅全面地理解了黄庭坚的这封信，而且把黄氏的理论和其一生的诗歌创作实践结合起来研究，得出了新结论："抖擞霜蹄历块行，涪翁初志意纵横。谁知力不从心处，却被西江藉作名。"开头一句"抖擞霜蹄历块行"，就是模仿了江西诗派的"有来历"手法，以其人之道还评其人之诗。"历块"指奔驰骏马，引申义为不羁之才。语出《汉书·王褒传》："过都越国，蹳如历块。"颜师古注曰："如经历一块，言其疾之甚。"[①] 颜师古的注解漏掉了《汉书·王褒传》里的"蹳"字，我们只好自己补充。"蹳"是马用后腿奋力一蹬的

① 《汉书》，卷六十四下，2824、2825 页，北京，中华书局，1962。

意思，反映在现代口语里有"尥蹶子"的说法。而"蹶蹶"是形容敏捷的意思，如《诗经·唐风·蟋蟀》里面就有"良士蹶蹶"①的说法。"过都越国，蹶如历块"连起来看，就是骏马向后一蹬，就像经历一个土块一样越过了国家和城池。这个意象，江西诗派的"一祖"杜甫也曾经使用过。他在《大历三年春白帝城放船出瞿塘峡》一诗中说："出尘皆野鹤，历块匪辕驹。"②而江西诗派的"三宗"之一陈师道（1052—1101，字无己，官至秘书省正字，故人称陈正字）在《寒夜有怀晁无斁》一诗里也写过"万里初历块，前驱告曛暮"③这样的句子。现在先生信手拈来，用来描写黄庭坚青少年时代的诗风，不亦宜乎？年轻的诗人，抱负远大，像千里良驹一样抖擞精神，四蹄践霜，奋力向前跃进的形象历历在目。

先生这个说法，是建筑在对黄庭坚一生创作历程深入理解的基础之上的。黄庭坚是天才儿童，五岁时就开始习读《五经》，"幼颖悟过人，读书五行俱下，数过辄成诵……七岁能诗"④。按常理，小孩子的诗一般比较简单明快。请看他七岁写的《牧童诗》："骑牛远远过前村，吹笛风斜隔垄闻。多少长安名利客，机关用尽不如君。"⑤这首诗，完全可以理解成一个儿童眼里看到同龄牧童放牛轻松开心，对比自己读书以及读书人的生活道路，脱口而出的感情抒发。但是，一放在中国古典文学史里面，问题就复杂了。看看比黄山谷稍晚一点，江西诗派的人怎么注解这首儿童诗。"骑牛远远过前村"这句的注解是："《后汉书·光武纪》：光武初骑牛。杜少陵诗：前村山路险。"戴上江西诗派"无一字无来历"的眼镜，这普普通通的"骑牛""前村"都成了深奥的用典。这么一来，就不知道汉语里还有没有不用典的语言了——谁让咱们的文化历史悠久

---

① （清）王先谦撰：《诗三家义集疏》，吴格点校，416页，北京，中华书局，1987。

② 萧涤非：《杜甫全集校注》，5436页，北京，人民文学出版社，2014。

③ （宋）陈师道：《后山诗注补笺》，208页，北京，中华书局，1995。

④ 郑永晓：《黄庭坚年谱新编》，12页，北京，社会科学文献出版社，1997。

⑤ （宋）任渊、（宋）史容、（宋）史季温注：《黄庭坚诗集注》，1416页，北京，中华书局，2003。

呢？中华文明是世界上唯一延续至今的文明，我们为此自豪，但我们也得为此付出代价。现在我们应该知道黄庭坚信里面"自作语最难"这句话的分量有多重了吧？省略掉这句话，就省略掉了黄庭坚乃至自宋而下的中国古典文学的普遍语境。此儿童诗后面三句的宋人注解，更多、更复杂、更"有来历"。有兴趣的读者可以自行查阅，在此就不一一列举了。

自作语虽难，但古来有才能、有志气的年轻诗人总是朝着它努力，以直抒自己的个性情怀。黄庭坚也不例外。宋代叶梦得在《避暑录话》卷一里面提到一个叫俞澹的人："字清老，扬州人，少与鲁直同从孙莘老学于涟水军，鲁直时年十七八，自称清风客，清老云：'奇逸通脱，真骥子堕地也。'尝见其赠清老长歌一篇，与今诗格绝不类，似学李太白。"[1]骥子堕地，就是天马在地上跑，也就是"霜蹄历块"。十七八岁的诗风像李太白的格调，也就是先生描写的"初志意纵横"。这是旁人从侧面叙述，我对材料的熟悉程度不够，在《黄庭坚诗集注》没有找到这首诗。不过考察黄庭坚十七八岁至二十多岁前后的诗，也可以证明俞澹的话说得有根有据。黄庭坚在熙宁三年（二十五六岁时）写过一首《漫尉》，其序言和诗都能帮助我们了解他那时的诗风和心情。不过这首诗再加上序言相当长，在此只能抄录序言全文和诗的前一部分：

> 庭坚读漫叟文，爱其不从于役，而人性物理，霭然诣于根理。因戏作《漫尉》一篇，简舞阳尉裴仲谟，兼寄赠郝希孟、胡深夫。二同年为我相与，和而张之，尚使来者知居厚为寡悔之府。然知我罪我，皆在此诗。
>
> 豫章黄鲁直，既拙又狂痴。
> 往在江湖南，渔樵乃其师。
> 腰斧入白云，挥车棹清溪。
> 虎豹不乱行，鸥鸟相与嬉。

---

[1] 郑永晓：《黄庭坚年谱新编》，17 页，北京，社会科学文献出版社，1997。

遇人不崖异，顺物无瑕疵。
不知爱故厌，不悔为人欺。
晨朝常漫出，莫夜亦漫归。
漫尉叶公城，满抚病余黎。
不纂非己事，不趋非吾时。
人骂狂痴拙，鲁直更喜之。
或请陈漫尉，寿尉葡萄卮。
酒行激懦气，攘袂起诮规。
君子守一官，乌肯苟简为……

序言说得清楚，黄庭坚佩服漫叟的地方在于"人性物理"和他追根溯源的深刻思维——"翕然诣于根理"。也就是追寻万物根本的道理。可见此时的诗人尚未推崇后来所说的化用古人陈言以"点铁成金"，而是直接用自己的语言来追求"物理""根理"。诗本身的前七八十字纯然直叙己心，没有刻意用典的成分。即便如此，"渔樵""腰斧入云""清溪""鸥鸟"这些字眼本身总能让人挖出一些典故来。这说明汉语、汉字的历史悠久，积淀深厚，给后人"自作语"所留的机会实在是不多了。但是就此时的气韵而言，总体是给人脱口而出、直抒胸臆、不须用典的感觉。所以，元白先生第十七首绝句的第二句"涪翁初志意纵横"的出现就是再自然不过的了。先生说黄庭坚早期是有志向用自己语言抒发自己情致的。然而写到此处，先生笔锋一转，快速地概括了理想与现实的差距，同时也勾画出了现实略有讽刺意味的反转："谁知力不从心处，却被西江藉作名。"先生认为，江西诗派的那些"无一字无来历"的信条，实际上是黄庭坚想要让诗情自由流淌而不能时所想出的补救手段。而这些信条的实践，用禅宗的术语来描写，已经是堕入"第二义"了，离"叩祖师西来意"[1]的即心即佛理想，隔了一层。按照先生在这组论诗绝句里

① （清）吴任臣：《十国春秋》，3册，卷七十六，1041页，北京，中华书局，1983。

143

透露出的思想和美学倾向，苏轼虽是宋代人，但他的任诗情自然流淌，行其所当行，止于所不得不止，虽然也用典，但总体上还是接近唐人脱口"嚷"出心声的美学范畴。而黄庭坚后来想用"无一字无来历"的方法补救自作语难的缺陷，是欲如唐人一样脱口成章而不能，干脆将计就计，用曲折引典来完成自己力所不及的事功。这是由唐入宋的过渡，也是黄庭坚认识到自己诗才缺陷的地方。他在信中说指望外甥将来为自己"雪耻"，并非简单的谦虚，而或许是对自己这位高才外甥的真心期望。"雪耻"，这话说得很重，足见黄庭坚是多么认真。

可惜，按照元白先生的意见，江西诗派没重视黄庭坚早期"志纵横"的奔放诗风，却全面继承了字字都有来历、苦读苦思苦化用的传统。这无异于继承黄庭坚的短处，同时用群体之力，搭起了宋诗重理思而少情趣的美学框架。他们的"三宗"之一陈师道据说是"平时出行，觉有诗思，便急归拥被，卧而思之，呻吟如病者，或累日而后起"[①]。因此金代诗人元好问写论诗绝句评论他时，语带讥讽地说："传语闭门陈正字，可怜无补费精神。"单就这一点而论，元白先生是同意元好问的，认为宋代的江西诗派，虽然影响很大，但艺术水平和美学理论并未达到最高境界。

黄庭坚成熟之作的优秀样板，是广受好评的《寄黄几复》，即元白先生第十六首里面的"江湖夜雨诗"：

我居北海君南海，寄雁传书谢不能。
桃李春风一杯酒，江湖夜雨十年灯。
持家但有四立壁，治病不薪三折肱。
想见读书头已白，隔溪猿哭瘴溪藤。

先生对这首诗的评论，非常深刻，非常巧妙。不是简单评判其艺术

① （宋）陈师道：《后山诗注补笺》，18 页，北京，中华书局，1995。

成就的高低，而是在深入解读该诗的前提下，利用黄庭坚本人的诗句来评论。称赞之余，表达一点点惋惜：肯定黄庭坚另辟蹊径的勇气，惋惜他天赋不如苏东坡，尚未达到灵活自如而不逾矩的境界。为了理解先生的深意，我们先要了解一下黄庭坚的原诗。

这诗是写给青年时期朋友黄介的。黄介，字几复，是江西南昌人，黄庭坚22岁时与他相识，后来在《黄几复墓志铭》里写道："吾友几复……年甚少，则有意于六经，析理入微，能坐困老师宿学。"[①] 因为黄几复饱学高才，黄庭坚与他过从甚密，为他写了不少诗，相识当年就写了《用几复韵题伯氏思堂》《至乐词寄黄几复》《几复读庄子戏赠》《读书呈几复二首》《阻水呈几复二首》《漫书呈几复三首》《留几复饮》《再留几复》《拟古乐府长相思寄黄几复》《赠别几复》等。[②]《留几复饮》一诗中，开头一句就是"几复平生好"，《次韵几复和答所寄》里头，又说"曾共诗书更曲肱"[③]，可见二人友情之深。22岁的黄庭坚，不久前乡试得了"解头"（解元，乡试第一名），而明年就会中举，所以此刻他信心满满，写诗正是"初志意纵横"，以直抒胸臆为方法和主旨。请看《拟古乐府长相思寄黄几复》：

江南江北春水长，中有一人遥相望。

字曰金兰服众芳，妙歌扬声倾满堂。

满堂动色不入耳，四海知音能有几？

惟予与汝交莫逆，心期那间千万里。

欲凭绿水之双鱼，为寄腹中之素书。

溪回屿转恐失路，夜半不眠起踟蹰。

---

① 郑永晓：《黄庭坚年谱新编》，22 页，北京，社会科学文献出版社，1997。
② （宋）任渊、（宋）史容、（宋）史季温注：《黄庭坚诗集注》，北京，中华书局，2003。各诗散见于 1597 页到 1684 页之间。
③ 同上书，316 页。

江西诗派可以从"江春""金兰""众芳""双鱼""素书"等处挖掘"来历"。但是一般读者从此诗里读到的不过是脱口而出的对朋友的倾慕与怀念。旁人从这些早期诗里能看到黄庭坚风华正茂时期的诗风,我透过诗行看到的,却是元白先生眼光之精到。

然而,黄庭坚写作《寄黄几复》那首诗的时候是宋神宗元丰八年(1085),他已经满 40 岁,不再是"初志意纵横"了。此时他在德州的德平镇,滨渤海;而黄介在广州四会为官,滨南海。所以诗的首句"我居北海君南海"起得突兀,强调二人相距之遥,以致第二句里面想要托鸿雁传书都变得不可能了。这句诗看似紧贴着生活写出来的,但其实真是江西诗派的精妙用典。《左传·僖公四年》:"君处北海,寡人处南海,惟是风马牛不相及也。"[1] 黄庭坚是反其意而用之,不但你我的居住地的南北位置恰好与《左传》相反,两人之间的关系十分紧密,也和《左传》里的意思相反。第二句,广州在大庾岭之南数百里。古人相信北雁南飞,至大庾岭而返,是不肯飞过岭南的。所以才说"谢不能"。如此巧妙的用典,不深入吟味是体会不到的。这也是江西诗派奉为经典的例子。

此诗的颔联是元白先生评论的重点,也是利用的重点,所以我在前面抄录时加上了着重的黑体字。"桃李春风"是指古代士人生活中得意的时刻。因为有了孟郊"春风得意马蹄疾,一日看尽长安花"[2] 这句名联,"桃李春风"又常常特指秀才们进士及第那一充满希望和成就感的时刻。而这时刻,在黄庭坚看来不过是喝"一杯酒"的瞬间,很快就会过去。随之而来的,是漂泊四方的宦游生活。居无定所、颠沛流离才是士子生活的常态,稍一蹉跎便达十年之久。我们还用孟郊的话来形容,就是"几回羁旅觉,梦回残烛光"[3]。孟郊的诗句强调游子旅梦孤回,见到残烛之光摇曳不定,枯涩之情溢于纸上,且有"觉"(按平水韵,入声三觉,

① (清)洪亮吉:《春秋左传诂》,273 页,北京,中华书局,1987。
② 韩泉欣:《孟郊集校注》,126 页,杭州,浙江古籍出版社,1995。
③ 同上书,124 页。

收尾音为—eok）和"烛"（二沃，收尾音为—uuk）这两个"直而促"的入声字，用声音的效果加强了诗意中的枯涩。反观黄庭坚的诗句，与孟诗确有相似之处："江湖夜雨"是凄凉漂荡的意象；一灯，是"十年"相伴的孤寂意象。意象苦涩，诗意也苦涩。然而，黄庭坚在前人的基础上有了自己的发展和创造。他这一联诗，不但句法流畅，而且"一杯酒"（仄平仄）和"十年灯"（仄平平）先抑后扬，声韵嘹亮，表现出诗人在孤寂漂泊的生活中保持了一种深切的自信、坚强，甚至乐观。这种貌似自相矛盾而实际相辅相成的艺术境界，是很难达到的。西方形式主义文学理论把这种艺术技巧称作"反讽"（irony）。美国 20 世纪批评家科林斯·布鲁科斯按照他的形式主义理论，把"反讽"定义为"（文意）在上下文的压力下变形（以至于反转）"，而"造成意义反转的上下文是由语音语调标志出来的"。① 此处我们可以看到，西方文论的某些关键内容与中国古典文学作品的某些特点十分契合，简直是如影随形。同时我自己也能感受到当初元白先生和先父为我设计的先真正学好英语，乃至深入研究英美文学，然后回归中国古典文学研究的路线是经过深思熟虑，符合当前中国学术发展的需要的。

总而言之，黄庭坚诗歌生涯的总体轨迹，正如元白先生所说，起初是想走李白那种喷薄而出，直抒胸臆的路子，后来发现"自作语最难"，就走上了深耕细作、"无一字无来处"的路子。先生以为这是由黄庭坚的才能所限制的。我们从黄庭坚给洪驹父的信中也看到，他自己也认识到了自身的局限性。但是希望自己的外甥能超越自己，达到学习古人但不拘古人绳墨的境界。元白先生的这个观点和饶宗颐先生的想法不谋而合。饶公在 1962 年就如此评论《答洪驹父书》："此即欲人最后摆脱绳墨，自立规模，由有意为诗，至于无意为诗。由依傍门户以至含茹古今，包涵元气。诗至此已进另一崭新复绝之境。诗人者，孰肯寄人篱下而终以

---

① Cleanth Brooks, "Irony as a Principle of Structure" in David H. Richter ed, *The Critical Tradition*, 3rd edition, Bedford/St. Martin's, New York, 2007, p. 800.

某家自限乎？又孰肯弊弊焉不能纵吾意之所如，以戛戛独造以证契自然高妙之境乎？此山谷表揭杜诗、韩文之深意也。"两位大师的观点不谋而合，不是偶然，而是全面、准确解读《答洪驹父书》的结果。

新安理學盛元清

攘竄翻資效己明

但作詩人應寫過

武夷還有棹歌聲

論詩〈一〉　啓功

第十八首　朱仲晦

新安理学盛元清，为攘为资效已明。

但作诗人应寡过，武夷还有棹歌声。

这一首讲的是宋代诗人朱熹（1130—1200）。这首诗很能反映先生的风趣诙谐的性格和文风——批评得越深入，话说得越委婉俏皮。

朱熹字元晦，又字仲晦，号晦庵、晦翁。据说是生而颖悟。《宋史·道学传》之三描写他刚学会说话时父亲朱松指着天告诉他"天也"。而朱熹马上问道："天之上何物？"可见其好奇心很强，遇事喜欢刨根问底。7岁时读了一遍《孝经》，就在书上写道："不若是，非人也。"[1]这又说明他学习时很早就有了反躬实践的意愿。究其一生，使朱熹出名的不是他的诗歌，而是道学。他详细注释儒家经典，不但将其系统化，而且提出一套完整的实践方案。他自己严格身体力行，一生做官清廉刚正，多次辞官不就，谏劝皇帝时坚持正理，不避危险，因此得罪了权臣韩侂胄，并受到排挤甚至迫害。他坚信如果皇帝带头讲究修齐治平，且用人能"察其人才之邪正短长，庶于天下之事各得其理"[2]，则外可以攘强敌（金国），而内可以资殖民生经济。他的理论对时人有相当的说服力；他严格的身体力行深受学界尊重。宋淳祐元年（1241），朱熹死后41年，宋

---

[1]　《宋史》，卷四百二十九，12751页，北京，中华书局，1985。

[2]　同上书，12766页。

理宗赵昀"手诏以周（敦颐）、张（载）、二程（颢、颐）及熹从祀孔子庙"[①]。可见他在儒家的道统里面地位很高。

我们前面讲过，元白先生认为宋诗的特点是理思深密而情趣相对稍差。这在朱熹的诗歌里反映得相当集中。例如他的代表作《观书有感》其一："半亩方塘一鉴开，天光云影共徘徊。问渠那得清如许，为有源头活水来。"用方形的池塘暗喻方形的书页，古人的思想和读者的心思互相启发，如天光云影折射于字里行间。古人与今人的契合之处，思辨的乐趣如清泉般甘洌，而源头活水则是朱熹认为逻辑上先于"心"的所谓天理。《观书有感》其二亦是如此味道："昨夜江边春水生，蒙冲巨舰一毛轻。向来枉费推移力，此日中流自在行。"[②]讲的是学习与感悟的过程：起初看似劳而无功，积累多了，而且学会了举一反三、借力使力，于是量变引起了质变，心胸豁然开朗，一切疑难都明白自然地顺理成章了——"此日中流自在行"。这两首绝句共同之处在于形式是诗，内容是哲学短论。正如霍松林先生所说，这两首小诗"能给人以哲理的启迪"[③]。由此可见，朱熹的诗一定程度上代表了宋诗的特点，不如唐诗奔放明快，在元白先生的美学价值系统里落在第二等。

朱熹的主要著作之一是《四书章句集注》，也就是逐章逐句地详解儒家的四部经典，包括《大学章句》《中庸章句》《论语集注》《孟子集注》。唐代之前，儒家的五经包括《诗》《尚书》《礼记》《春秋》《周易》，而《大学》和《中庸》只是《礼记》里面的两个篇目；《论语》和《孟子》尚未正式取得"经"的地位。到了宋代，通过朱熹的努力，《大学》《中庸》《论语》《孟子》成为相对独立之经典，称为"四书"。不知底细的人，往往把"四书"理解成和"五经"并列的典籍。1973 年夏末，元白先生家濒危的东墙终于得到修缮。一天我在午饭口儿上走进先生家门，施工的师傅们尚未收工。他们按照老北京人的习惯说："嚯，学生回来啦？"

---

① 《宋史》，卷四百二十九，12769 页，北京，中华书局，1985。
② 《宋诗鉴赏辞典》，1117 页，上海，上海辞书出版社，1987。
③ 同上书，1119 页。

在此种语境下，北京方言里的"学生"是孩子的意思。启大妈摸着我脑袋说："我们要真有这么一个就好了。"等师傅们去午休了，启大爷在饭桌上笑着说："你连四书五经都没背过，你算哪门子学生？"我那时已经初步适应了先生的禅宗机锋语态，随口答道："我爱吃绿扁豆。"启大妈笑了，说："爱吃，赶明儿还给你炒。"启大爷说："不学好。"我想说"跟您学的"，结果却把这句话和绿扁豆一起咽下去了。后来我在美国留学，读梭罗的《瓦尔登湖》，发现他对中国的四书很有兴趣，有时理解得相当深，有时理解得相当怪，甚至可以说是误解，但细思他的误解，又觉得自有其道理。查看之下，得知他读的是一个根据《四书章句集注》翻译的法文版本。梭罗喜欢《论语·为政》里面大家熟知的警句："知之为知之，不知为不知，是知也。"宋代陆九渊（1139—1193，字子静，人称象山先生）在给朱熹的一封信里说："古人质实不尚智巧，言论未详，事实先著，知之为知之，不知为不知。"① 他把孔子的这段话理解成一种伦理学的陈述，即做人对待知识问题，要诚实，不要不懂装懂。这个理解普遍地为国人所接受。而梭罗把法文译本再翻译成英文，就变成了单纯认识论问题："To know that we know what we know, and that we do not know what we do not know, that is true knowledge."② 我在此把梭罗这段英译再译回中文，和大家分享："知道我们确实知道我们所知道的事情，也知道我们确实不知道我们所不知道的事情，这才是真知。"这说的是个人乃至人类的认识能力有其局限性，认识了这种局限性，从而了解自己的认识哪部分可靠，哪部分不可靠，这才是真知。这种解读，与我们传统的理解迥异。但我反复核对《论语》里面的原文，还真不能判定梭罗的英译完全和孔子原话相悖。1995 年初夏我把这段故事讲给元白先生听，愿不语，只微笑着点头。那时我依然爱吃绿扁豆，也依然未能把四书五经背下来。不过感觉到先生首肯了我的"学生"身份。

---

① 《陆九渊集》，5 页，北京，中华书局，1980。

② Henry David Thoreau, *Walden, or Life in the Woods*, Princeton, New Jersey, 1971, p.11.

回到先生的这首论诗绝句。我们平时提到朱熹，总是和宋明理学联想起来。先生的第一句诗却提醒大家，程朱理学虽然在宋代形成，但是在元代初期通过汉族学者赵复（字仁甫，生卒年不详）的努力，才把江南的理学带到北方，并使理学由此而被尊崇、传播、上升为全国范围的官方学术。而清代的理学研究，其热心程度并不亚于宋明。先生的苦心在于纠正历史偏见，把理学从宋明的汉族传统还原为多民族所尊崇的中华文化之主题，尽管先生内心并不认同这种理学。第二句"为攘为资效已明"微含讽刺。理学所谓攘外与资内的功能，并不明显。相反，无论是元代或清代的统治者都可以拿来为巩固自己的政权服务。第三、第四句才真正涉及朱熹诗歌艺术的评论：理学家朱熹遵循"吾日三省吾身"的古训，尽量使自己少犯错误（寡过）；但诗人朱熹如果寡过，就该去掉哲理思辨味道胜过诗意的那些诗。而那样一来，他诗集里面清新可取的就只剩下《武夷棹歌十首》了。无论如何，总体来看，朱熹受二程"重道轻文"思想的影响，诗词作品本来就不多。能有十首清新可喜的，也很不错。这正显露出先生性格中淘气的一面：批评和赞扬混为一体，都用一种半开玩笑的口气说出来，使人如对禅宗机锋，难以确定其含义。得到先生真传的学生们，会在这确定与不确定之间认识到自己乃至人类认知能力的局限性和不确定性，从而变得更加宽容，更加温和，更加独立思考。难怪您听了美国作家梭罗对《论语》名句的奇怪解读，会报以世尊拈花般的微笑。

那么，一旦按照先生的意思，把朱熹的诗歌"寡过"到只剩下"武夷还有棹歌声"的时候，我们能得到些什么样的艺术成就呢？那就是全题为《淳熙甲辰仲春，精舍闲居，戏作武夷棹歌十首，呈诸同游，相与一笑》的十首绝句：

> 武夷山上有仙灵，山下寒流曲曲清。
> 欲识个中奇绝处，棹歌闲听两三声。

153

一曲溪边上钓船，幔亭峰影蘸晴川。
虹桥一断无消息，万壑千岩锁翠烟。

二曲亭亭玉女峰，插花临水为谁容？
道人不作阳台梦，兴入前山翠几重。

三曲君看架壑船，不知停棹几何年？
桑田海水今如许，泡沫风灯敢自怜。

四曲东西两石岩，岩花垂露碧㲯㲯。
金鸡叫罢无人见，月满空山水满潭。

五曲山高云气深，长时烟雨暗平林。
林间有客无人识，欸乃声中万古心。

六曲苍屏绕碧湾，茅茨终日掩柴关。
客来倚棹岩花落，猿鸟不惊春意闲。

七曲移舟上碧滩，隐屏仙掌更回看。
却怜昨夜峰头雨，添得飞泉几道寒。

八曲风烟势欲开，鼓楼岩下水萦洄。
莫言此处无佳景，自是游人不上来。

九曲将穷眼豁然，桑麻雨露见平川。
渔郎更觅桃源路，除是人间别有天。①

① 《宋诗鉴赏辞典》，1122～1123 页，上海，上海辞书出版社，1987。

启功论诗绝句忆注

这十首诗，第一首总体介绍武夷山水，其余九首随着溪水，一湾一曲地介绍两岸地貌风光、名胜古迹、民间传说。组诗在山水的描摹中投入作者的情感，其中"棹歌闲听两三声""万壑千岩锁翠烟""金鸡叫罢无人见，月满空山水满潭""添得飞泉几道寒""鼓楼岩下水萦洄""桑麻雨露见平川"等佳句，均给人作诗不加藻饰、脱口而出的感觉。而诗歌的这种格调，正是先生最欣赏的"唐调"。这些诗还有一个特点特别对先生胃口，即诗歌创作的口语化。"一曲溪边上钓船""二曲亭亭玉女峰""四曲东西两石岩""五曲山高云气深""八曲风烟势欲开"等起句，都像朋友间谈起旅游经历时随口道出的家常话。而"武夷山上有仙灵""插花临水为谁容""莫言此处无佳景，自是游人不上来"等句更是你问我答的知心对话。先生曾说："我觉得诗的最高境界是：'佳者出常情，句句适人意。终篇过眼前，不觉纸有字。'让读者不必在文字上费功夫就能领略作者的情意。"[1]

诗歌的艺术千姿百态；欣赏诗歌的趣向也因人而异。在先生的眼里，朱熹的这十首绝句，代表了这位宋代理学大家诗歌创作的最高成就。仔细想想，这又是由朱熹"呈诸同游，相与一笑"的极其放松的创作态度决定的，而启功先生写诗时也常常持有这种态度。

155

---

[1] 《启功口述历史》，199~200 页，北京，北京师范大学出版社，2004。

三叠凄凉渭城曲

数枝闲澹闲中花

放翁句 启功书

第十九首　陆务观

万首诗篇万里程，贪多爱好一身经。

晚年得句谁相和，但听糟床滴酒声。

　　这首讲的是宋代著名诗人陆游（1125—1210，字务观，号放翁）。陆游高才早慧，"年十二能诗文"[①]，考试成绩也好，得了第一名。可惜，当时权相秦桧的孙子秦埙得了第二名。秦桧气量确实狭隘，容不得别人家子弟比自己的后代优秀，不但把自己的孙子硬提到第一名，而且处处刁难陆游，使他不能出头。四年后秦桧去世，陆游才得以到福州的宁德县做一个小小的主簿。

　　作为诗人，陆游长寿而多产，活了85岁，而且曾入蜀做官，在南宋王朝，算是行过万里路、见过名山大川的人。他在《小饮梅花下作》一诗里说自己是"六十年间万首诗"。然后紧接着自注云："予自年十七八学作诗，今六十年，得万篇。"[②]按保守的计算法，不管定居迁徙，不论生病受伤，平均几乎每两天必得写出一首诗来。他写前面那首诗时已经七十七八岁。这之后七八年中，据说他"又添四千余首"，也就是说晚年创作速度更快，平均每天不止写一首。《剑南诗稿》里面现在还保存了9300余首。如此大的基数，其中当然有好的甚至非常优秀的。

---

① 《宋史·陆游传》，卷三百九十五，12057页，北京，中华书局，1985。
② 钱仲联：《剑南诗稿校注》，2972页，上海，上海古籍出版社，1985。

不过如此高产，不可能篇篇都保证高质量，难免也有不太好的。到了晚年他自己也不得不承认："作诗老恨无奇思，时取囊中断稿看。"①先父叔迟公曾说："写得太多、太熟练，有些诗句重复，不免显得油滑。"清代文学家洪亮吉说得更加直接、更加严厉："陆剑南'六十年间万首诗'，吾以为贻误后人不少。"②相比之下，元白先生的"贪多爱好"，是比较婉转的批评。

总体来说，陆游不愧是中国伟大诗人。他善于继承中国的诗歌传统，其爱国主义诗风明显有屈原的影子。另外，他全面继承唐人，学习李、杜之外，也学习其他盛唐大家如王维和岑参。据他自己说，"十七八时读摩诘诗最熟"，又说"少时绝好岑嘉州诗"。对于宋代的现实主义诗人梅尧臣，陆游称赞有加，说他的诗格"突过元和作"，并切实地向他学习。在陆游的早期作品中明确标出"效宛陵体"③的就有8首之多。陆游的早期诗歌，是向前人学习的阶段，也是讲究辞藻、形式的阶段。他总结这一阶段自己的诗歌创作时说："我初学诗日，但欲工藻绘。中年始少悟，渐若窥宏大。"④他所说的中年，大致是指他46岁入蜀后到64岁罢官东归这十几年。这个阶段是他诗歌艺术的成熟期，特点是宏阔恣肆，爱国热情高涨，充满战斗气息。然而，元白先生最喜欢的却是他东归后的晚年诗，因为陆游后期的诗歌渐归朴质平实，贴近普通人的日常生活，清旷淡远而不乏苍凉的人生智慧。

晚年的放翁，写诗的技巧已经由炉火纯青过渡到返璞归真，生活中的琐事，如秋近、雨后、残年、齿落、昼卧、睡觉、记梦都可以信手拈来作为诗题。这种种题材之中，以饮酒为最多：《对酒》《小饮》《独饮》《村饮》《村市醉归》《灯下小酌》这类题目，在他晚年的诗集中随处可见。

① 钱仲联：《剑南诗稿校注》，4275页，上海，上海古籍出版社，1985。
② 《洪亮吉集》，2292页，北京，中华书局，2001。
③ 转引自钱仲联：《剑南诗稿校注·前言》，5页，上海，上海古籍出版社，1985。王维字摩诘；岑参曾作嘉州刺史，故人称岑嘉州；梅尧臣是宛陵（宣城）人，世称梅宛陵，他的诗，人称宛陵体。
④ 同上书，4263页。

钱仲联先生校注了《剑南诗稿》，共八十五卷，分八册，到了卷八十，几乎每首诗都会谈到酒，每页都能遇到谈酒的诗句。这也许是因为陆游年老而不免病痛，喝酒可以活血舒筋、滋阴养气。更可能是放翁因放而饮，因饮而放，一如元白先生最欣赏的苏东坡。先生论诗绝句的最后一句"但听糟床滴酒声"很可能是化用了苏东坡的诗意"恰似糟床压酒声"。而在他们之前，杜甫也有"赖知禾黍收，已觉糟床注"的句子。[①] 可见糟床滴酒是引起中国古代诗人诗兴的声音。苏轼原诗说的是檐雨滴沥，声如糟床压酒。雨声酒声，嘀嗒中节，发人诗兴，助人吟诵，所以陆游干脆就说"雨声到枕助诗律"[②]。有时春天雪化，屋檐滴滴，其声韵效果也不让细雨糟床："从来春雪不耐久，卧听点滴无时休。"[③] 元白先生的末句，描写了陆游晚年在孤寂中吟诗饮酒，两相呼应，声韵和内容相和，增加了诗歌的感染力，从而增加了老年生活的乐趣。陆游对自己与诗、酒的关系认识得很清醒："我生寓诗酒，本以全吾真。"所以每当他有感于朝阳庭月，就会想到："朝暮得佳时，一榼醉复醒。"[④]

不过，这首论诗绝句最难解释的问题不在于元白先生写了些什么，而在于您没写什么。陆游诗歌中最著名的是他奔腾澎湃的爱国篇章和缠绵悱恻的爱情咏叹。这是大家公认的放翁绝唱。为什么先生不谈一谈这两方面，却把目光聚焦于那些与酿酒喝酒有关的闲适诗呢？前面评论李白诗集和屈原《离骚》时，先生用"读莫全"和"余未读"来委婉地表示审美趣味的不契合。我用西方文论里"显眼的缺失"（conspicuous by absence）来解释。这里的情况，也大致相当。那么，为什么先生觉得和这两方面的著名诗篇不契合呢？是先生对夫妇之间的感情题材不感兴趣吗？显然不是。先生为启大妈写的那些悼亡诗，情深意切，说明先生对这类题材不仅感兴趣，而且有过很好的创作实践。如果说先生对屈原

---

① （清）浦起龙：《读杜心解》，43 页，北京，中华书局，1961。
② 钱仲联：《剑南诗稿校注》，4325 页，上海，上海古籍出版社，1985。
③ 同上书，4342 页。
④ 同上书，4343、4348 页。

那刚烈的性格有所保留，但您并非对爱国主义题材不热心。恰恰相反，先生给我讲解辛弃疾的时候，仰着头，半闭着眼，呷一口葡萄酒，然后抑扬顿挫、铿锵有力地背诵"壮岁旌旗拥万夫，锦襜突骑渡江初。燕兵夜娖银胡䩮，汉箭朝飞金仆姑"[①]的时候，我能深切地感到您为辛弃疾的英勇事迹所感动。

那么，您到底为何不谈陆游较著名的爱国与爱情题材作品呢？我在解释先生自称没有读过《离骚》的时候，有先生自己的话做依据，可以大致理解您的想法。可是关于陆游，我脑海里记忆先生的只言片语，远远不够做依据，顶多算是给我了丝丝线索，供我猜测、遐想。所以，我下述的文字，只是我个人的猜想，与先生的原意不沾边。如果读者诸君不喜欢我的说法，尽可以责怪我，但不要联想到先生。如果诸君认为我说的有些道理，也请只把它理解成我和读者的共识，请不要误认为这也是先生的想法。

我入先生门，大约是在 1969 到 1970 年之间，那时不过十四五岁。跟着先生念了些唐诗。念到宋诗的时候，已经十六七了。20 世纪 60 年代初的饥馑，使我发育比较晚。但是到了那个年龄，情窦也初开了，一读到什么"红酥手，黄縢酒""伤心桥下春波绿""沈园柳老不吹绵""玉骨久成泉下土"之类的文字，就能感觉到一种凄楚浪漫之美，迷得晕晕乎乎的。一次先生听见我反复吟咏这些，就说："一块儿过了不到三年的念念不忘，快五十年的只字不提，也不是个事儿。"我当时听了不知所以然，只记得先生语带讥讽味道。那是平常对我说话时常有的，我还以为您笑话我自作多情呢。多年以后，我对陆游的诗歌了解得多了一些，发现了一个比较不一般的事情。绍兴十四年（1144），陆游与唐琬结婚。因为母亲不喜欢唐琬，二人不久离婚，具体时间没有确切记载，但不会超过 3 年。这段短暂的婚姻使他念念不忘，直到晚年，他 63 岁、68 岁、75 岁、81 岁、82 岁、84 岁（逝世前一年）都经过或游览过沈园，为唐

① （宋）辛弃疾撰：《稼轩词编年笺注（增订本）》，邓广铭笺注，483 页，上海，上海古籍出版社，1993。

琬写下了缠绵凄迷的诗篇。对比之下，陆游于绍兴十七年（1147）与王氏结婚，王氏卒于庆元三年（1197）。其间50年，未见诗人为她写过什么。陆游75岁那年春天，王氏夫人逝世不到两年，陆游为唐琬写下了著名的《沈园》绝句二首（"城上斜阳画角哀"和"梦断香销四十年"）。也就是说，在他"柳老不吹绵"的残年，他依然惦记着和他生活了不到3年的唐琬。到了那年夏天，他在《自伤》①为题的诗里，提到和他相伴50多年的王氏夫人两个字。我们来看一下这首诗：

162

> 朝雨暮雨梅子黄，东家西家鬻兰香。
>
> 白头老鳏哭空堂，不独悼死亦自伤。
>
> 齿如败屐鬓如霜，计此光景宁久长？
>
> 扶杖欲起辄扑床，去死近如不隔墙。
>
> 世间万事俱茫茫，惟有进德当自强。
>
> 往从二士饿首阳，千载骨朽犹芬芳。

全诗以自伤为主，只有"悼死"二字意指王氏，而前面还加了限定词"不独"。这次空堂之哭，恐怕是陆游一生唯一一次为王氏而伤心。两年前王氏辞世，陆游为此写了一篇墓志铭《令人王氏圹记》②，简短而无甚感情：

> 呜呼。令人王氏之墓。中大夫山阴陆某妻蜀郡王氏，享年七十有一，封令人，以宋庆元丁巳岁五月甲戌卒。七月己酉葬，祔君舅少傅，君姑鲁国夫人墓之南冈。有子子虡，乌程丞。子龙，武康尉。子悆。子坦。子布。子聿。孙元礼。元敏。元简。元用。元雅。曾孙阿喜，幼，未名。

---

① 钱仲联：《剑南诗稿校注》，2328页，上海，上海古籍出版社，1985。

② （宋）陆游撰：《渭南文集校注》，卷三十九，马亚中、涂小马校注，杭州，浙江古籍出版社，2015。

就这短短几行字，纯是数据，平平淡淡、没有感情，更没有任何遐想空间。这样纪念一个和自己生活了50多年、为自己生儿育女的老伴儿，确实"不是个事儿"！

还有一件事，也值得重新思考一下。有人怀疑陆游那篇脍炙人口的《钗头凤》不一定和唐琬有关系。即便这个关系不是后来好事者杜撰的，其最早来源要算南宋陈鹄的《西塘集耆旧续闻》："余弱冠客会稽，游许氏园，见壁间有陆放翁所题词，云：'红酥手，黄縢酒……'笔势飘逸，书于沈氏园，辛未三月题。"辛未，是绍兴二十一年（1151），是陆游和唐琬结婚7年之后。《齐东野语》里面记载的是乙亥岁，即绍兴二十五年（1155），是二人结婚11年之后。陈鹄还说：

> 放翁先室内琴瑟甚和，然不当母夫人意，因出之。夫妇之情，实不忍离。后适南班士名某，家有园馆之胜。务观一日至园中，去妇闻之，遣遗黄封酒、果馔，通殷勤。公感其情，为赋此词。其妇见而和之，有"世情薄，人情恶"之句，惜不得其全阕。未几，怏怏而卒。闻者为之怆然。此园后更许氏。淳熙间，其壁犹存，好事者以竹木来护之，今不复有矣。①

这个故事，还有其他版本，但这是最早的。但陆游写的与唐琬的爱情诗，我没见过在二人分手之前的，而分手之后的诗词，都是在这次游园偶遇之后的，更多是在唐琬故去之后的。这反映了一种什么样的心理呢？难道伟大的陆游也有普通人的毛病——得不到的东西才是最想念的？也许我们可以把它看作人性的弱点，人类，特别是男人的通病。

元白先生写过《昭君辞二首》，其中有"初号单于妇，顿成倾国妍"这么两句。其前有序，说明这种心理状态：

---

① （宋）陈鹄：《西塘集耆旧续闻》，卷十，388～389页，见《师友谈记　曲洧旧闻　西塘集耆旧续闻》，北京，中华书局，2002。

古籍载昭君之事颇可疑，宫女在宫中，呼之即来，何须先观画像？即使数逾三千，列队旅进，卧而阅之，一目足以了然，于既淫且懒之汉元帝，并非难事。而临行忽悔，迁怒画师，自当别有其故。按俚语云："自己文章，他人妻妾"，谓世人最常矜慕者也。昭君临行所以生汉帝之奇慕者，为其已为单于之妇耳……①

这种"没出息"的弱点，不光是中国人有，英国人也不能免俗。英语当中有一个流行的格言，叫作"不在眼前心更爱"（absence makes the heart grow fonder），流行了多年。为写此文，我花了不少时间一查到底，结果还是扑了个空：我所找到的这句格言的最早出现，是 1602 年一个叫弗朗西斯·戴维森的人所编辑的歌谣集，但是他收此诗入集，却不能确定作者为何人，只好阙如了。② 所以，说到底，我不知道这句格言到底出自哪位诗人先哲之手。但是可以确定的是，陆游是人而非神，他的这个弱点，也是多数男人的弱点，应该谅解。然而，我少年时期就熟读先生的诗词，受先生影响极深，已经成为自己性格的一部分，所以不喜欢这种不太聪明、有些贪婪的多情。这是我自己的偏见，很可能与先生评论陆游而不涉及他的爱情诗毫无关系。不过人往往是自相矛盾的，就感情而言，我更重视柴米油盐堆积起来的亲情，而不喜欢"自己文章，他人妻妾"这类世俗贪心引起的浪漫多情。但最令我难堪的是，我确实十分欣赏由这种多情而催生的陆游诗词，年少时迷醉，受到先生嘲讽而仍不觉悟。现在即将进入老年，依然被"伤心桥下春波绿"感动，说没出息也好，说矫情也罢，总也不能一刀两断。先生慈悲为怀，应该能原谅吧？

---

① 《启功全集》，卷六，19 页，北京，北京师范大学出版社，2009。

② Francis Davidson, *A Poetical Rhapsody*, London, 1621. 此书初版于 1602 年，我见到的是 1621 年的再版。

词仙吹笛放孤舟都是

敲金戛玉声　南宋名

家谁道姜夔風十里麥

青々枚乘雄々之後惟白石扬粿慢

足称画筆　啓功

第二十首　姜尧章

青芦荷叶共吟商，更有箫声伴夜航。

雅洁不妨边幅窄，江湖诗伯首尧章。

　　这首诗高度评价南宋诗词名家姜夔（1154—1221，字尧章，号白石道人，江西鄱阳人）的艺术造诣。

　　姜夔少有才名，按他自己的说法是"少小知名翰墨场，十年心事只凄凉"[1]。既然"少小知名"，又有什么凄凉心事呢？原来他还是"蚤岁孤贫，奔走川陆"[2]，跟随做小官的父亲到各地任职。十四岁时父亲病故，他只能跟着姐姐在汉川度过少年时光。他才情虽高，考场却不得意，四次参加科举而四次名落孙山。仕途无门，只好终身布衣，四处投亲靠友，流寓江淮——正如他描写的，"平生最识江湖味"[3]。福建闽清人萧德藻，是与范成大、杨万里、陆游、尤袤等齐名的诗人。他到湖州做乌程县令，结识了姜夔。因为欣赏他的才能，把自己的侄女嫁给了他，并把他介绍给杨万里，杨万里又把他推荐给范成大。从此姜夔诗名大振。据《宋才子传笺证·词人卷·姜夔传》，南宋著名文学家杨万里、范成大、陈郁、辛弃疾、陆游、朱熹等人对姜夔的才华、诗艺乃至风度都赞誉有加，甚

166

启功论诗绝句忆注

---

① 孙玄常：《姜白石诗集笺注》，180 页，太原，山西人民出版社，1986。

② 同上，47 页。

③ 同上，190 页。

至到了杨万里自叹诗才不如，而辛弃疾深服其长短句的程度。[①]钱锺书先生认为姜夔的"字句很精心刻意，可是读起来很自然，不觉得纤巧"[②]。

元白先生十分欣赏姜夔的诗才，在自己的书法作品中反复书写姜白石诗，并在落款中称赞他"诗无败笔，足冠南宋"[③]。不仅如此，1981年秋，元白先生小住于北京钓鱼台国宾馆，亦即金代皇家的"同乐园"。眼前的秋景和记忆中的古典诗歌在先生脑海里融合，不觉勾起了先生的诗情画意，画了一幅"秋塘小景"，并乘余兴吟成一首绝句，既描写了北京西郊园林的景色，也评论了中国古典诗歌里的佳句。《启功全集》卷六收录该诗，题作《朱荷》。其实，它也可以算作以诗论诗的体裁，只是因为写作稍晚，没有收入《论诗绝句》：

> 艳说朱华冒绿池，西园秋老几多时。
> 赏音最是尧章叟，爱看青芦一两枝。[④]

我之所以觉得此诗应该收入《论诗绝句》，是因为它提到了三位古代诗人的作品，即三国时期的曹植、宋代的袁去华和本小节的文主姜夔。"朱华冒绿池"来自曹植的《公宴诗》中"秋兰被长坂，朱华冒绿池"一联；"西园秋老"则来自袁去华的《垂丝钓》："江枫秋老，晓来红叶如扫……记西园饮处，微云弄月，梅花人面争好。"[⑤]这是袁氏看到秋叶落而想起春花开，感叹韶华易逝、绮梦难偿的心情写照。对于这两位先贤，元白先生各分配了一句七字，引用诗句自然如己心所出，不点明诗人，读来毫无用典之感。唯有姜夔，先生不但加倍，分配了两行十四字，而且点出名字，明白地表示最欣赏的就是他："赏音最是尧章叟。"

---

① 傅璇琮、王兆鹏：《宋才子传笺证·词人卷·姜夔传》，637~638页，沈阳，辽海出版社，2011。

② 钱锺书：《宋诗选注》，241页，北京，人民文学出版社，1982。

③ 《启功书法作品选》，10页，北京，北京师范大学出版社，1985。

④ 《启功全集》，卷六，92页，北京，北京师范大学出版社，2008。

⑤ 唐圭璋：《全宋词》，1500页，北京，中华书局，1965。

这还不够，先生在落款时还特地说明引用了姜夔（号白石道人）的那一句——"偶写秋塘小景戏拈二韵，'摇动青芦一两枝'白石道人句也"。[1]

先生为什么对姜夔的评价如此之高呢？我们先来看看这首论诗绝句。前两句是先生使出自己的拿手妙技，用其人之词，评其人之诗。第一句来自姜夔《湖上寓居杂咏十四首其一》：

> 荷叶披披一浦凉，青芦奕奕夜吟商。
> 平生最识江湖味，听得秋声忆故乡。[2]

"披披"形容飘动、散乱的样子，用来状写秋凉后的荷塘，不仅形象十分逼真，而且因散乱飘动而使人联想起飒飒的声响。"奕奕"二字源于《诗经·小雅·頍弁》，形容心神不安貌："未见君子，忧心奕奕。"[3]商，是中国古代五音宫、商、角、徵、羽之一，按古代的五行理论，商属金、属肺、属秋。在本诗中，代表秋声，亦即秋风吹动荷叶青芦的飒飒声，引起萧瑟之感，自然引起诗人及读者心神不安、思乡怀土的情绪，为后面两句做好了准备。而这前两句所描写的形状，荷叶是圆形的面，芦苇是微曲的线，这是异。从色彩上看，荷叶芦苇皆是绿色；从声响上听，皆是萧瑟的金商秋音；从形态上体会，二者都随风摇曳，这是同。异同错落，声、色、动感交织。一个"吟"字，赋予植物灵性，仿佛荷塘苇丛与诗人合作，共同感受、反响秋之肃杀与愁绪，再加上是"夜吟"，给读者带来微含哀伤的美感。

姜夔的原诗好，元白先生的诗评也很好。他把姜夔的两句合而为一，把"夜吟"改成"共吟"，强调了姜诗把人与自然环境和谐地融为一体的功能，等于为读者点明了原诗的妙处。先生对袁去华《垂丝钓》词的改动和压缩，也显示出高超的技巧。他把袁词后半阕第一句的"西园饮

① 《启功书法作品选》，19页，北京，北京师范大学出版社，1985。
② 孙玄常：《姜白石诗集笺注》，190页，太原，山西人民出版社，1986。
③ 程俊英、蒋见元：《诗经注析》，687页，北京，中华书局，1991。

处"和前半阕的第一句"江枫秋老"颠倒、精简并结合，加速了从春到秋的过渡，回答了自己句中的提问——"几多时"？不多，瞬间而已。先生这种把原诗稍加改造，以改造后的原句解原诗，并突出原诗妙味的做法，实在是论诗绝句中的上上妙品，令人心悦诚服。这是先生对论诗绝句这种文体的一种技巧上的贡献。读者不可忽视。

先生的第二句"更有箫声伴夜航"源自姜夔七绝《过垂虹》：

自作新词韵最娇，小红低唱我吹箫。

曲终过尽松陵路，回首烟波十四桥。[①]

诗题里面的"垂虹"是指垂虹桥，建于北宋，废于清代。东西长千余尺，前临太湖，横截松陵，是当时吴江入太湖的地标，也是一处名胜。先生诗句中"夜航"二字，单在姜夔原诗里是看不到的。元代诗人陆友在《研北杂志》里记载了姜夔此诗的本事："小红，顺阳公（即范成大）青衣也，有色艺。顺阳公之请老，姜尧章诣之。一日授简征新声，尧章制暗香、疏影两曲，公使二妓习之，音节清婉。尧章归吴兴，公寻以小红赠之。其夕大雪，过垂虹，赋诗曰……尧章每喜自度曲，吹洞箫，小红辄歌而和之。"[②]这个故事描写的是宋光宗绍熙二年（1191）除夕的事情。姜夔从范成大家里得到了色艺双全的小红，高高兴兴地回家去，路上颇为得意自己的音乐与诗歌才能。不仅因自己的诗歌声律优美，而且有一个美丽的女孩子合作，一个吹箫，一个唱曲，和谐地演奏自己新作的"暗香""疏影"这两支曲子。行尽松陵水路，进入浩瀚的太湖，回首烟波，隐隐地能看见所过诸桥的影子，其开心，其得意，跃然纸上。雪中夜航，如晋人之剡溪雪夜寻友，兴起而行，兴尽而返。这是把生活艺术化的一种美感，也是把诗情画意人格化的一种飘然超逸的人生片

----

① 孙玄常：《姜白石诗集笺注》，207 页，太原，山西人民出版社，1986。

② 见傅璇琮、王兆鹏：《宋才子传笺证·词人卷·姜夔传》，640 页，沈阳，辽海出版社，2011。

段。先生把姜夔的诗歌、音乐才能和他把人生美学化的倾向结合起来加以赞扬，自然带出下面两句："雅洁不妨边幅窘，江湖诗伯首尧章。"

边幅，是指人的穿着衣帽，典出《后汉书·马援传》。西汉新莽末年，公孙述在成都割据称帝。他少年时同住一条胡同的发小马援去成都探探虚实。公孙述摆足帝王礼仪，接见马援后封他为"大将军"。没想到马援从他喜欢讲排场的过程中看出他不足以成大事，对众宾客说："天下雄雌未定，公孙不吐哺走迎国士，与图成败，反修饰边幅，如偶人形。此子何足久稽天下士乎？"[1] 从此"修边幅"变成略含有贬义的说法，意指某些人讲究表面排场而不注重实质或才能。先生说"边幅窘"是不修边幅，意指姜夔贫寒，衣冠不整。但是这丝毫不妨碍他文雅高洁的艺术家风度。宋代的文学家陈郁在《藏一话腴》里面说："白石道人姜尧章，气貌若不胜衣，而笔力足以扛百斛之鼎；家无立锥，而一饭未尝无食客……襟期洒落如晋宋间人，意到语工，不期于高远而自高远。"[2] 所谓"晋宋间人"是指《世说新语》故事里描写的风流雅士，如阮籍、刘伶、王羲之等。东晋太傅郗鉴到王丞相家选女婿，没有挑上那些衣冠楚楚的子弟，反而看中了东厢房里面露着肚子、满不在乎的王羲之。这说明，姜夔不但诗歌、音乐等方面才能特别高，而且立身为人的风度也相当高逸出众。元白先生实际上是称赞姜夔并没有因为自己窘困的家境而自卑，却因自己才能出众而自信满满、风度翩翩。

伯，在亲属称谓中是家中长男即大哥的意思。在文学的语境中，是"大家""文豪"的意思。比如杜甫感谢一位姓秦的县尉对他文才的欣赏，说秦某"每语见许文章伯"[3]；唐代孙逖为已故的右丞相张说写挽词，称张说为"海内文章伯，朝端礼乐英"[4]。元白先生的第四句"江湖诗伯首

① 《后汉书·马援传》，3 册，卷二十四，829 页，北京，中华书局，1965。
② 傅璇琮、王兆鹏：《宋才子传笺证·词人卷·姜夔传》，637 页，沈阳，辽海出版社，2011。
③ 萧涤非：《杜甫全集校注》，1222 页，北京，人民文学出版社，2014。
④ （唐）孙逖：《故右丞相赠太师燕文贞公挽词二首（其一）》，见《全唐诗》，卷一百一十八，1194 页，北京，中华书局，1999。

尧章"也是称赞姜夔是诗词大家的意思。所特殊的，是那个"首"字。
这个字和前面提到的"赏音最是尧章叟"中那个"最"字遥相呼应。有
了这"最""首"二字，姜夔在先生心中的位置之高，也就一目了然了。
而"江湖"是相对于庙堂而言。姜夔没有在官场上混过，所以人们不会
出于阿谀的心理，因为他官大而奉承诗好。他的诗名，完全由其高超诗
才所决定，没有掺杂任何世俗的东西。另外，正如钱锺书先生所云，姜
夔作诗填词都高明，故此难得。[①] 而元白先生不仅在此处夸赞姜夔，而
且在《论词绝句》中也极为褒扬，足见您对姜夔的喜爱。

① 钱锺书:《宋诗选注》，241 页，北京，人民文学出版社，1982。

临文不妄作

集景亭字

於世大有为

啟功

柳叶乱飘千尺雨
你带一溪烟

梅村句
啟功书

第二十一首　吴骏公

昔人曾议梅村俗，我谓梅村俗不足。

清诗应首子弟书，澍斋小窗俱正鹄。

第二十五首　春澍斋

性灵拈出自成宗，瓯北标新是继踪。

试问才人谁胆大，看吾宗老澍斋翁。

明末清初诗人吴伟业（1609—1672，字骏公，号梅村）出生在江苏太仓的一个小康之家。少年体弱多病，但聪明过人。他的塾师，著名学者李明睿（1585—1671）认为他日后必成大器，并把他推荐给当时的古文大家张溥（1602—1641）。1631 年，22 岁的吴伟业果然不负众望，取得了会试第一，殿试第二的成绩。可是，当时有人怀疑主考官周延儒偏向他，有作弊之嫌。事情闹到崇祯皇帝那里。皇帝亲自阅卷后御笔批了八个字："正大博雅，足式诡靡。"[①] 这样干净利索地平息了纷纷的议论。从这点来看，崇祯对于吴梅村是有知遇之恩的。所以后来明清王朝易代，

① （清）钱仪吉：《碑传集》，1201 页，北京，中华书局，1993。

吴梅村一度想自杀殉国，不成；又想削发为僧，亦不成。最后被迫出山在清廷为官，一直处于自责与矛盾的痛苦心理之中。所以他的诗歌多贴近那个时代的现实生活，往往慷慨激昂，与杜甫有某些相似之处，因而在当时也赢得了"诗史"之名。

先生的第二十一首论诗绝句，名义上是评论吴梅村，实际上也评价了一种清代八旗子弟创作的新的文学式样以及用此式样创作的两位天才诗人——春澍斋和韩小窗。据我之愚见，他们之间的连接线索是元白先生一贯关注、提倡的诗歌艺术的通俗性，故而不妨把第二十五首评论春澍斋的绝句也放在这里讨论。

先说梅村之"俗"。我理解，这个"俗"是通俗之俗，而非庸俗之俗。据此，可以将第一、二句理解成"以前有人说吴梅村的诗歌通俗，我认为他通俗得还不够"。先生所言的"昔人"应该包括清代的邵懿辰（1810—1861）。他在给友人蒋光焴（1825—1892）的信中说："梅村诗虽似率易，然较之近人之简□者，已有霄壤之分。"[1] 所谓"率易"，就是率真易懂，用现代汉语来表达，就是通俗。那么，吴梅村的艺术语言真的通俗易懂吗？我们不妨看看他《绝命词》里面的言语。这是他病重临终时的绝笔，本应该是郑重之词，一般不宜写得通俗。可是吴氏这首，应该算是例外：

> 忍死偷生廿载余，而今罪孽怎消除？
> 受恩欠债须填补，纵比鸿毛也不如。[2]

此诗用不着解释，明白如话，尤其是"怎消除""受恩欠债""也不如"等词，是直接从生活中搬过来的、活的语言。在人生最郑重的最后时刻，用如此直白易懂的语言写出绝命诗，应该说选择通俗已经深入到

---

① （清）管庭芬:《邵懿辰致蒋光焴函》，见《淳溪日记（外三种）》，237页，北京，中华书局，2013。□，表示此处缺字。
② （清）王士禛，《池北偶谈》，265页，北京，中华书局，1982。

诗人的潜意识之中。

他选择通俗也是努力学习前辈诗人的结果。邵懿辰还说过："梅村歌行杰出，律诗伟□，乃以义山之才调，而就香山之格律。"[①]邵氏此处所说的"格律"，应该看作是两个单音词，即"格"和"律"。"格"是指诗格，即诗歌的风格。白居易字乐天，号香山居士。邵氏此处是说吴梅村先天有李商隐那么高超美妙的才能，后天又努力学习白居易的诗风和音律。而众所周知，白居易和元稹推行新乐府运动，提倡通俗明快的诗风，以求没有什么文化的老太太也能听懂他们的作品。吴梅村毫不掩饰自己学习白居易的努力。就"歌行"这个梅村很"杰出"的文学式样举例，白居易写了《琵琶行》，吴梅村也写了一首《琵琶行》；白居易写了《长恨歌》，吴梅村就去写《圆圆曲》和《听女道士卞玉京弹琴歌》。因为这三首诗都是比较长的"歌行"体，在此只选择《听女道士卞玉京弹琴歌》的结尾几句为例：

此地缲来盛歌舞，子弟三班十番鼓。

月明弦索更无声，山塘寂寞遭兵苦。

十年同伴两三人，沙董朱颜尽黄土。

贵戚深闺陌上尘，吾辈漂零何足数？

坐客闻言起叹嗟，江山萧瑟隐悲笳。

莫将蔡女边头曲，落尽吴王苑里花。

最后两句用"吴王苑里花"来隐喻卞玉京是江南姑娘，用蔡文姬来暗示她很可能被掳掠至塞北的命运。除此之外，都明白如话，属于元稹、白居易的新乐府风格。所以说，吴的通俗诗风，既是他刻意的选择，也是他努力学习中国古典文学中优秀诗词的结果。这种通俗的风格，并非人人都喜欢。清代的钱泳（1759—1844）就批评这种诗风是旁门左道。

---

① （清）管庭芬：《邵懿辰致蒋光煦函》，见《淳溪日记（外三种）》，238页，北京，中华书局，2013。□，缺一字。

这么严厉的批评，不仅针对吴梅村，也包括他所学习的元白传统："如以张、王、元、白为宗，梅村为体，虽著作盈尺，终是旁门。"[1] 但是欣赏梅村体的评论家也大有人在。日本的安积先生（名信，字思顺）认为"梅村溯源风骚，陶冶六朝、三唐；其高者直闯李、杜之室，次亦可以参长庆一席，镂金错采，出天入渊，纵横变化，不拘常套，要皆从胸臆间流出，而风格之高超，法度之齐整，悉具其中矣。谁谓之非大家耶？"[2] 元白先生也认为梅村是大家，因为您相信"唯大英雄能本色"的说法，只有大家，如李、杜、元、白等，才善于用口语的本色入诗。元白先生自己在诗歌创作中也坚持口语入诗。不过，您认为梅村诗"俗"得还不够，也就是口语化得还不够，还有许多刻意学习的痕迹。吴梅村继承了唐人通俗的优秀传统，但要把这个传统发扬光大，还得靠后人。

后人的成就，先生认为，主要是清代八旗子弟创作出的一种新的、讲唱的文学式样，即"子弟书"。最初是旗籍子弟戍边时利用流行俗曲和满族的萨满教巫歌"单鼓词"曲调，以八角鼓打击节拍，编词演唱。这种唱辞一般使用七字句，但可以根据诗情随意延长，一句最多可到19 个字。代表作有《草桥惊梦》《忆真妃》《下河南》《黛玉悲秋》《百花亭》等。其中杰出的作家，元白先生认为当数春澍斋和韩小窗。

先生第二十一首绝句第四行里的"澍斋"，还有第二十五首里的"澍斋翁"说的是同一个人，就是春澍斋，名垚，姓爱新觉罗，号春澍斋。以号行。生年不详，大约卒于同治六年（1867），是《忆真妃》（又名《剑阁闻玲》）、《蝴蝶梦》（又名《庄周戏妻》）等子弟书名著的作者。因为先生的第二十五首专门讲春澍斋，我们在这里把第二十五首提前，穿插在一起讲。其第一句提到的"性灵"，是清代诗人袁枚（1716—1798）提倡的文学创作理论，也是袁氏对明代公安派"独抒性灵，不拘格套"的继承和发展。虽然春澍斋不一定是袁枚的传人，然而，艺术创作自有其内在规律，认真的诗人（艺术家）不约而同地寻找艺术的内在规律，

① （清）钱泳：《履园丛话》，205 页，北京，中华书局，1979。
② （清）方濬师：《蕉轩随录 续录》，450 页，北京，中华书局，1995。

往往能够殊途同归。元白先生这里说的是春澍斋"不拘格套",按照自己的个性和诗才,选用了"子弟书"这种"创造性的新诗"①形式,写出了优秀作品,并开创了一个鲜活的传统。故此,先生称赞他自开宗派。第二句的"瓯北"代指《瓯北诗话》的作者赵翼(1727—1814)。他和袁枚、张问陶(1764—1814)合称清代"性灵三大家"。元白先生的意思是虽然赵翼在《瓯北诗话》里面标榜自己的理论创新,其实他不过是继承(继踪)明代公安派的成说。真正创新的,是春澍斋的实践。先生认为,艺术创新不但要有才、学、识这三个要素,更需要胆魄。夸奖春澍斋敢于拿起别人轻视的"俗"文学式样,点石成金,开创新的领域。春澍斋姓爱新觉罗,故此先生称他为"吾宗老",即我家的老长辈。

回到第二十一首。紧跟在"澍斋"后面的"小窗"是韩小窗(1830—1895),满族人,清代子弟书东调流派主要作家,著有《露泪缘》等。正鹄,是箭靶的正中心。元白先生在此借指春、韩二位是这种文学式样的正宗。先生从明末清初的吴梅村一下子跨越到同治年间春澍斋和韩小窗是什么意思呢?很可能是在暗示清代文学的主要成就之一(甚至没有之一)就是高雅文学走上了雅俗共赏的道路。而这个成就的具体体现,就是子弟书的发生与成熟。关于子弟书,先生有专门而详细的论述,收在《启功全集》卷1。惩把它称作"创造性的新诗",足见其重视。有兴趣的读者可以径去细读,恕我不在此赘言。

我想讲一讲的,是文学由雅入"俗"这个大趋势不仅在中国文学里能见到,在英国文学史上,也不乏例证。元白先生私下里告诫我不要把什么都放在脸上,让我学习张中行先生的"外俗内禅"。喜怒不形于色这种高级修养,到今天我做得还很不够。但是在先生指点下,我确实认识到"大雅还俗"、大音希声的道理。比如,先生最敬重李叔同,但是也惋惜他"稍微著行迹,披缁为僧侣"②。先生最推崇,同时也最拿手的,是把复杂的事情解释得简明易懂。这是我少年时代有切身体会

---

① 《启功全集》,卷一,203页,北京,北京师范大学出版社,2009。
② 《启功全集》,卷六,162页,北京,北京师范大学出版社,2009。

的。有时候我提出些问题，包括您自己的诗句，您会很平淡地说您自己也不知道，或说您有些感觉，但说不清楚。在这一点上，您和哲学家维特根斯坦相近："Alles was überhaupt gedacht werden kann, kann klar gedacht werden. Alles，was sich überhaupt sprechen lässt, lässt sich klar sprechen."（凡是能想的，就要想清楚。凡是能说的，就要说清楚。）他还说："Wovon man nicht sprechen kann, darüber muss man schweigen."（凡是讲不清楚的，就不要开口。）[①] 可惜，先生这种大智慧、大诚实，有些人并不能体会或重视。比如北京某重点大学聘请我做该校的"专家级顾问"，这当然是好事，颁发聘书的竟是北师大出来的博士，这当然更有意思。可是他说起自己在北师大听元白先生课时，觉得先生什么都讲得很清楚，却没有什么深度。我的修养真差，听了马上生气，而且脸上当时就挂出相来。过了片刻，想起了先生教我学习中行先生的话，把怒气强压下去了，却深感叶公好龙的悲哀![②] 当一位大师把学术界的浮躁、玄虚统统扬弃之后，给学生端上纯而又纯的小磨香油，那学生反而觉得没深度。哀莫大于此！他觉得有深度的，大概是他墙上贴的自书警句："东学西渐"。无疑，他一定认为"西学东渐"的时代已经过去，现在我们应该把国学输出海外了。这本身没有什么不对，但这个口号的前提，即东学、西学之划然分野，尤其是用到文学研究上面，却是值得商榷的。在我看来，先生的大雅还俗主张，与英国诗人华兹华斯的大众诗学殊无二致。两位大师的思想接近，不在于东西南北，而在于追求文学史自身

---

① Wittgenstein, Ludwig, *Tractatus Logico-Philosophicus*, London, Kegan Paul Press，1922，p.101，p.224.维特根斯坦出生于维也纳，却在英国的剑桥大学教书多年，所以人们称他奥地利 - 英国哲学家。英国哲学家罗素称赞他是"我所见过的、传统意义上的天才之最完美代表"。然而，他生前只出版过一本薄薄的小书，就是这里引用的《逻辑哲学论》。这本小书里面有七章，前六章都深入讨论一个哲学命题。唯独第七章没有讨论，只有一句话，就是我在上边引用的最后一句。俞宁据德文自译。

② 从这件事可以看出，我的个性之中，既有先父的刚烈基因，遇紧急情况立刻顽强地表现出来；也有元白师的教养，平时努力把个性引导向平和，即先生说的率性之谓道。

的发展规律。

华兹华斯（William Wordsworth，1770—1850）是英国浪漫主义诗歌开宗派的人物。他和诗友柯勒律治（Samuel Taylor Coleridge，1772—1834），骚塞（Robert Southey，1774—1843）合称“湖滨三杰”（the Lake Poets）。他们三人在英国西北部山丘里的湖区（Lake District）行吟泽畔，从大自然里汲取灵感，直接抒发自己的生命感受，不拘任何当时已知的格套，创作出自然优美的浪漫主义诗篇，开启了英国诗歌的新时代。他们所处时间，大致与中国清代“性灵派三大家”相当。虽然他们对中国的诗歌并无所知，他们的创作理论却与中国的性灵派十分接近：华兹华斯把诗定义为“它源于强烈感情的自然奔涌，但在心情平静时重新采集成章”（Poetry is the spontaneous overflow of powerful feelings：it takes its origin from emotion recollected in tranquility.）。[①] 不仅如此。华兹华斯与柯勒律治合作，创作了《抒情歌谣集》。在当时的英国，这种诗歌式样之新，不亚于“子弟书”给中国诗歌传统带来耳目一新的程度。更有甚者，他们的诗歌语言理论，十分接近元白先生的大雅还俗理论。华兹华斯在《抒情歌谣集·序言》中如此解释他诗歌创作的宗旨——使用普通人的普通语言：“The principal object，then，which I proposed to myself in these poems was to choose incidents and situations from common life and to relate or describe them，throughout，as far as possible in a selection of language really used by men；and at the same time，to throw over them a certain colouring of imagination，whereby ordinary things should be presented to the mind in an unusual way.（写作这些诗的时候，我给自己提出的主要目标是选择普通人的普通生活事件与场景，描写时使用这些普通人真正使用的普通语言，然后投上一层想象的色彩。这样一来，把普通的生活场景在读者心中用不一般的方法再

① William Wordsworth, "Preface to Lyrical Ballads." In David H. Richter ed, *The Critical Tradition*, Boston, New York, Bedford/St. Martin's, 2007, p. 316. 俞宁自译。

启功论诗绝句忆注

现出来。)"① 他所谓"不一般的方法",就是用想象力把普通人的普通语言美化。这种美化不是对于词句的雕琢,而是用简单但是恰当的词句调动人们的生动想象力。其效果,就是元白先生在评论白居易时所说的"境愈高时言愈浅"。

先生说的"善于用浅显语写深意境",② 和华兹华斯说的在普通人的普通语言上蒙上一层想象的色彩,其实是一回事。把您们二位的语言调和一下,就是妙用浅显、普通的语言,诱发读者的想象力,使他们进入一种极高的诗境。为这种高超境界举例时,先生喜欢选择白居易的《勤政楼西老柳》:"半朽临风树,多情立马人。开元一株柳,长庆二年春。"③ 长庆二年是公元822年,离现在大约1200年了,其间汉语经历了很大变化。然而现代人读白居易的这首诗,却毫无语言障碍,可见口语化的诗歌也能经得起时间的考验。元白先生在书法作品中常写此诗,落款前还注上"不著一字是谓诗禅"。有意思的是,这是一首五言绝句,明明有20个字写在那里,先生为什么说"不著一字"呢?先生的意思是:第一,没有特别难懂的字;第二,没有专门抒情的字,而伤感盈纸。这是诗人用普通的语言构成看似简单的意象,巧妙地搭配起来,调动了读者的想象力,引导他们自觉地填补诗人故意留出的空白。所以,给人的感觉是在没有字的地方大有文章可做。这在西方文艺理论里面叫作"负面空间"(negative space),在中国画论里面叫作"留白"。先生的诗画理论相通。我小时候,您告诉我说,纸上画了一个茶壶、两个茶碗。看画儿的人自然能想象茶壶里有茶,可以倒进茶碗里慢慢品尝。如果有人再画上一只大手,端起茶壶往茶碗里头倒,甚至加上流出的茶汤,那就是个笨画家。留出预定空间,引导读者发挥想象,才是高手。我现在连

---

① William Wordsworth,"Preface to Lyrical Ballads." In David H. Richter ed,*The Critical Tradition*,Boston,New York,Bedford/St. Martin's,2007,p. 307. 俞宁自译。

② 《启功口述历史》,202 页,北京,北京师范大学出版社,2004。

③ 谢思炜:《白居易诗集校注》,1549 页,北京,中华书局,2006。

起来思考，觉得白居易的那首诗之所以好，就是因为留足空白，引导读者想象，所以才能做到言简意深。

先生说："诗的最高境界，就是'佳者出常情，句句适人意。终篇过眼前，不觉纸有字'——让读者不必在文字上费功夫就能领略作者的情意。"赵仁珪先生指出："启先生作诗的时候也不避讳语言的'浅俗'。"[①] 以我的理解，先生不仅不避讳，而常常是追求"浅俗"，因为您所说的"俗"，正如我在本节开头处说的，是通俗之"俗"，而非庸俗之"俗"。而这种通俗，也是英国诗人华兹华斯所追求的。因此，无论是用华兹华斯来解释元白先生，或是用元白先生解释华兹华斯，都有相得益彰的感觉。

2017 年夏，北京出版社为赵仁珪先生的《启功评传》举行了首发式。会上赵先生发言说元白先生似乎是上天专门派来重振传统国学的。这话说得太对了。元白先生一生精研国学，并未接触过西学。但是先生天才的领悟力，追寻到了文学艺术的精髓。而这精髓具有普遍性，所以您的思想能和维特根斯坦、华兹华斯相通。学问到了至高的程度，只分真伪、对错，不分中西、雅俗。这中与西、浅与深之间的辩证关系，只有大师们才能领悟到，并能深入浅出，娓娓道来。至于学生们能够接受多少，则要看他们资质和悟性的高低了。

启功论诗绝句忆注

---

① 赵仁珪：《启功评传》，295 页，北京，北京出版社，2017。

龍池印月

啟功題

破墨
艸廬寫

第二十二首　王贻上

七子何须论前后，唐规谛视是元型。

声宏实小多虚势，刮垢磨光仗带经。

这首诗比较复杂。先从一段简单的往事说起。有一回小乘巷难得没来客人，先生有一搭无一搭地同我闲聊，说："古人的雅事有琴、棋、书、画。我书画行，但不懂琴棋。你爸耳朵好，音乐行，棋也行，听说还教过你。你给我说说，棋下到高处，有什么特殊境界。"我说："我的棋艺不高，怎么知道高处的境界？"先生笑我糊涂，说："你没吃过猪肉，还没见过猪跑吗？你总看过高手的棋谱吧？"那时的世界围棋，数日本的水平最高。我平常学习的棋谱，多数是日本的。为了阅读棋谱的解说，先父还教过我三个月的日语。于是我用心想了想，回答说："变来变去。以前是高川格冠军头衔多。他的棋本分，有'流水不争先'的美誉，人称'自然流'。后来坂田荣男厉害，行棋锐利激烈，号称'快刀坂田'，很快取代了高川格。一度大家以为进取型、侵略型的棋能够战胜'自然流'。没想到，号称'足早'（脚步快）的天才棋手吴清源教出一个高徒，即来自台湾的旅日棋手林海峰。林的棋风和其老师恰恰相反，本分而迟缓，人称'龟步'。然而他仿佛是坂田的克星，把坂田的冠军头衔一个一个全夺走了。人们又说'胶泥般的林，克制了快刀般的坂田'。我看大家都是势利眼，谁赢了就夸谁的棋风厉害。其实下好了什么棋风都厉害。"先生沉默了一会儿说:"我看还是'流水不争先'更好。那种激烈、过分的棋手能赢,全靠别人一时没找到破解的办法。你再给我说说具体的招法,什么样儿的最好。"我说:"具体的妙招,日本人叫'手筋',多数是一步棋有两个用意,日本人用汉字表达为'一石二鸟';还有更厉害的是一步棋有三个甚至更多的用意,日本人叫'一石三鸟'。"先生说:"这就对了。诗、书、画里都有这种情况。一笔下去,不止两三个意思。这叫'顾盼多姿'。你懂不懂?"说完得意地笑了。

我怎么会想起这段四十七八年以前的事情呢?因为先生这首诗,真说得上摇曳多姿,至少也是"一石二鸟",能有两种以上的解释。第一种解读,可以把此诗看作对于中国明清时代一个文学流派的评论。所谓前七子,是指明代的七位文学家,包括李梦阳、何景明、王九思、边贡、康海、徐祯卿、王廷相。后七子是指明嘉靖、隆庆时的李攀龙、谢榛、吴国伦、宗臣、徐中行、梁有誉、王世贞。请注意,王世贞(1526—1590)是明代人,和清代的王士禛(1634—1711)虽然读音相同、文学主张接近,却是完全不同的两个人。前七子提倡复古。李梦阳就"倡言文必秦汉,诗必盛唐,非是者弗道"[1]。这种理论,是针对当时八股文风和台阁体诗而言的,有其积极作用。可惜一来"非是者弗道"太狭隘,二来他们文学实践的才力不够充沛,使得他们的所谓复古变成了拟古、仿古。比如前七子之一何景明写了《津市打鱼歌》,从词语、句法上面模仿杜甫《观打鱼歌》,冷眼一看便知。我从这两首诗里各抄几句在下面,读者可以自行比对。先看杜甫的《观打鱼歌》:

> 绵州江水之东津,鲂鱼鲅鲅色胜银。
>
> 渔人漾舟沉大网,截江一拥数百鳞。
>
> ……
>
> 饔子左右挥霜刀,鲙飞金盘白雪高。[2]

---

① 《明史·文苑传二》,7348 页,北京,中华书局,1974。
② 萧涤非:《杜甫全集校注》,2621 页,北京,人民文学出版社,2014。

再看何景明的《津市打鱼歌》：

> 大船峨峨系江岸，鲇鲂鲅鲅收百万……
> 楚姬玉手挥双刀，雪花错落金盘高。①

　　且不说"鲇鲂鲅鲅"与"鲂鱼鲅鲅"何其相似，何诗用"楚姬"替换"夐子"，用"玉手挥双刀"替换"左右挥双刀"；单看他的"雪花错落金盘高"与杜诗"脍飞金盘白雪高"的意象，就知道二者颜色、质感、动感完全相同，只是改动了几个次要字，模仿的痕迹十分明显。上面讲的是前七子，而后七子实质上是前七子的理论延续。其领军人物李攀龙，以前七子之首李梦阳为偶像，坚持复古，推崇文必秦汉，诗尊盛唐的前七子理论："文自西京，诗自天宝而下，俱无足观，于本朝独推李梦阳。"②

　　大致了解了前后七子的文学主张与实践，再回过头来重读先生的这首论诗绝句，就容易明白了。第一句说的是，从诗学理论上讲，前后七子是一脉相承的，没有本质上的区别。第二句的"谛视"就是仔细看的意思。仔细一看，他们不过是以唐诗为学习的"元型"（此处"元"通"原"）。第三句批评的意味就浓厚了，没留什么情面："声宏实小"是说他们嚷得凶，实际上做得不怎么样。"多虚势"三字在先生的话语系统里比较严厉，比较少见。最后一句是点睛之笔，至少是一石二鸟，我个人认为是一石三鸟。先接着上边的意思，解说第一层意思。"带经"可以指代王士禛的诗学著作《带经堂诗话》，尤其是其中的"神韵说"。这句总体的意思就是前后七子的理论、实践都比较粗糙，把它们细化，即"刮垢磨光"全靠《带经堂诗话》里面所收集的王士禛论诗的一些文字了。这种解释，是褒扬王士禛和他的诗学。但是熟悉《带经堂诗话》的人，会很自然地把"仗带经"三字和第二句"唐规谛视是元型"结合起

---

① （清）朱彝尊：《明诗综》，卷三十一，1527 页，北京，中华书局，2007。
② 《明史·文苑传三》，7378 页，北京，中华书局，1974。

来看。这样就产生了与上述褒扬结论相反的一种新解释。

《带经堂诗话》的主要贡献，在于它的"神韵说"。所谓神韵，王士禛的解释是"往往入禅，有得意忘言之妙"。又说，诗到了这种境界"色相俱空，正如羚羊挂角，无迹可求，画家所谓逸品是也"①。这样的理论，如果读者眼尖，不用"谛视"，一眼就能看出是"唐规"，来自司空图的《二十四诗品》。②王士禛自己也不掩饰，直接就说："司空表圣作《诗品》，凡二十四……有谓'清奇'者，曰：'神出古异，澹不可收。'是品之最上者。……予最喜'不着一字，尽得风流'八字。"③后人如采用"经之广义"，可见王士禛的诗学理论，里面是"带经"的，即带着唐人的经典《二十四诗品》。这样一来，先生的"带经"二字，也有些略微讽刺王士禛的意思，说他的理论比前后七子的细致一些，他的"刮垢磨光"之功，是依仗带了唐人的经典诗论《二十四诗品》才达成的。

还可能有第三层意思，就是先生或许觉得前后七子和王士禛提倡"诗必盛唐"，都难免"带经"的习气。因此有必要先解释一下"带经"二字的意思。司马迁在《史记·儒林列传》中记录过一个叫倪宽的儒生，说他"贫无资用……时时间行佣赁，以给衣食。行常带经，止息则诵习之"④。所以，"带经"的本意是随身带着经书，刻苦学习的意思。刻苦学习随身带着的经书，固然令人敬佩，但是如果作起诗来，也不肯放下经书，那怎么避免掉书袋的陷阱呢？如果写诗也处处带经，那不还是"声宏实小多虚势"吗？我们来看看王士禛的成名作《秋柳四首》，就知道我的第三种解读并非空穴来风，先生的绝句确实也有可能批评王士禛诗歌实践的才力不够。

187

---

① （清）王士禛：《带经堂诗话》，69、71 页，北京，人民文学出版社，1963。
② 现在有学者认为《二十四诗品》并非司空图所作。这个看法，即便成立，也不妨碍我此处这种解释，因为王士禛本人深信那是司空图的作品。元白先生也没怀疑过《二十四诗品》的作者。所以，就王渔洋和元白先生二位的讨论而言，《二十四诗品》是否为司空图所作，差别不大。
③ （清）王士禛：《带经堂诗话》，72 页，北京，人民文学出版社，1963。
④ 《史记》，10 册，卷一百二十一，3125 页，北京，中华书局，1982。

王士禛 24 岁时（顺治十四年，即 1657 年）为参加乡试来到济南。省会繁华，连杜甫都曾说"济南名士多"①。那是年轻的学子展示才学，结交同侪的好地方。于是诸多才子聚集在大明湖北岸的北渚亭，观赏那"四面荷花三面柳"。时值秋日，柳梢已经开始发黄。王士禛见景生情，写了四首七律，并自撰了一则小序："昔江南王子，感落叶以兴悲；金城司马，攀长条而陨涕。仆本恨人，性多感慨，寄情杨柳，同《小雅》之仆夫；致托悲秋，望湘皋之远者。偶成四什，以示同人，为我和之。丁酉秋日北渚亭书。"②这个序言介绍自己是性情中人（"恨人，性多感慨"），因为悲秋而写出一组四章诗。这个四六序言，短短 60 余字，已经"带"了很多"经"了。开头的"江南王子"指梁代的简文帝萧纲，其《秋兴赋》中有"洞庭之叶初下，塞外之草前衰"③之句，所以王士禛说他"感落叶以兴悲"。而"金城司马"则指的是东晋的大司马桓温。他晚年路过金城（现属南京），见到自己做琅琊太守时所种的杨柳已经有十围之粗，不由得叹息"木犹如此，人何以堪"。因而"攀枝执条，泫然流泪"④。所以王士禛说他"攀长条而陨涕"。其他还有"仆夫"出于《诗经·小雅》里面的《出车》，"湘皋"见于《楚辞·湘夫人》和宋代姜夔的《小重山令》，在此限于篇幅，就不一一细说了。同理，他这四首诗，我们只简单看看第一首：

> 秋来何处最销魂？残照西风白下门。
>
> 他日差池春燕影，只今憔悴晚烟痕。
>
> 愁生陌上黄骢曲，梦远江南乌夜村。
>
> 莫听临风三弄笛，玉关哀怨总难论。

① 萧涤非：《杜甫全集校注》，80 页，北京，人民文学出版社，2014。
② 李毓芙等：《渔洋精华录集释》，67 页，上海，上海古籍出版社，1999。（宁按：王士禛晚年号渔洋山人。）
③ （梁）萧纲：《秋兴赋》，见（清）严可均：《全上古三代秦汉三国六朝文》，5987 页，北京，中华书局，1958。
④ 余嘉锡：《世说新语笺疏》，114 页，北京，中华书局，1983。

白下门在南京。王士禛在济南大明湖伤秋,却从南京白下门下笔,不能说没有"带经"的嫌疑。用组诗的形式写秋天的感伤的,王士禛并非第一个。杜甫的《秋兴》组诗达八首之多,比王士禛的多一倍。然而杜甫根本不兜圈子,起笔紧贴着当时所在的夔州:"玉露凋伤枫叶林,巫山巫峡气萧森。"①虽然杜甫的《秋兴八首》也不断地回到长安,那是因为杜甫惦记战乱中几经沦陷的国都,也惦念帝都附近的家乡杜陵,有其恋阙怀乡的因素。相比之下,南京既不是王氏的家乡,也早已不是帝都。王士禛到济南的目的是考清朝的科举、做清朝的官,不存在忠于明朝旧都的问题。有些人把这首诗解说成"吊明亡之作"②,我不能苟同。因为那样没法解释他努力苦读,当下争做清朝之官的行为。那岂不是说他一面虚伪地吊亡明,一面努力地争取做清朝之官,把他陷于伪君子的尴尬境地了吗?读者能想象杜甫一面写"国破山河在",一面在安禄山手下做官吗?王士禛的行为,与王维的受安禄山胁迫大不相同,与吴梅村的无奈之举也大不相同。所以,他虽然起手就从大明湖绕到扬子江,却并没有达到杜甫忧国思乡的意境。这趟南京,去得实在勉强,显出才力单薄。他们所谓的"诗必盛唐"看来只停留在理论上了,实际上并没做到。难怪清代内阁学士翁方纲说这些"诗固匪夷所思,注者又不知从哪里想到这些典故去附会他,然总与秋柳有何关系?诗以数典神韵欺人者,其弊竟若此"③!

颔联的"他日差池春燕影"又是"带经",典出南朝梁沈约的《阳春曲》:"杨柳垂地燕差池,缄情忍思落容仪。弦伤曲怨心自知。心自知,人不见。动罗裙,拂珠殿。"④明代的胡震亨总结唐诗的结构,认为:"颔联为承,可写意,可写景,或书事,或用事引证,要接破题,如骊龙之珠,

189

① 萧涤非:《杜甫全集校注》,3789~3790页,北京,人民文学出版社,2014。
② 见钱仲联:《清诗纪事》,507页,南京,凤凰出版社,2004。
③ 徐珂:《清稗类钞》,3930页,北京,中华书局,1984。
④ 陈庆元:《沈约集校笺》,325页,杭州,浙江古籍出版社,1995。

抱而不脱。"① 王士禛选择的是用事写景。利用沈约现成的句子化为"差池春燕影"来暗喻"杨柳垂地"和"弦伤曲怨";用"他日"之春燕来曲折暗示现在非春,故此可能是秋。以我对先生此论诗绝句的理解,王士禛在此处展示的技巧,微妙而委婉,不能说不巧妙,只是没有眼前大明湖的影子,没有秋日肃杀的气氛,也没有婀娜的柳丝。与杜甫首章颔联的"江间波浪兼天涌"相比,少了本地风光,少了脱口而出、"嚷出来的"气势,甚至可以说与秋之主题的联系过于曲折迷离,没有做到"抱而不脱",因此并不符合前后七子标榜的"诗必盛唐"之标准,反而和宋代江西诗派"无一字无来历"的传统十分接近。我的这种推测,自认为符合先生《论诗绝句》开篇第一章的"三唐气壮脱口嚷"和"宋人句句出深思"的理论判断。所以我觉得,虽然先生的态度不如翁方纲激烈,但是对王士禛的诗歌理论与实践,却也有相当程度的批评。

《秋柳》诗第一章颈联,更证明我的推测有一定道理:"愁生陌上黄骢曲,梦远江南乌夜村"则是再而三地"带经"。黄骢曲,典出《新唐书》卷二十一:"帝(唐太宗)之破窦建德也,乘马名黄骢骠,及征高丽,死于道,颇哀惜之,命乐工制黄骢叠曲。"② 如果说王士禛用"他日"二字勉强把"春燕"和秋之主题连接,黄骢曲则是与秋或杨柳完全无关。用唐太宗悼念爱马的故事来表达自己伤秋的情绪,因过于勉强而不能说成功:读者须知太宗与黄骢骠的典故方能读懂字面意,而懂了字面意也未必能看到该典故与秋柳有什么关系。至于乌夜村与"秋柳"的主题联系就不仅是勉强,而是完全没有了。据宋代范成大《吴郡志》:"乌夜村,晋穆帝后,何准女。寓居县南,产后于此。将产之夕有群乌夜惊于聚落。尔后乌更鸣,众共异之。及明大赦。"③ 这是说东晋的何准曾寓

---

① (明)胡震亨:《唐音癸签》,见周维德:《全明诗话》,3599 页,济南,齐鲁书社,2005。

② 《新唐书·礼乐志十一》,471 页,北京,中华书局,1975。

③ (宋)范成大:《(绍定)吴郡志》,择是居丛书景宋刻本,卷九。无页码。标点为俞宁自加。

居昆山县的一个村子，他夫人在那里生了一个女儿，后来成了晋穆帝的皇后。出生时有些超常的现象。这既不涉及秋，也不涉及柳，就连哀伤的情绪即便牵强附会也很难拉得上关系。翁方纲强烈质疑此诗不是没有道理的。袁枚说王士禛的诗"才力薄"[1]也能在此诗里找到很好的证据。我甚至觉得把袁子才评论别人的诗搬到此处也很合用："天涯有客太詅痴，错把抄书当作诗。"[2]

总而言之，先生这首绝句可以有几种不同的理解，有的甚至意思相反，这使先生的文学批评具有很强反讽性，因此不仅是思想性很高的文学批评，同时也是艺术性很高的诗歌作品。我这里列出的，前两种应该是，或近似先生的本意。第三种是我根据先生诗中的线索推测的，我自己觉得尚不算太离谱。后面两首先生评论袁枚的诗，可以看作我这种推测的旁证。但是，先生为什么一定要绕一个大圈子用暗讽的手法说出来呢？直接指出王士禛才力不够不行吗？我觉得这和先生的性格人品有关。纵观先生一生，尤其是联系先生对老校长陈垣先生的态度，可知您最大的特点是受人点水之恩必以涌泉相报。王渔洋的《秋柳四首》用典巧妙，文字迷离，当时在济南曾得到数以百计的和诗，可见它对年轻的士子是有相当吸引力的。先生十几岁刚学作旧诗的时候，也曾经以《秋柳四首》作为比较的对象，在诗社里面写了《社课咏春柳四首拟渔洋秋柳之作》。其一是这样的：

> 如丝如线最关情，班马萧萧梦里惊。
>
> 正是春光归玉塞，那堪遗事感金城。
>
> 风前百尺添新恨，雨后三眠殢宿醒。
>
> 凄绝今番回舞袖，上林久见草痕生。[3]

191

---

[1]　（清）袁枚：《小仓山房诗文集》，688页，上海，上海古籍出版社，1988。

[2]　同上书，691页。

[3]　《启功全集》，卷六，5页，北京，北京师范大学出版社，2009。

作为初学者的作品，这首诗写得不但中规中矩，而且因为写的是春柳而非秋柳，金陵城之典显得比王士禛原诗运用得自然许多。更何况如丝如线，班马萧萧，春光归玉塞，遗事感金城，百尺添新恨，上林草痕生等一系列意象紧贴主题，写得颇为伤感。与当时的社会鼎革、先生的家事艰难也十分贴切。难怪先生的世伯唐淮源先生读罢此诗老泪涟涟！[①] 先生少年时读到清代汪中先生的散文，曾感动得掉泪。至五六十岁时写《论书绝句》，其第八十九首，仍然不忘汪中先生文章给您的启发：

持将血泪报春晖，文伯经师世所稀。
禊帖册中瞻墨迹，瓣香应许我皈依。[②]

先生十几岁读到他的《与汪剑潭书》，很受感动，以至"泪涔涔滴纸上"。先生乃性情中人，2002 年，以 90 岁高龄去扬州讲学时还专程去他的墓前三鞠躬。王渔洋的《秋柳四首》也曾经激励过先生在学习中上进，以我对先生性格的理解，您同样会心怀感激。故此虽然在晚年看到王诗中的缺点，既要说出自己的真实意见，又不愿说得太直白露骨。这是我的推测，于此请教于大方之家。

① 《启功全集》，卷九，56 页，北京，北京师范大学出版社，2009。
② 启功:《论书绝句》，180 页，北京，生活·读书·新知三联书店，1990。

词锋无碍义无挠笔底天风挟
海涛试句雍乾寿作于随园毕竟
是文豪　谨溪八股玩亭诗格熟功
深愧祖师我爱随园心别遵天真焖
汤嚇人时　一九七六年春
静闻先生命题启功削正

诗人自古来希挥汗朝朝墨染

衣越是涂鸦人越要怕他来岁

此鸦发随园为倩人代也晚乎始

有的笔人多索之乃有此作 启功

第二十三首　袁子才之一

词锋无碍义无挠，笔底天风挟海涛。
试向雍乾寻作手，随园毕竟是文豪。

第二十四首　袁子才之二

望溪八股阮亭诗，格熟功深作祖师。
我爱随园心剔透，天真烂漫吓人时。

先生的《论诗绝句二十五首》，一般给每个入选的诗人写一首（少数是两人一首，如陶渊明、谢灵运）。因为先生推杜甫为"诗皇"，所以给他分配了三首。黄庭坚因为江西诗派的关系，分配了两首。春澍斋既开创了子弟书，又是先生宗老，得到了一首半。而袁枚并未开山立宗，也未创立新的体式，却也分配了两首，足见先生对袁枚的特殊重视与喜爱。

袁枚（1716—1797，字子才，号简斋，晚年号随园老人），浙江钱塘（今杭州）人，早慧，7岁读《大学》《论语》并开始学作诗文。12岁考中秀才，被人们誉为神童。15岁补廪，18岁由浙江总督程元章送入万松书院。他在书院里仍然醉心于古文诗赋的研读，所以学习八股文不能专心，以至于四次乡试都没中举。20 岁时投靠在广西做官的叔叔，21 岁受广西巡抚金𬭎力荐进京应考博学鸿词，虽没考中，但名声传开。乾隆三年（1738），他二十二三岁，终于在顺天乡试中举，次年二甲第五名进士及第，选翰林院庶吉士。可惜他又不专心学满语，三年后拣发江南做知县。各地干了六年，被两江总督尹继善推荐做高邮知州未获批准。遂告假回家侍奉母亲。后又丧父，守制三年，于乾隆十九年（1754）获准终养，借此致仕。在南京郊区清凉山余脉的小苍山上，以三百两银子买了一所名叫"隋园"的废弃园林，加以修葺，改名"随园"，取其随意之意。从此定居其中，种花养鱼，吟诗作赋，卖文度日，生活十分惬意，专心创作诗歌，研究诗学规律。他以 81 岁高龄再次南下浙江游天台山，同年秋天回到家中作《再示儿》诗，总结了自己退而不休的生活情致：

> 山上栽花水养鱼，卅年沈约赋郊居。
> 书经动笔裁提要，诗怕随人拾唾余。
> 三代文章无考据，一家人事有乘除。
> 阿通词曲阿迟画，都替而翁补阙如。[①]

也许正是因为他后半生专心诗歌创作与钻研，清诗研究专家严迪昌先生称他为"本来意义上的'专业'诗人……和诗学理论家"，是"唯一全身心投入诗的事业者，整个清代二百七十年间的所有大家、名家诗人中找不出类似袁枚的第二个"。[②]

袁枚因染痢疾而医生开错药，卒于嘉庆四年（1798），享年 82 岁。

元白先生的第二十三首论诗绝句主要是称赞袁枚的诗歌水平高：第一、二句说他高在哪里，第三、四句说高到什么程度。第一句中的词锋无碍、义无挠是两件事。首先是"词锋无碍"，即袁枚对语言的驾驭到

① （清）袁枚：《小仓山房诗文集》，1040～1041 页，上海，上海古籍出版社，1988。
② 严迪昌：《清诗史》，731 页，杭州，浙江古籍出版社，2002。

了炉火纯青的地步，能够把复杂细微的情感流畅地表达出来。第二是"义无挠"，即先生提倡的"（入手珍图）脱口诗"。①微妙的心思能够纯粹地、无变形地表达出来。"挠"字的本意，《说文》段注认为古通"扰"，烦扰也，"烦者，热头痛也。引申为烦乱之称"。②《淮南子·说林训》说："使水浊者，鱼挠之。"③综合起来看，先生是说袁枚语言技巧纯熟，能忠实地表达心理、情感，使读者感觉毫无混乱不明白的地方。那么这样的语言技巧忠实地表达心意，能够达到什么艺术效果呢？先生觉得不可直言，要通过比喻来表达，也就是第二句的"天风挟海涛"——气势雄壮、痛快淋漓。袁枚有如此笔力，生如此效果，先生把他奉为雍正、乾隆时期的大文豪也就顺理成章了。

第二十四首因为涉及与前代诗家的比较，所以解释起来要麻烦一些。望溪，是指清代桐城派散文家方苞（1668—1749，字灵皋、凤九，晚年号望溪、南山牧叟）。阮亭指的是前面第二十二首之诗主王士禛（1634—1711，字子真、贻上，号阮亭、渔洋山人）。这第一句是先生改写了袁枚的《仿元遗山论诗》三十八首绝句之第一首的末句：

> 不相菲薄不相师，公道持论我最知。
> 一代正宗才力薄，望溪文集阮亭诗。④

从这首诗表达的思想看，袁枚认为诗学是天下之公器，应该秉公探讨，用不着拉宗派、立山头。他从自己所谓公道的立场出发，把方苞的散文和王渔洋的诗歌都评得不高——二位各自立了宗，名声很大，但说到底他认为是有名无实。元白先生此处评论方苞的措辞，乍看似乎更加严厉，所谓桐城派散文不过是用了八股的框架。不过在先生的言语系统

---

① 《启功全集》，卷六，109页，北京，北京师范大学出版社，2009。
② （清）段玉裁：《说文解字注》，601页下，上海，上海古籍出版社，1981。
③ 何宁：《淮南子集释》，1195页，北京，中华书局，1998。
④ （清）袁枚：《小仓山房诗文集》，688页，上海，上海古籍出版社，1988。

里，八股并非贬义词，而是文章结构固化时的一种形态："其实'八股'是一种名称，它本身并无善恶可言。只是被明清统治者用来做约束士子思想的工具。"①也许是因为这种固化、形式化，袁枚才说方苞才力不足。从先生以赞许的口气引用袁枚这一点看，也能从侧面证明我在前一篇把先生关于王渔洋的绝句解释成委婉的批评是不离大谱的。我此刻只是好奇袁枚怎样解释自己写不好八股文的原因。不会是因为他才华太高吧？

作为曾经长期亲承謦欬的晚辈，我阅读先生这首诗有些与别人不同的感受：先生在第二句里面也对袁枚诗句加以改写，这反映了二人的不同性格和不同语言习惯。袁枚自恃才高，说话直截了当："一代正宗才力薄。"才力薄，说明你们水平低。英美大学的文学课上，这类判断按惯例被称为 negative criticism，即负面的评论。元白先生的说法是"格熟功深作祖师"。"格熟功深"是 positive criticism（正面的评论），这是望溪与阮亭二位的长处。他们作了祖师，全靠此二项长处。不过这两项与才力无关，换句话说就是他们虽然作了祖师，但并不是因为他们才高，而是他们下了很深的功夫去熟悉诗歌、散文的格律体式。这两种貌似截然不同的说法，表达了相同的意思。先生的此种修辞手段，还是"显眼的缺失"（没提才气），反映了您性格中温和、敦厚、委婉而又不失原则的特点。

最后两句，字面上很容易理解。先生欣赏袁枚玲珑剔透的聪明劲儿，他的性格和诗风都天真烂漫。但是这种率真，有的时候不是一般读者能接受得了的。认真的读者如果想问："袁枚哪里天真了？怎么吓人了？"那么我就来举几个例子说明一下。先看《所见》这首写作较早的诗：

> 牧童骑黄牛，歌声振林樾。
> 意欲捕鸣蝉，忽然闭口立。②

---

① 《启功全集》，卷一，221页，北京，北京师范大学出版社，2009。
② （清）袁枚：《小仓山房诗文集》，597页，上海，上海古籍出版社，1988。

这就是用最普通的口语，出于自己的胸臆，描写一个天真的牧童。这个牧童大概和前面黄庭坚那首牧童差不多，但描写牧童的角度却大不相同。黄庭坚作那首诗的时候才 7 岁，应该是个天真烂漫的儿童，却思路相当深沉，从牧童联想到世间名利客，语气相当成熟。而袁枚已经是脱离官场的官员，按说更有资格比较牧童与名利客之高低，但是他选择返璞归真，以孩子的眼光观察孩子，得到的印象绝无名利客的插足之地，却天真、生动地白描出一个唱唱诺诺的孩子，忽然看到鸣蝉，想捕捉它，于是赶紧闭上嘴巴，不敢出声。这一瞬间，不但再现了牧童的天真，也反映了诗人自己的"性灵"，及这性灵的天真流露。

袁枚是清代雍正乾隆年间的"名士"。自古名士就有一些不同于大众的"风度"。西晋末年重臣王衍就以口不言钱标榜自己的与众不同。即便是被一串串铜钱围绕在床上，他也咬紧牙关不说"钱"字，而是让婢女把"阿堵物"（这个东西）拿开。① 然而，袁枚一扫魏晋名士的矫揉造作，用一派天真写诗，描写自己爱钱、用钱的真实情况，写了六首《咏钱》诗。限于篇幅，这里选录其第一、第六首，请读者享用鼎脔：

其一

谁开九府制泉刀？从此黄标又紫标。

千古帝王留字去，万般人事让兄骄。

椒房手迹传唐代，尧庙碑阴记汉朝。

莫说仙家最清冷，也须金液上丹霄。

其六

风吹荇叶满池斜，老去持筹敢自夸。

早买名山非垄断，不骑仙鹤也豪华。

富徒悭守贫何异，来得分明去亦嘉。

我有青蚨飞处好，半寻烟水半寻花。②

---

① 余嘉锡:《世说新语笺疏》，557～558 页，北京，中华书局，1983。

② （清）袁枚:《小仓山房诗文集》，279 页，上海，上海古籍出版社，1988。

袁枚这里不但天真，而且确实像元白先生所言，有点儿"吓人"。他把金钱奉为兄长，而且说它是人生诸事中最重要的："万般人事让兄骄"，就连神仙修行到家该升天的时候，也离不开它。但是，君子爱财，取之有道。这是老生常谈。袁枚却也不小看这一点，说自己的钱"来得分明"。但是他在此发挥了古语，进一步说来路分明、会挣钱还不够，还得会花钱——"去亦嘉"。他自己花钱的地方主要是游山玩水和寻花问柳，不避讳自己"好色"的一面。可谓恬然而不知耻也。这也是他故作天真吓人的地方。其实，他也出大钱支持贫困但有才的诗人，甚至出钱为他们料理后事，为他们立碑传名。

随园能在 40 岁之前急流勇退，回到南京郊区赋闲，也和他善于理财有绝大关系。但是有钱并不一定伴随利令智昏。袁枚把世间的名利看得很透。对于人生"逝者如斯"的无奈，他在中年头上出现第一根白发时就已经参悟：

> 鬓边初见一痕丝，对此茫茫事可知。
> 排日急商行乐法，伤春怕忆少年时。
> 会须自爱生前酒，难信人传死后诗。
> 著破阮孚千緉屐，果然臣叔不曾痴。①

见白发而叹人生之短，是中国古典诗歌里面反复出现的主题和意象，从曹丕的"忧令人老。嗟我白发"②到李白的"高堂明镜悲白发"③，再到袁枚，已经不新鲜。但是，曹丕相信文学作品能给作者带来不朽："盖文章经国之大业，不朽之盛事。年寿有时而尽，荣乐止乎其身。二者必至之常期，未若文章之无穷。是以古之作者，寄身于翰墨，见意于

---

① （清）袁枚：《小仓山房诗文集》，140 页，上海，上海古籍出版社，1988。

② 逯钦立：《先秦汉魏晋南北朝诗》上册，389 页，北京，中华书局，1983。

③ 瞿蜕园、朱金城：《李白集校注》，225 页，上海，上海古籍出版社，1980。

篇籍，不假良史之辞，不托飞驰之势，而声名自传于后。"① 而李白则相信他那"一斗诗百篇"② 的酒量和诗才能使他青史留名："古来圣贤皆寂寞，惟有饮者留其名。"③ 前面引用过严迪昌先生的话，袁枚是"全身心投入诗的事业"，如此他对自己的诗歌创作和诗学研究应该是极为严肃、极为认真的，有理由和曹丕、李白一样相信自己因为能写诗"立言，虽久不废"④ 而不朽。然而，他却异常清醒地坦承"难信人传死后诗"。写了诗，没人传，不朽就无从谈起。虽然他的预言被历史证明并不正确，但他不把自己的成就当回事的态度，对曾经自称"身与名，一齐臭"⑤ 的元白先生来说，还是很对脾气的，因为它反映了相同的达观与智慧。

随园的睿智与天真，一直伴随他到老。让我们来看一看 80 岁以后的袁枚"老天真"、老顽童的一面：

> 诗人八十本来稀，挥翰朝朝墨染衣。
> 越是涂鸦人越要，怕他来岁此鸦飞。

袁枚从小就不喜欢练字，长大后字写得很难看。没想到进入老年后，许多人向他索字。他在写诗表达自己对此现象的看法。诗题尤其好玩："余幼不习书，每有著作倩人代作，海内所知也。不料年登八十，眼昏手战，而来索亲笔者如云，我知其意，戏吟一绝。"⑥ 诗中"越是涂鸦人越要，怕他来岁此鸦飞"二句是纯口语，语气天真活泼；题中"我知其意"四字显出随园对世情的聪明洞察，而他对待衰老的态度又流露出豁达飘逸的智慧。

---

① （南朝梁）萧统编：《文选》，（唐）李善注，2271 页，上海，上海古籍出版社，1986。

② 萧涤非：《杜甫全集校注》，137 页，北京，人民文学出版社，2014。

③ 瞿蜕园、朱金城：《李白集校注》，180 页，上海，上海古籍出版社，1980。

④ （清）焦循：《孟子正义》，971 页，北京，中华书局，1987。

⑤ 《启功全集》，卷六，59 页，北京，北京师范大学出版社，2009。

⑥ （清）袁枚：《小仓山房诗文集》，973 页，上海，上海古籍出版社，1988。

袁枚的天真与聪明，最集中地表现在他的诗学理论上，尤其是他的"性灵说"。针对前后七子的复古倾向、王渔洋的神韵说以及当时的格调说，袁枚强调诗人的个性。《随园诗话》开篇伊始，他便宣称："杨诚斋曰：'从来天分低拙之人，好谈格调，而不解风趣。何也？格调是空架子，有腔口易描；风趣专写性灵，非天才不办。'余深爱其言。须知有性情，便有格律；格律不在性情外。"[1] 袁枚用以诗论诗的形式，表达自己的诗歌艺术追求。其中不引典，不扭捏，"性情得其真，歌诗乃雍雍"[2]：

> 不矜风格守唐风，不和人诗斗韵工。
> 随意闲吟没家数，被人强派乐天翁。[3]

这表示他写诗的目的很纯，就是张扬自己的个性。他不拘泥形式格律，独来独往地"随意闲吟"，反而得到了白居易的韵味。其实他何尝有意学习乐天的诗风呢？他还写道：

> 独来独往一枝藤，上下千年力不胜。
> 若问随园诗学某，三唐两宋有谁应？[4]

他对自己的诗才、作品有清醒的认识。知道自己没有傲视古今的才气，但是仍然坚持自己的个性（一枝藤），不肯依附别人。这种张扬自己个性的结果，就是别人硬给他加上白乐天的流派，白乐天自己也不会同意的。也许这就是先生说他"吓人"的地方，因为当时诗坛的局面尚不能接受他这种大胆的艺术追求。

---

[1] （清）袁枚：《随园诗话》，2 页，北京，人民文学出版社，1982。

[2] （清）袁枚：《小仓山房诗文集》，109 页，上海，上海古籍出版社，1988。

[3] 同上书，661 页。

[4] 同上书，932 页。

严迪昌先生对袁枚的评价很高，称之为中国诗歌史上的"袁枚现象"："袁枚现象是一个历史信号，它预示着一个诗的大变革的不可逆转，也证明了'正宗'法统其实虚弱无能，略略接火，就溃不成军。"① 严先生的书是 2002 年出的，晚于元白先生的《论诗绝句》；不知其中是否有先生"胆大吓人"的评论之影响。

不过严先生对袁枚的"胆大"还有另一种解释，值得借此机会介绍一下。他认为那时的中国已经有了资本主义萌芽，中国社会出现了新的经济力量。他特别注重研究袁枚和扬州盐商的交往（袁枚曾把自己的妹妹嫁给一个年纪大的盐商作续弦）。袁枚之所以能在 39 岁那年辞官致仕，是因为他有了其他的经济来源。他赋闲后每年卖文的经济收入十分可观，似乎也证明了这一点。新的经济来源和独立的经济地位使得他在社会交往上面也胆子大得"吓人"，以至于直接顶撞以卫道口气训斥他的高官：

> 余戏刻一私印，用唐人"钱塘苏小是乡亲"之句。某尚书过金陵，索余诗册。余一时率意用之。尚书大加诃责。余初犹逊谢，既而责之不休，余正色曰："公以为此印不伦耶？在今日观，自然公官一品，苏小贱矣。诚恐百年以后，人但知有苏小，不复知有公也。"一座鞭然。②

这是《随园诗话》卷一的第三十二条，对于我们了解当时的社会情况很有帮助。尚书是一品大员，是传统社会中绝对强势的一方，因此他有充分的信心来"诃责"一个从县令官位上退下来的赋闲诗人。诗人袁枚开始也买他的面子，"初犹逊谢"。但是那位大官越说越来劲，"责之不休"。作为经济独立的清流名士袁枚就不干了，义正辞严（"正色"）地反击，说子孙后代还会怀念钱塘名妓苏小小，却不一定还记得大佬官人您了！

① 严迪昌：《清诗史》，739～740 页，杭州，浙江古籍出版社，2002。

② （清）袁枚：《随园诗话》，15～16 页，北京，人民文学出版社，1982。

这种当面顶撞固然使尚书难堪。我觉得更值得我们注意的是最后那句"一座蹶然"。在座的都是些什么人呢？应该是南京一带，江南江北的社会名流吧？他们非但不觉得袁枚犯上作乱，却一致"蹶然"，笑话一品大员，不能不说他们已经结成了一派势力。以蠡测海，我同意严先生的暗示：经济的独立使得他们胆大，支持他们那位胆子更大的代言人。

我当然不敢说元白先生的"胆大吓人"有意包括社会经济的方面。不过由于我知识结构的特殊性，我想和读者分享一个大致平行的英国文学史上的例子。英国18世纪著名文学家、学者塞缪尔·约翰逊于1748年开始独力编写史上第一部英文大词典。那时的惯例是如果文人想做一个比较大的文化项目，必须请贵族大佬给予经济赞助，这样他们才能有时间和精力一心一意地完成项目。当时有一位有名的彻斯特菲尔德勋爵，是英国著名的外交家、政治家、文化人。他虽然答应给约翰逊博士以赞助，但工作展开之后却口惠而实不至。约翰逊不得不一边卖文维生，一边独力编纂词典。七年之后，历尽千辛万苦，他终于编好了词典。彻斯特菲尔德勋爵却连发两篇文章称赞这部字典，给人的印象是这个项目是由他赞助完成的。为此，约翰逊博士在1755年2月7日给彻斯特菲尔德勋爵写了封信，揭露他的虚伪：

> 七年之久，我无助地等在贵府的外间客室，有时甚至是被逐出门外。在这七年里，我冲破了重重困难，在此已无必要再提起。我独力工作，没有得到您的任何帮助、任何鼓励的言辞，甚至没有得到过您一个善意的微笑，终于完成书稿，即将付印了……（如果有一个人）袖手旁观作者在水中挣扎，而在他自己努力登上岸边的时候却提供已经毫无必要的帮助，这样的人根本算不上什么赞助者。[①]

因为这封信标志着英国文学由贵族赞助的传播模式变成文人靠市场

[①] Samuel Johnson, "Letter to Lord Chesterfield," in James Boswell, *The Life of Samuel Johnson*, New York, Random House Inc., 1952, pp.74-75. 俞宁自译。

独力工作的模式，它成了英国文学史上的一个里程碑，人们把这封信称为"英国文学的独立宣言"。行笔至此，我不禁遐想，如果后来朝廷没有扼杀私人工商业的萌芽，没有垄断国家的所有资源，也许袁枚的大胆就会有更好的效果，也许《随园诗话》卷一的第三十二条也能成为中国文人的《独立宣言》吧？正是袁枚具有的某些现代性的雏形意识，使得他的诗能够被欧洲人接受。奥匈帝国统治下的捷克小说家，用德文写作的卡夫卡（Franz Kafka，1883—1924）给未婚妻菲丽丝（Felice Bauer，1887—1960）写信时曾经引用袁枚的七绝《寒夜》：

> 寒夜读书忘却眠，锦衾香烬炉无烟。
> 美人含怒夺灯去，问郎知是几更天。[①]

不仅如此，他分别在 1912 年 11 月 24 日、12 月 4 日，1913 年 1 月 19 日、1 月 21 日四次和未婚妻讨论这首诗。卡夫卡对这首诗的解释颇有意思，也许能从侧面理解为什么元白先生觉得袁枚老天真、胆子大——在卡夫卡这个"老外"眼里，袁子才的行为也多少有点儿"出格儿"。他在 1913 年 1 月 19 日写道：

> 我最最亲爱的，你千万不能低估那个中国女人的坚韧！直到清晨呐——我不记得那首诗里到底说的是什么钟点——她一直躺在床上，醒着，因为那读书人的灯光让她无法入睡，但她一声不响地忍着。也许眼光瞟来瞟去，希望能把读书人的注意力从书本上引开。但那个倒霉的男人，虽然对她疼爱有加，却无暇去注意她。只有上帝知道他有多少条伤心的原因不去注意她，那原因是他管不了的，尽管最终还是为了疼爱她的缘故。最后她终于忍不住了，一把夺走了他的读书灯。这样做当然是对的，对他的健康有利嘛，当然也希

---

① （清）袁枚：《小仓山房诗文集》，123 页，上海，上海古籍出版社，1988。

望不至于对他的学术有害。应该能引起怜爱吧。而那怜爱又激起灵感，写出一首美丽的诗。不过归根结底，那个女人还是在自欺欺人呢。

两天之后，卡夫卡再次提起这个中国女人：

> 我可怜的、最亲爱的，因为那首中国诗变得对你我关系重大了，我有一事必须问清楚。诗里说得明白，那女的是那学者的情妇而非妻子。尽管他无疑已经是个老头子了，而年老与学识意味着不该再有情人。可诗人才不管什么该不该呢，他只是不顾一切地朝着最后的目标奋斗。也许他只管能不能，不管该不该？要不然就是如果这场冲突发生在那学者和太太之间，诗人恐怕会觉得此诗了无意趣？因为那样一来诗中的女人太悲惨，使读者心中只剩下同情了。而现在这首诗里面，那情妇过得蛮不错的。她这一闹，麻烦不大就把灯熄了，自己还得了乐子。[1]

卡夫卡脑子里想象的"情妇"和袁子才的"妾"根本不是一个概念。但他歪打正着，把袁子才的小诗解释成他愿意和未婚妻拍拖而不愿真结婚的借口。[2]这是西方现代社会不少男子的想法。袁子才对其妾的宽容度，使得他，而不是其他雍乾时期的纳妾者，能给"卡夫卡"们挡枪。这从侧面说明了他的某种现代因素。

---

① Franz Kafka, *Letters to Felice*, Edited by Erich Heller and Jurgen Born, Translated by James Stern and Elisabeth Duckworth, New York, 1973, p.161. 另外三封信在 59~60、88、165 页。俞宁自译。

② 卡夫卡所读的是袁枚《寒夜》的德文译本，载于汉斯·海尔曼所著《十二世纪以后的中国抒情诗》。(Hans Heilmann, *Chinesische Lyrik vom 12 Jarhundert v. Chr. Bis zur Gegenwart*, Munich, 1905.) 卡夫卡非常喜欢这本中国诗选集，经常大声朗读给朋友们听。

我不得不佩服元白先生，您能以传统国学的眼光，欣赏具有一定现代性萌芽的文学作品。我也悔恨您健在的时候，没有想到把卡夫卡的信翻译给您看。

附 录

"曼倩不归花落尽"：意外发现的墨迹

1975 年，启功先生 63 岁，我在先生家里已经"泡"了五六年。

2018 年，我 63 岁。昨天为回答一个学生的问题，查阅《莎士比亚全集》(*William Shakespeare：The Complete Works*)，翻到《约翰王之生与死》(The Life and Death of King John)。这是莎翁写得比较差的一个剧，内容也是我不喜欢的类型，充满背叛、欺诈、权斗、叛乱。若不是为了解答学生的问题，可能不会主动阅读它。翻阅到第四场第二幕第一八一行，赫然是一句："我的母亲，死了（My mother dead）！"

人过中年难免迷信。我赶紧给北京打电话，93 岁的妈妈接了，她头脑清晰、声音洪亮。我心大安。回到书本，发现相隔数页仿佛夹着什么东西，而且不薄。翻过来一看，发现了至宝！叠得整整齐齐、平平正正的，是启功先生手书的唐人诗二首。释文如下（包括落款）：

> 南陵水面漫悠悠，风紧云繁欲变秋。
>
> 正是客心孤迥处，谁家红袖倚高楼。
>
> 昔年曾伴玉真游，每到仙宫便是秋。
>
> 曼倩不归花落尽，满丛烟露月当楼。

> 唐人诗二首一九七五年秋
>
> 启功书于首都

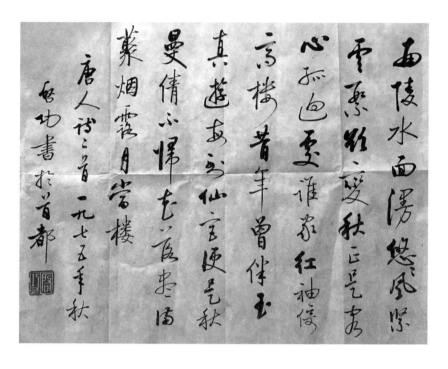

旧物打开记忆的闸门。我想起来了。我领悟了……

1975年春天，启大妈病重。先生倾囊以最好的药物相救。无奈人力难以回天，启大妈在3月26日与世长辞。我见她的最后一面，是在西什库那边北京大学医院的病房。五六年了，她对我疼爱有加，简直视同己出。最后时刻，四目交注，伤痛难言！我尚且如此，先生之痛，更非言语所能状写。先生尝作《痛心篇》二十首，其序曰："先妻讳宝琛（初作宝璋），姓章佳氏。长功二岁，年二十三与功结缡。一九七一年重病几殆。一九七四年复病，缠绵百日，终于不起。"《痛心篇》的第一首如下，作于1971年：

结婚四十年，从来无吵闹。
白头老夫妻，相爱如年少。

1975年初，启大妈的病眼看是无望了，先生又写了这首：

老妻病榻苦呻吟，寸截回肠粉碎心。

四十二年轻易过，如今始解惜分阴。

　　要说老二位相敬如宾，我可是亲眼目睹。其中日常恩爱的细节，像空气一样弥漫在生活之中，似乎分分秒秒皆是，但如果想捕捉一二，讲给外人听，却无从下笔。只好勉强管窥锥指，恒河掬沙，聊寄情思。

　　稍早是先生得了美尼尔氏综合征，也住在北大医院。启大妈要我陪她去探望。那时北屋景荣大姐的女儿小悦大概四五岁，也吵着要去。启大妈有些为难，怕她太小，路上带着有困难。那小姑娘特聪明，先生最为疼爱。我平时跟她玩得很好，她做"狐狸蒙上眼睛，蹲在大树底下"游戏的时候，我是"专业"狐狸。所以我当时就蹲下，说"上来吧"，她高高兴兴地趴在我背上，我背起她就走。陪着启大妈出小乘巷，穿大乘巷，不一会儿便是平安里公交车站。到了医院，先生高兴。那天状态很好，就出来在院子里溜达。老两口聊天，我陪小悦玩。平时启大妈抽烟，先生不抽。那天先生见启大妈担心，就说："您这烟借我抽一口吧。"说着接过来，故作轻松地抽了两口，呛得直咳嗽。其实您的意思是：别担心，您看我还能淘气，身体肯定无大碍。启大妈果然被气笑了，瞟一眼我和小悦，没说话。

　　十四五岁的时候，我在先生指导下练习写毛笔字。写完给先生看，先生说："您这不行。笔没立起来。写出字来像宋版书，也好看，可惜趴在纸上，没精神。"启大妈听了笑着说："谁说他没精神？我看着比您精神多了。"先生也笑了，说："您拿话绕我。我说的是他的字没精神。他，精神头儿太足了，怕出去要惹事呢。"那时先父在学校"隔离审查"，母亲在湖北劳动，哥哥姐姐在山西插队。先生在小乘巷的那间南屋，就是我的家呀。这种温馨、相敬如宾的家庭气氛，使我终身受益。成年后我的性情比较温和，很少有与人争执的时候，对家人从不严厉，想来得益于那几年温情岁月的熏陶。最近我写了一本小书，解释先生的《论诗绝句二十五首》，即将由北京师范大学出版社出版。我在书前的题词是："谨以此书献给我敬爱的启大妈章宝琛女士。我母亲在千里之外的干校劳动之时，您给了我最温暖的母爱。"从这个角度看，也许我的迷信并没错。似乎莎士比亚阴错阳差地提醒我：不要忘了，你在另一个世界，还有一位母亲。

启大妈过世不久，就有好事者给启功先生介绍对象。先生烦他们，我虽明明知道自己没有烦他们的道理，但挡不住心里实实在在的烦恼情绪。当然了，这种烦恼是不好意思表现出来的。记得一位洪先生，很热情地叙说某位女士的长处，滔滔不绝，很晚了还没有起身的意思。我实在忍不住了，就说："洪先生，您看天晚了，胡同里头黑，不好走。要不然我送您出南草场胡同口，一直到西直门内大街的公交站，您看好不好？"

先生烦这些人，思念启大妈，就用写字来舒散情绪。上述两首唐诗，您反复书写过多次。其中第一首，乃是杜牧的《南陵道中》（《全唐诗》说一作《寄远》），其中第二句，《全唐诗》和《杜牧集系年校注》均作"风紧云轻"。明代董其昌《画禅室随笔》写"云繁"。末句也有不同版本。《全唐诗》写的是"谁家红袖凭江楼"，同时又说一作"倚江楼"。先生的"倚高楼"，也是采用董其昌《画禅室随笔》里面的写法。董其昌在诗后面还写了几句话："陆瑾、赵千里皆图之。吾家有吴兴小册，故临于此。"启功先生是书画家，采用书画家们流行的版本，是顺理成章的。但是我当时想方设法转移先生的注意力，故意问您为何选用"倚高楼"而不选"凭江楼"。您说："谁家红袖凭江楼"的"凭"字，粗心人容易读作平声，七个字只有一个仄声，太孤单；"红袖倚高楼"就有了两个仄声，这才有倚靠。我虽鲁钝，此刻也明白了先生是话中有话：现在谁家的红袖能代替40多年的倚靠呢？世间当然没有这样的人。生活中失去的，只能在书写中补偿。介绍对象的好心人，怎能理解到这一层？好在不久先生把双人床换成了单人床，以表示单身的决心，这些好心人才渐渐销声匿迹。

一晃又是40多年。我鬼使神差地找到这幅墨宝，自然比以前多了些领悟。第二首诗是温庭筠的《题河中紫极宫》。其中"便是秋"，《全唐诗》《温庭筠全集校注》均作"即是秋"。"玉真"一般指仙女，在温庭筠诗中应该是指永济附近黄河洲上紫极宫里面的女冠。先生书写时的意思是不难推测的。曼倩是东方朔的字。虽是男性，但古诗中香草美人的传统，性别本可以互换。以此寄托思念是可行的。这两首诗是晚唐两位名家的作品，韵脚相同，意趣却是两种不同的惆怅：客心孤迥对红袖倚楼，是人间之缺失遗憾；曼倩不来而满丛烟露，是仙界之虚幻迷茫。二者皆给人带来无可奈何的凄美哀思。先生反复书写此二首，深合"哀而不伤"之古训，同时也把悲哀转换成审美之心灵净化。庄子认为"知其不可奈何而安之若命"是极高的智慧；先生把安之若命的不可奈何，升华为审美的迷离凄清，比古人更高了一层境界。

这幅书法作品，我有幸亲历其创作过程。先生起先少写了一个"悠"字。写完全篇，发现问题，然后在"悠"字的侧下方补上了两个点儿。这两首诗，先生前前后后写了好几张，没出微瑕的先后放在脸盆里焚化了。这篇稍欠完美的，先生说："你留着吧。"就递给了我。可恨我身在福中不知福。不知怎么，竟然让它在《莎士比亚全集》里面默默地隐居了几十年。幸好这个息隐之处，倒也不辱没中国的两位诗人和一位书法家。苍天有眼，我为学生服务时，找到了先生慈恩的物证，真可谓天道循环。这样一来，那后补上去的两个点儿，就不再是微瑕，而是叙说故事的关键线索，使这件原先唯美的艺术品，新添了一层教育功能：爱你的学生们吧，就像你的老师们曾经爱你一样。如果孩子们现在还缺那么一点儿、两点儿，以后是有机会补上去的。

小悦聪明而淘气。我不聪明但曾经帮助小悦淘气。在先生和启大妈的熏陶之下，我们都长成了努力回报社会的有用之人。她现在是加拿大赛门菲莎大学语言学教授。我得宝后的第一时间，就把照片发给她。她说："南屋姥爷七十年代的字，就是漂亮！"我还没有告诉她，那些最漂亮的，早已焚化。也许我的启大爷和启大妈，她的南屋姥爷和南屋姥姥，此刻正在一起笑眯眯地欣赏呢。

2018 年 6 月 23 日

俞宁滴泪草就于西雅图

启大爷

"还不快叫人？"父亲说。

我站起来看着笑眯眯走向我的圆面男子，微鞠一躬，说："启大爷，您硬朗啊。"

"大爷"这个词在北京话里头至少有两种读法、两个意思。一是重音在"大"字上，意思是父亲的兄长，是一种亲属称谓。二是重音在"爷"字上，意指富家子弟，阔大爷。当时我听那人管父亲叫"叔迟三兄"，而父亲叫他"元白大哥"。心里迷惑，如果父亲年长，就该叫他叔叔；如果他年长，就该叫大爷。犹豫了一下，我按北京习俗，不清楚时，拣大的叫——当然是把重音放在大字上。

"别鞠躬，别鞠躬，"他拉着我的手放低声音说，"除了对着伟人像的时候，鞠躬算四旧。"说得我们仨都偷偷地小声笑起来。那大概是1970年，母亲刚刚下放干校，我初学做饭，很难吃，不得已才到外面买。上面的那一幕就发生在鼓楼前，路西，湖南风味的马凯食堂。母亲是湖南人。父亲和我想她，就去马凯食堂吃湖南菜，常常辣得眼泪长流。那天"启大爷"，就是后来大名鼎鼎的启功先生，凑巧也到那里吃饭。遇见他，我们居然笑了起来。难得，故可贵，以至终生难忘。"启大爷"这个称呼，我从那时一直用到现在。今后还会用下去，只可惜他听不见了。

213

　　我在美国生活了 30 年。由于是在大学里教美国人美国文学，一些华人邻居、朋友们误把我当作"美国通"，常常对我诉苦，说她们的孩子不愿和父母沟通，希望我跟孩子们谈谈。说"她们"，是因为那些家庭的父亲们多数还留在中国发财，把妻子儿女移到美国或加拿大定居，而自己做"空中飞人"，隔上几个月才能回家探望一次。我和孩子们的谈话渐渐深入，了解到其中男孩子的心理纠结其实比较简单，就是希望父亲能够常在身边，作为他们生活中的"角色榜样"。这个词是我根据英文"role modle"杜撰出来的，意思是孩子们有样学样，生活中如果有一个品行端正、乐观向上的成年男子做榜样，他们就能顺利地成长为品行端正、乐观向上的小伙子。由此想到自己的少年时代，不免纳闷："文化大革命"期间父亲经常被关在学校里交代问题而不能回家，断断续续地很多年，回家时间短，离家时间长，而我却没有这些孩子们的心理问题。原因何在？后来想通了。父亲的角色是可以由其他的慈祥男性暂时代劳的。回想自己少年时的情况，有好几位先生无意间扮演了父辈的角色，比如北师大生物系教解剖学的包桂睿教授、教育系教心理学的

陈友松教授，还有水电部工程师、北海少年水电站的设计者陈宏光先生，都对我的心理成长起到了榜样和向导的作用。但是，一直有意呵护我，而且时间最长、最细致入微的，是启功先生。他们使我懂得了，真正的好男人能顶着压力关爱下一代，能在粗暴的大环境里小心翼翼地为晚辈维持一个温文儒雅的小气候。美国国父之一富兰克林说："小小的蜡烛能把光明投射得很远；浊世之中的善行像烛光一样闪耀不熄。"启功先生以及我通过他而认识的老一辈学者又岂止是蜡烛！他们就像熊熊火炬，放射出知识与修养的光芒。

那次偶遇之后，父亲带我到西直门大街南草厂内小乘巷拜访过启大爷两次。之后就是我自己登门。在那种大环境里感受到一种温文的幽默，我自然是越去越勤；后来他患上了美尼尔氏综合征，蒙启大妈（北京话称大爷的夫人为"大妈"，即伯母之意）委托，无论他到哪里去，总得由我跟着，生怕他因头晕而摔倒。直到小怀兄、小葵姐和章五大爷从湖北十堰市调回北京，我才移交了这个任务。近朱者赤，跟随的时间长了，我也开始在他的督促下读些唐诗，还写写毛笔字，甚至有一段时间干脆住在小乘巷，算是登堂入室了。

有一次我在荣宝斋看到了一位王姓画家画的梅花。回到家中被要求仔细描述。启大爷默默地听罢，然后说："这画儿不大对。"我当时觉得奇怪：画儿有好看不好看、像不像之分，何来对与不对呢？他大概猜到了我的念头，接着就解释说梅花儿多生长在江南，那里雨水多，所以梅花儿花心朝下，像雨伞一样，不至于让雨水浸泡花心而烂掉。王先生把梅花儿画得朝天开放，成向日葵了。梅花儿哪有那么傻？画画儿不能出大格儿。我当时还篡改了张九龄的诗："那就干脆说'梅花有本心，不肯朝天开'得了。"直到后来我誊写他的《论书绝句》到了第九十八首方才彻悟他的艺术立场：

> 亦自矜持亦任真，亦随俗媚亦因人。
>
> 亦知犬马常难似，不和青红画鬼神。

任真不是"认真"，而是放任天真的意思，与"矜持"对立而统一，有时正襟危坐，有时天真烂漫。艺术当然鼓励创新，但这创新应该以自然规律为依托，而不是胡乱涂抹些神鬼难辨的东西糊弄观众。后来我读瑞士心理学家荣格的理论，知道生物人在扮演社会人角色时，需要准备面具，人人如此。又读《史记·汲黯传》，两相结合，不由得想起了启大爷的那段话和这首诗，觉得原则性和灵活性的平衡，不仅是微妙的艺术理论，而且在社会生活中也是至关重要的。他这种尊重自然规律的态度，也贯穿在唐诗的解读当中。

一次谈到王绩的《食后》一诗，他问我"楚豆"是什么，我顺口就说："大概是湖北一带的豆子吧。"他用手指在我额头轻弹了一下说："就知道你会编。"然后仔细给我讲解楚豆其实是牡荆的果实，不仅湖北，咱北京也有，叫荆条。叶子是一对儿一对儿的……我当时真是不懂事，不知道珍惜这难得的机会，反而觉得他啰嗦。他看出我的心思，就苦口婆心，告诉我读古代的文章和诗歌不能望文生义，因为语言不断演变，要想弄懂原意，非得认真查阅字典、仔细看注脚。后来我努力克服自己的浮躁，慢慢地入了古典文学之门。

经他耳提面命，我总算比同龄人多认识了几个字。可惜我天性鲁钝，再加上半大小子多少有些逆反，奉命背诵唐诗的时候，常出些奇怪的错误，包括把杜甫的名句背成"听猿实下三滴泪"。启功先生听了显出诧异的神情，惩戒性地轻轻弹了弹我额头说："三滴泪怎么流？左眼一滴，右眼两滴吗？"然后他翻出线装的《水经注》和《乐府诗集》。哈，两本书里都有"巴东三峡巫峡长，猿鸣三声泪沾裳"。我读罢心服口不服，矫情地反问："那三声泪怎么流？人泪还是猴子泪？"启功先生听完笑得像个弥勒佛。这使得我在马凯食堂之后又一次体验到文雅的谐谑。

1984 年我入北京外国语大学英美文学专业读研究生，从导师周珏良那里听到了西方形式主义文学批评理论。那时启功先生已经搬进北师大的小红楼（先生称为"浮光掠影楼"），离父亲的居所仅数十步之遥。我从北外回家，总要去看看他。一天，他神色疲惫地歪在床上，见我来了，说："昨晚一夜没睡着，今天一天没精神。你说点好玩的事，帮我解乏。"我顺口就说起了周先生课上讲的美国的"新批评主义"。1950年代时还比较新鲜，现在有点旧了，不过与其相关的"陌生化""模棱""反讽"等几个概念还是很好玩的。说着说着，他本来疲倦的眼睛渐渐亮了起来，忽然从床上一跃而起，拍着床边说："现在你知道三声泪怎么流了吧？"我怔了一会儿才明白过来，原来我的幼稚与浮躁，一直都在他心里装着呢。一有机会，他就会敲打敲打我，希望我克服性格上的弱点。在这次谈话的启发下，我发现西方的形式主义文艺理论对我们解读唐诗真能帮上大忙。后来我还写了一篇文章，用西方形式主义理论分析杜甫的《秋兴八首》。启功先生在天有灵，知道后会再次笑成弥勒佛吗？

俞宁和启功

那几年跟随启功先生，我不仅读了些书、练习写毛笔字，还接触了一些可以作为榜样的人。翻开中华书局 2012 年出版的《启功日记》，能见到"某年某月某日俞宁来、周振甫来"，以及其他一些类似的句子。不了解内情的人或许会以为俞宁也是哪方大儒，万也想不到其实是个十几岁的懵懂少年。有几位老先生我至今还印象深刻，例如中华书局的周振甫先生和唐长孺先生。他们二位都戴深度眼镜，都是江浙口音，而周老先生的口音似乎更软、更糯。他常穿略微发白了的蓝色中山装，但收拾得干干净净，看上去既简朴又儒雅。

多年以后我的岳父无意间谈起一件小事，使我对周老先生的为人更加敬佩。一天周先生来到我岳父的办公室，非要把一些钱交给他。我岳父不明就里，不知所措。周先生解释说，前一天中华书局派车接他去某处开会，会后又派车送他回家。单位里用车有规定，某某级干部才可以，周先生自认为级别不够，所以不可以用公车。既然用了，一定要缴纳汽油费。我结合周先生平日的节俭，马上联想到苏轼的《前赤壁赋》："且夫天地之间，物各有主。苟非吾之所有，虽一毫而莫取。"我闭上眼睛，试图把周先生的高风亮节和他那口糯糯的吴侬软语叠印起来，却总也做不到。

唐长孺先生到小乘巷来大概是 1973 年的事。因为连阴雨使得启功先生的东山墙变形，行将圮坏。当时启功先生被借调到中华书局标点《清史稿》，而唐长孺先生好像是标点二十四史的总协调人，因此算得上是一级领导吧。启功先生为屋坏写了一首自嘲的诗："东墙受雨朝西鼓，我床正在墙之肚。坦腹多年学右军，而今将作王夷甫。"（凭记忆，难免有错。但大意如此。）拿给书局的同事们传阅，作为笑谈之资。没想到唐先生知道了，先是写了封信慰问，我依稀记得信里还有一首诗，后来还特地来登门探望。唐先生来时，我们已经把床挪到了西墙根，尽量远离危险之地。我把椅子放在紧靠床的地方，也是尽量避开危险的意思。而唐先生却把椅子挪到东墙附近，然后正襟危坐，轻言细语，大有晋人挥麈清谈的风度。我先倒茶，然后垂手而立，一边听着两位长者说话，一边心里打鼓：万一客人真成了王衍，我可怎么交代呢！（王衍，字夷甫，西晋末年的重臣兼清谈家。后来被石崇命人推倒坏墙活埋了。我当时并不了解这些，是读了启功先生的诗，因不懂而问，启功先生讲给我听的。）幸而不久送客，照例是启功先生送到院门，我送出小乘巷西口，

218

启功论诗绝句忆注

指给客人看，顺南草厂往北，出口就是西直门内大街。那里有27路公交车和5、7、11路无轨电车，以方便客人回家。

送客回来，我问启功先生客人为何一定要靠着危墙坐。启功先生说，唐先生虽然算是学科协调人，但并无很大的行政权力，因此不能给同事解决实际困难。心中无奈，所以亲自来看望并故意坐在危墙之下，以表达与朋友共患难的意愿。这样一解释，唐先生在我心中立刻高大起来，他坐在那里的音容笑貌我再也忘不了。后来我读《世说新语·德行第一》里面说陈仲举"言为士则，行为世范"，脑海中马上就浮现出唐先生斯斯文文的大丈夫气势。大概从那时起，我心目中的英雄就不再是叱咤沙场的战士，而换成危墙下轻言细语的学者。周、唐二位先生的行为，成了我心中的模范。如果现在有人写《新世说新语》，我会恳求作者把周、唐二位先生写进"德行篇"去。他们二位学问深湛，隔行如隔山，我读不懂。但他们的德行端正高尚，我不但理解而且钦佩，还希望长久地学习。

除了在小乘巷"何陋之有"的南屋里接待来客，启功先生也出去拜访朋友。我记忆里比较清楚的，当数去东琉璃厂一带拜访李孟东先生。从小乘巷到琉璃厂，须乘坐7或11路无轨电车到厂桥换14路汽车。总算下来要40多分钟，下车后还须步行穿过小胡同，所以一路上时间富余。启功先生随口说些历史掌故、文人旧事。多数我都忘掉了，只记得提起过李孟东先生原来是裱画铺里的学徒，通过自己处处留心、勤问苦记，不但学了文化，而且慢慢地发展出了文物鉴定的本事。他和启功先生交往，先是起源于裱画，后来还在旧书店里为启功先生淘过所需的书，而且是物美价廉。再后来才是交换文物鉴定方面的意见和信息。那天我们去看望李先生，是因为听说他得了不容易医治的病。他家的院子明显低于小巷内的路面。我还观察到那附近的其他院子都是如此，仿佛是一个院子一个坑。启功先生解释说，路面高于院子是因为旧北京垃圾回收业不发达，而北京人冬天都烧煤球炉子取暖。炉灰不能及时输送出去，就近倒在胡同里。日久天长，路面越来越高，形成了现在的局面。20

世纪 50 年代以来有了比较现代化的垃圾疏散系统，这种情况有了改善。

李先生病中有人探望，很高兴。热情招待，用吃饭的粗瓷碗倒了两大碗白开水。我一路走渴了，也没客气，端起大碗一饮而尽。启功先生也喝了几大口。然后问病情、吃什么药、怎么将养等等。李先生说现在条件比以前好了，每天都能吃"两个鸡子儿"（鸡蛋）。谈话间我没头没脑地问了一句："李先生，您府上是河北什么地方？"李孟东先生脱口就说："衡水。"然后才问："你怎么知道我是河北人？"他这一问，我反而傻了。真的，我怎么知道他是河北人呢？启功先生赶紧道歉，说这孩子没规矩，您别往心里去。他随他爸爸，有口无心，外加耳朵还挺尖。李先生问："这不是您的公子？"启大爷答道："还公子呢！这么没规矩。这是某某人的小儿子。"李先生作恍然大悟状，说："原来是俞先生的孩子。难怪！听说俞先生开会时，组里除他之外的四个人来自四个不同地方。上午开会，俞先生听着。到了下午，他跟甲说甲方言，跟乙说乙方言……"我从来没听说过父亲还有这种本事，更没想到琉璃厂的裱画师傅能知道我父亲这么个人和这么段故事。

回家的路上启功先生沉默了好一阵子。我以为是因为我失礼而生了气。没想到他忽然对我说："你写字手挺笨的，可这耳朵辨认语音真灵。看来不能浪费你爸的遗传。你还是好好学习语言吧。"本来我已经中断了自学英语，是启大爷这句话使我又重新开始。命运弄人，现在我竟然在美国教美国人美国文学和西方文论 30 年了！好的导师点拨学生就是一句话；好的学生报答导师的应该是一生的努力。

1977 年恢复了高考。我报考英语系，落第。1978 年再试，如愿以偿。当初如果我选择中文系，或许不用唱这出《二进宫》就能顺利入学。但是我很害怕两位父辈的影响力，不愿意在他们的领域里有人为我开绿灯，更不愿意走到哪里都被人说这是某某人的子侄而因此丧失自我。回忆大学里背单词、练听力、练口语这些枯燥的功夫，如果进入中文系就会免此一劫吧？可是我现在并不后悔，因为这一路虽然艰难，毕竟是靠自己的力量走过来了，没有依靠长辈的荫庇。更何况现在的感觉是对美国文化的了解到了和对中国文化了解几乎相等的程度，仿佛是一人两命，同时从两大文化中汲取营养。

我生不幸，小学四年级还未结束，"文化大革命"就掀起了滔天风暴，使我失去了接受正规中小学教育的机会；我生大幸，因为正式的教育系统被打乱，反而获得类似于私塾的学习经历，况且是在国宝级大师家里和朋友圈中亲承謦欬。这种经验使得我在少年时代心理发育十分不稳定的阶段得到了优秀的"父辈角色榜样"。虽然社会环境迫使我和父亲长期分开，但父辈的角色却由启大爷和那些人格高尚的前辈们扮演得有声有色。对此，我深怀感恩之心，感谢启大爷对我的收养与教育，感谢父亲结交了那些正人君子，感谢老一辈知识分子的高风亮节为我引导人生之路，感谢上苍使我对中西两种文化都有了比较深刻的了解。我今后的生命怎能不放在这两种文化的交流与沟通之中？

我最后一次见到启大爷是在 1999 年的杪秋初冬之际。我回国探亲，当然要去看望老人家。相谈甚欢，也相谈颇久。我欲起身告辞，他马上提起一个新的话题，于是坐下继续交谈。反复几次，我虽木讷，却也领会了他恋恋不舍的心情。于是突然起了个念头，问："能否把您日常所用的砚台送我？"他二话不说，拿起案头墨汁未干的砚台，走到厨房用清水洗净，顺手扯张宣纸擦拭干燥，放在一个大牛皮纸信封里，交到我手中。我又犹豫着看了看墙上挂着的"谢绝照相"的字块。他说"摘掉，摘掉"，我满心惭愧地把它摘下，请照顾了启大爷多年的小怀兄为我们拍照留念。

美国文学家爱默生说："人是站在废墟里的神。"意思是一旦走出废墟，人就还原成真正的神。他还说："宇宙的正气循环往复，穿过我的身体，使我和上帝血肉相连。"在中国那个特殊的历史时期，文化被毁成一片废墟。而我有幸在那片废墟里遇到了许多神一般的学者，他们引导我走出废墟，使我的精神逐渐与他们的血肉相连。父亲的一本纪念论文集名叫《薪火编》，意思是学如火，学者如柴。火中续薪，薪尽火传。古往今来，多少学者甘愿做薪，才把知识的火种传到了今天！我们这辈学者，应该如先辈们一样，正心修身，呵护、感召年轻一代，使他们看到功利以外的人生美景。如此，他们就能顺利度过心理的躁动期，成为品行端正、健康向上的成年人。

后 记

　　这件"义不容辞、自不量力"的工作，在我繁忙的教学之余，经过整整一年的努力，终于完成了第一步。到了现在，先要检讨一下自己开工时的承诺是否兑现了。首先，我确实没有忘记刘正的警句，在叙述往事的时候，保证了实事求是，没有夸张。当然，这是因为先生的人格和行为方式，根本用不着我来夸张。第二，我用来"编小辫"的那三条线索——仔细注释，诚实叙述，中西融合——基本上保持了比较适当的比例，即注释、解读最多，叙述第二，比较融合最少但是尽量做到了恰如其分而不勉强。当然，我扪心自问，以自己这点水平，承担这样一个深而广的工作，现在仍然觉得不是自己能力所担当得了的。但是要等自己真的有完全的能力来理解元白先生的天才与功力，那要等到何时是了呢？所以，硬起头皮，一首一首地，尽自己现有之力，成不完美之功，总算了了一桩心愿。从利己的角度讲，算是还上了一部分欠先辈的感情债；从利他的角度讲，给读者提供了一些新的线索，使他们在自己学习先生文学遗产的时候，有一个建议性的参考，能帮助他们开阔眼界，从近距离、远距离和不同文化角度来理解先生给我们的这份丰厚礼物。先生深入浅出、金针度人的慈悲心肠，希望大家理解并珍视。

　　这件工作帮助我们回顾了从《诗经》到《小仓山房诗集》这两千多年的中国诗歌杰出诗人的杰作选。先生给我们提供了您的理解和评价，我们应该回过头来，深入而广泛地阅读中国古典诗歌作品，勤于思考，以继承中国传统文化中的最精华部分。我们怎能身在宝山而对山中宝藏视而不见呢？这是我的主要目的，至于我的任务完成得不够完美，还要请读者诸君包涵。

我初中毕业后在家"待业"了两年有余，在 1973 年深秋终于由国家分配到北京市西城区房管局西长安街房管所，做一名瓦工学徒。那时我母亲在湖北十堰市，我父亲虽在北京却因为"文化大革命"时期的特殊原因不能经常回家。启大爷、启大妈是最先分享我有了工作喜讯的人。他们特别兴奋，因为 1973 年春夏，他们在小乘巷的居所因漏雨而东山墙变形。申请了很久，房管所才派人修缮。听说我当瓦工学徒的消息，启大妈最高兴，扶着我肩膀说："好好儿学技术，赶明儿房子再出毛病，咱自个儿修！"我第一天下班后，二老急忙问我学了点儿什么好技术。我说，师傅说了，"先学做人，再学做工"。启大爷问："怎么个做人法儿？"我说："师傅说'房管局是藏龙卧虎的地方。你们来了，得虚心学。先学不生气，后学气死人！'"启大爷愣了一下，笑了，说："嘿，这师傅倒是真说掏心窝子的话。不过，不生气一定要学，气死人就算了吧。又是怎么个做工法儿呢？"我说："师傅说'技术多了去了，一天教得完吗？你们只要记住一句话就行：瓦匠无能，见景生情。咱们是修破旧房子的，赶上什么样儿的房子，就得想出什么样儿的主意来把它收拾利落咯。你当是盖新房子呐？按图施工就齐活？'"

启大爷小吃了一惊，说："你这师傅了不得。大眼光，大匠人。什么事儿到了高级阶段，都是'见景生情'！你想想，写字是不是？做学问是不是？要是什么事都有现成儿的规矩，那还要你这匠人干嘛？你以后得好好儿跟人家学，干活别怕脏累。年轻人使力长力。"

2016 年夏天，我刚接过这项"忆注"工作的时候，很为如何入手发愁。后来我们老北京人的两个睿智警句帮助我做出了决定。第一是先生常说的"咱没吃过猪肉，难道还没见过猪跑？"第二是先生嘱咐我记住的瓦匠师傅的话："瓦匠无能，见景生情。"第一句给了我胆量，第二句给了我具体的办法。我当时对着先生的《论诗绝句》之景，生出了回忆、注解、中西比较三管齐下之情。正如我在引论里说的，像编小辫儿一样把三者有机地结合起来。此外就是尽量把先生教我时候的快乐教学法模仿起来，把深入的学问用浅显生动的语言表现出来，使读者不觉得枯燥。简而言之，把先生给我的恩惠，尽量完整地转赠给广大读者。这种做法，先生一定会支持。至于我的能力不足，没能把工作做得十全十美，根据多年与先生相处的经验，我确信能得到先生的原谅。我希望也能得到读者的原谅。

这个工作，得到了很多热心朋友的支持。没有他们，我是不可能顺利地完成任务的。

我首先要感谢北京师范大学出版集团的那位朋友，他把这个任务、这个挑战摆在我的面前，让我无可回避。此后他又以极大的耐心支持、等待我一首一首地写下去。没有催促，只有支持，只有信任。

其次我感谢我多年一直称呼为"小怀哥"的章景怀先生。是他照顾了元白先生30多年，使得我能毫无后顾之忧地远行万里，实现自己的学术追求。接到这个具体任务后，我第一个跑去商量的人就是怀哥。没有怀哥的点头支持，我是不会动笔的。

我还要感谢广西师范大学出版社的马艳超编辑。有些难查的书目和引文出处，我通过微信发给他，他总是能够利用先进的数据库，很快地找到答案，回答问题很少有过夜的。几乎每篇稿件里都有他的帮助，没有他的支持，我就不能跟踪元白先生的广博知识。

高等教育出版社的高级编辑李喆女士也给了我很多鼓励和支持。她仔细阅读、校对过多篇文稿，之后又主动提出做我的社外审稿人。她使我觉得学术的火焰会通过年轻学子自愿拾柴而越烧越旺。

中华人民共和国驻芝加哥总领事馆教育参赞，看着我长大的包同曾大哥，阅读了起初的几个章节，给了我宝贵的帮助和鼓励。没有什么能比兄长的认可更能给我信心。

2017年夏，北京出版社为赵仁珪先生的新著《启功评传》开了一个新书发布会，我有幸到会。其间赵仁珪、章景怀、程毅中、柴剑虹、林邦均等先生的发言，对我写这本小书很有启发。一并在此致谢。

我更感谢我的家人。他们对家中这个整天窝在电脑前活动手指而不事家务的人，给予极大的宽容和谅解。所谓家人，包括我的母亲、姐姐、哥嫂、妻子、儿子、儿媳、孙女，我的妻姐、妻妹。我在北京时，妻姐把她在五棵松的房子腾给我住，使我得以封闭性地写作。我那化工专业的妻妹，居然帮我从《全宋词》里查出了袁去华的《垂丝钓》。

　　这本小书，也许水平不高，但它的问世包含了很多朋友的支持与帮助，这反映了元白先生的博爱精神以及这种精神的感召力。能在这个充满善意的群体的支持下完成这本小书，我切身享受到了人世间的最高幸福。

2017 年 8 月 30 日

俞宁完稿于西雅图